他鸣

阿司匹林 著

天津出版传媒集团
百花文艺出版社

图书在版编目（CIP）数据

他吻 / 阿司匹林著. -- 天津：百花文艺出版社，2024.6
ISBN 978-7-5306-8838-0

Ⅰ.①他… Ⅱ.①阿… Ⅲ.①言情小说－中国－当代 Ⅳ.①I247.5

中国国家版本馆CIP数据核字（2024）第088911号

他吻
TA WEN
阿司匹林 著

出 版 人： 薛印胜	
选题策划： 胡晓童	
责任编辑： 胡晓童	
装帧设计： 蒋　晴	
出版发行： 百花文艺出版社	

地　址： 天津市和平区西康路35号　　**邮编：** 300051
电话传真： +86-22-23332651（发行部）
　　　　　　+86-22-23332656（总编室）
　　　　　　+86-22-23332478（邮购部）
网址： http://www.baihuawenyi.com
印刷： 北京润田金辉印刷有限公司
开本： 880毫米×1230毫米　1/32
字数： 260千字
印张： 10　**彩插：** 8页
版次： 2024年6月第1版
印次： 2024年6月第1次印刷
定价： 49.80元

如有印装质量问题，请与西藏悦读纪文化传媒有限公司联系调换
地址：北京市朝阳区高碑店乡高井文化园路8号
邮箱：yueduji@girlbook.cn
版权所有 侵权必究

目 录

⊙ 第一章
　帅 哥 / 1

⊙ 第二章
　很容易的事 / 15

⊙ 第三章
　谨之哥哥 / 57

⊙ 第四章
　秦谨之，我很想你 / 87

⊙ 第五章
　女朋友 / 105

⊙ 第六章
　我们到此为止吧 / 131

⊙ 第七章
邢窈的秘密 / 163

⊙ 第八章
跟我在一起 / 185

⊙ 第九章
想跟你谈个恋爱 / 207

⊙ 第十章
我现在追到你了吗 / 231

⊙ 第十一章
无条件地选择你 / 267

⊙ 番外一
是星星在唱歌 / 283

⊙ 番外二
亲爱的赵祁白 / 307

第一章

帅哥

七月末，南城已经很热了。

越到晚上，空气越闷热。

室内开着空调，玻璃窗上起了一层水汽，外面路灯的光亮显得很模糊。

蝉的叫声忽近忽远，十岁的小男孩刚写完一道数学题，就开始玩书桌上的玩具，被邢窈抓了个正着后找借口搪塞，道："老师，我渴了，想喝果汁。"

现在已经放暑假了，这个年纪的小男孩心思不在学习上，邢窈给他当了一个月的家教，也算摸清了他的脾气，聪明是真聪明，贪玩也是真贪玩。邢窈看了看时间——她每天教他两个小时，他刚做了一套卷子，可以休息一会儿。

"去吧。"邢窈回过神，拿起卷子看他做错了的题。

这家人姓秦，小男孩叫秦皓书，他的父母都在南城的财政单位工作，对他的要求极为严格。

秦皓书虽然调皮，但也因为有教养而讨人喜欢。邢窈不缺钱花，暑假期间当家教只是帮朋友的忙。如果秦皓书是个熊孩子，那么朋友与她关系再好，请她帮忙的话，她也不会答应。

秦皓书在厨房里喝完果汁，还倒了一杯拿到房间里给邢窈。他走到书桌旁时，邢窈恰好抬了一下手，一大杯冰镇果汁全泼到了她的身上。

"老师对不起……"

"没关系，我知道你不是故意的。"邢窈的胳膊肘都在滴水，她站起身，先拿纸巾擦了擦手。

衣服粘在皮肤上，黏糊糊的，不太舒服。邢窈让秦皓书先自己改正做错了的题目，她则去洗手间里处理。

衣服里有一个冰块，她将它摸出来的时候，它还有大拇指那么大。

邢窈简单地洗了洗衣服，照镜子的时候发现裙子从领口湿到了腰那里。她等会儿还要去参加同学和男朋友第六次复合的谢亲宴，还要去相亲。据说相亲对象特别帅，所以她出门前挑了一件适合穿着喝酒的裙子，外面穿了一件很薄的衬衫，结果衬衫被一杯百香果汁泼成了抹布。

邢窈找秦皓书家里的阿姨借吹风机，想把衬衫吹干。

吹风机放在二楼的洗手间里，阿姨去拿。邢窈不方便上楼，就在楼梯口等着。

"我已经到家了，明天要上夜班，改个时间……"

一道低沉的声音从邢窈的身后传来。

邢窈回头的一瞬间，竟有些恍惚。

对方有一张非常英俊的脸，但因为戴着眼镜，又显得很斯文，手也漂亮。

他在玄关处换鞋，放好车钥匙后不经意地抬头朝她看了过来。

邢窈想：还是不一样的，只是侧脸有些像而已。

客厅里都是百香果的味道，楼梯旁边站着一个女孩。秦谨之停下脚步，目光在她的身上多停留了几秒钟。

她气质清纯，却又从骨子里透着一股性感劲儿，发梢上的水滴顺着肩颈慢慢地往下滑，像是在细致地描绘她白皙的皮肤。

"谨之回来了？"阿姨看到秦谨之后，高兴地跑下楼，道，"今天不忙吗？先生和太太可能要再晚一点儿才能回来，我已经开始准备晚饭了，一会儿加几道菜。"

她对秦谨之介绍旁边的邢窈："对了，这位是小邢，皓书的新家教。"

秦谨之很少回家,不知道秦皓书换了个家教。

"今天去不了,你们聚。"他对电话那端的人道。

他挂断电话,将邢窈从头到脚地看了两遍。他虽然没说什么,表情也没有不尊重人的成分,但就是让邢窈觉得,这个男人在用眼神羞辱她。

阿姨把吹风机递给邢窈,并对她说道:"小邢,这位就是皓书天天念叨的'谨之哥哥',你还没见过他吧?"

邢窈之前偶然听阿姨提起过,秦皓书的父母是二婚。

秦太太很年轻,还不到四十岁,这个"谨之哥哥"应该是秦皓书的父亲和前妻的儿子。她虽然没见过秦谨之,但听秦皓书提起过无数次。"哥哥什么都好,就是不太喜欢我"这句话,从一个十岁小孩的嘴里说出来,有点儿心酸。

"哦,谨之哥哥啊。"她微笑着道,她的声音冷淡,尾音却轻轻上扬。

阿姨听不出什么,但秦谨之轻皱了一下眉。

邢窈抬头迎上秦谨之的目光,有几分难以言说的意味,打招呼时却又客气得挑不出半点儿毛病。

"你好,我是邢窈。"邢窈说道。

"把衣服穿好。"他只说了一句话就上楼了。

邢窈看着他的背影,眼里的笑意渐渐变淡。

邢窈见多了大家族里的明争暗斗,本以为秦家人也差不多。然而,秦家人似乎不太一样。

秦皓书对这个与他相差十八岁的哥哥满心崇拜。知道秦谨之回家后,秦皓书根本坐不住,小嘴说个不停,十句话里有九句是在夸哥哥有多厉害、多优秀。

"我哥哥是医生。"

"你有一篇日记里写过自己很怕打针。"邢窈逗他。

他偷偷地往门口瞄了一眼，捂着嘴小声告诉邢窈："以前打针时会哭，现在不哭了。"

"他有女朋友吗？"

"没有。"

"确定？"

"是爷爷说的，哥哥那个样子肯定没有女朋友。"

邢窈漫不经心地问："什么样？"

秦皓书挠挠头，道："我忘记了，反正就是说他整天只知道工作，休息时也只和他的那几个好哥们儿一起喝酒。"

在邢窈的记忆中，她的爷爷也这么说过赵祁白。那时候赵祁白天天待在实验室里，很少回家，实习的时候忙，正式工作后更忙，给她打电话的次数越来越少，不是在加班就是在出差。

秦皓书觉得邢窈不太开心，于是问她："老师，你在想谁？"

"没想谁啊。"邢窈把习题册递给他，道，"好了，现在是七点四十，你赶快把这两道题做完，今天就能结束了。"

邢窈的手机屏幕上弹出两条微信消息，是朋友发来的定位以及一张照片。

秦皓书想快点儿去找哥哥，写作业时就有些心不在焉。邢窈给他讲完他做错的题后才点开那张照片。

照片里的男生留着寸头，五官于清秀中又透着点儿坏，毫无疑问是帅的。但邢窈看完后，脑海里的第一反应竟然是"比秦谨之差远了"。

秦夫人刘菁下班回家了，换好衣服后就来检查儿子的作业。邢窈边跟她说话，边收拾自己的东西。

房门开着，邢窈可以看到客厅里的景象。秦皓书紧紧地跟着秦谨之，问这问那，又是给他倒茶又是给他端水果。他可能很久没有回来了，秦皓书想让他在家里多住几天。他坐在沙发上，话不多，但和秦皓书相处时并没有显得太过疏离。十岁小孩的脑子里总会冒出很多无厘头的想法，有无数个为什么，他即使不给回应，也认真地听了秦皓书说的每一句话，眼神会在秦皓书的话产生矛盾的时候有轻微的变化。

他忽然抬头看过来，没有了眼镜的遮挡，就这样与邢窈对视上了。

秦谨之的情绪很淡，邢窈也丝毫不躲闪。

她看他怎么了？他不能被人看吗？

"皓书这一个月以来学习成绩进步很大，真得好好谢谢你。"刘菁看着儿子的数学试卷，有些欣慰地道。

这半年她和丈夫忙于工作，疏忽了秦皓书的学习。他玩性大，几乎没什么自制力，学习成绩断崖式下降，期末考试时有两科刚过及格线，班主任往家里打了好几次电话。前一个家教也不错，但没有邢窈这么有耐心，秦皓书也明显更喜欢邢窈，没那么排斥补课了。

"皓书很聪明，只要把心思放在学习上，很快就能把落下的功课补回来。"邢窈客气地道。

秦皓书还在讲他上周去踢球那天发生的事。秦谨之移开视线后，再也没有往房间里多看一眼，耳边别的声音在慢慢变弱，只有邢窈的音量是正常的。

刘菁信任她，秦皓书喜欢她，就连阿姨也对她赞不绝口。她和别人说话时都是温温柔柔的，唯独半个小时前的那一声"谨之哥哥"不同，像是藏着钩子，有几分挑衅的意味。

"皓书，你送一送邢老师。"刘菁无奈地看着黏在秦谨之身边的秦皓书，道，"哥哥上班累了一天，你消停一会儿，也让哥哥清净一会儿。"

秦皓书这才往旁边挪了一点儿。

邢窈挥挥手，对秦皓书道："外面很热，不用送了。"

她走出客厅，热气扑面而来，脱掉裙子外面的衬衫，把头发随意地绾在了脑后。

朋友问她是不是结束补课了，准备过来接她。
她说不着急，晚点儿到。

秦皓书想跟哥哥炫耀自己昨天的数学题全做对了，跑回房间，找试卷的时候在桌上看到了一串钥匙。
他认识上面的挂件，马上说道："这是邢老师的钥匙！她肯定还没有走远，我跑快一点儿给她送去。"
饭菜都做好了，刘菁不许秦皓书乱跑，给邢窈打电话，但一直打不通。
秦皓书闷闷不乐地小声说道："邢老师没有钥匙就不能回宿舍，她们学校放假了，不知道有没有人可以帮她……"
秦谨之碰了碰他的胳膊，对他说道："给我吧。"
秦皓书的眼睛亮了起来，刘菁不让他出门，但管不了秦谨之。
"哥哥，你快一点儿。"秦皓书对秦谨之道。
"嗯。"

别墅区晚上很难打到车，要走十几分钟到路口才能打到车。
从秦家出来后，邢窈沿着石子路往外走，越靠近小花园蚊虫越多，飞蛾也绕着路灯乱飞。
这种环境下，她最多能等五分钟。
直到身后的脚步声渐渐离她近了，她才回头看，路灯的光线勾勒出男人颀长的身影。
他从黑暗里走来，模糊的轮廓渐渐变得清晰。
邢窈经常忘记带钥匙，室友就在她的钥匙扣上挂了一个小铃铛，这种铃铛发出的响声不会招人烦，很清脆。
她站在原地等秦谨之走近，只是补涂了口红，将头发拢了起来，整个人的气质就大不一样了。
秦谨之的目光落在被她咬在红唇间的那根细长的香烟上。

即使那根烟并未被点燃,他看她的眼神也和刚才在秦家,让她把衣服穿好时的眼神差不多。

在秦家,是她先跟他打招呼的。

在这盏路灯下,她等着他开口。

秦谨之沉默地注视着邢窈的同时,她也在笑盈盈地看着他,仿佛早就知道他会来。

"自己主动辞了,"秦谨之的目的很直接,他道,"我们会给皓书找新的家教。"

铃铛在空中荡了一圈,邢窈抬手接住他扔过来的钥匙。原本咬在嘴角的烟掉落,她反应快,刚好接住。

她眼里的笑意越发明显了。她学着秦皓书跟在秦谨之的屁股后面叫哥哥的语调,叫他:"谨之哥哥。"

她慢慢地朝秦谨之走近,问他:"你瞧不起谁呢?"

淡淡的香气进入鼻间,秦谨之轻轻地皱起眉头,反应过来时,邢窈和他之间的距离已经只剩一个拳头。

他并未往后退,而是说道:"穿什么样的衣服是你的自由,我没有贬低你的意思,只是觉得不合适。"

"哪里不合适?"邢窈故作疑惑地道。

秦谨之让她随便找个借口辞掉这份工作,也不仅仅是衣服的问题。秦皓书年纪小,可能会闹几天,过一段时间应该就会把她忘了。

"为什么不说话?你如果不说清楚,我心里就会不舒服。"邢窈在他没有防备的这几秒钟里,亲了他的脸。

"你!"秦谨之脸色骤变,知道她不是什么温柔的少女,但没想到她会这么大胆,去吻一个陌生异性。

尽管他的脸色很难看,但邢窈丝毫没有收敛,甚至准备亲吻他的唇。

秦谨之被她逼得往后退,后背撞上树干,两人的身影被树影笼罩。

梧桐树叶散下来的点点光亮,刚好落在他的眼里,邢窈借此窥见了他的黑眸里露出了普通人该有的喜怒哀乐。

"我怎么?"她仰着头,红唇微微张开,挑衅地道。

秦谨之死死地捏住了她的手腕。

若有似无的香气在这寂静的夜里挑动着秦谨之的神经末梢,路口随时会有人经过,秦谨之盯着女人笑意盈盈的脸。她眼神冷漠,那带着挑衅意味的笑容又让她看起来媚眼如丝。

两分钟前,她闲适地站在路灯下看时间,笃定他会拿着钥匙跟出来。

此时此刻,她也一样确定,最后赢的人一定是她。

"说话啊,谨之哥哥,我怎样?"邢窈像是感觉不到疼,甚至抬起没被他捏住的左手,帮他整理衬衣。

邢窈的笑声还未停止,她就被掐着手臂推到了墙角。

她的后背撞到了一块树瘤,锥心的疼令她的脸颊瞬间失了血色。

"女孩子要矜持、自重。"与她面对面站着的秦谨之说话了。

邢窈有片刻的失神,但很快就清醒了。

这个人最讨厌的地方就是虽然言行彬彬有礼,但看她的眼神着实让她很不爽。

"可是我很需要钱,不能失去这份工作。"她顺势放松身体,语气里带着讨好的意味,道,"求求你不要赶我走,好不好,谨之哥哥?"

她的眼里有着一层薄薄的雾气,语气诚恳,脸上却只有假笑。

远处传来秦皓书的声音,他大声叫着"哥哥"。

秦谨之整个人在阴影里,她看不清他此时的模样,有些遗憾,突然觉得没意思了。

她的右胳膊仿佛和身体断离,连痛感都消失了,她悄悄踮起脚朝他靠近。

"这么不习惯被美女亲吻,没谈过恋爱?"

男人的呼吸浮在她的脖颈间,邢窈轻笑。

在秦皓书发现他们挨在一起之前,邢窈退到了光线明亮的地方。

"邢老师,我哥哥来给你送钥匙,他有追上你吗?"秦皓书偷偷跑出来找秦谨之,但只看到了邢窈。

邢窈钩着钥匙在他的面前晃了晃,回答道:"追上了。"

秦皓书四处看,始终没看见哥哥,于是问邢窈:"那我哥哥呢?"

"他没有回去?"

"没有。"

"你在附近找找吧,"邢窈若无其事地往旁边瞟了一眼,道,"他会不会躲在哪棵树后面了?"

秦皓书摇头,道:"肯定不会,哥哥以前都不跟我玩捉迷藏,现在更不会。"

邢窈不想让秦皓书知道他们先前的事,所以打算将秦皓书支开。

"那你就回家等,他那么大的人了,不可能在家附近迷路的。"她说。

"我再去商店里看看。"秦皓书跟着邢窈往前走,突然问邢窈,"老师,你的手怎么了?"

"被一个坏蛋拧伤了。"邢窈用手机叫了一辆出租车,要去医院一趟。

秦皓书吃惊地瞪大了眼睛,道:"哥哥有车,我让他送你去医院。"

邢窈笑了笑,道:"等你找到他时,我的手可能已经没救了。"

车来得快,她上车的时候,秦皓书还站在商店的门口。

她到了医院,找医生检查完,她的右手果然脱臼了。

医生问她是怎么受伤的,就算是闹着玩,对方下手也太重了。

邢窈疼得后背都被汗水打湿了。

朋友等她等得着急,给她打了好几个电话,以为她临时改主意,是因为对那个体育生没感觉,所以找借口推辞。

邢窈拍了一张照片给朋友发过去,朋友才相信她是真的去了医院。

物理专业女生少,一个班里也就四五个女生,邢窈刚考进 N 大的时候,被分到了研究生宿舍里。

每次辅导员查寝时,一眼就能看到谁不在。但也有好处,研究生宿舍没有门禁,即使放寒暑假了她也可以住在宿舍里。无论多晚回来,她都不会遇到被锁在大门外,可怜地求宿管阿姨开门的情况。

门卫大叔看见邢窈的手腕上缠着固定带,又检查了医生开的证明,才放出租车进校门,出租车直接开到了邢窈的宿舍楼下。

她的右手完全动不了,左手又使不上劲儿。

她的另外两个室友是本地人,一放假就回家了。这个时候,与她一样仍然住在宿舍里的陆听棉,地位立刻凸显了出来。

陆听棉听到敲门声后,从床上跳下来,穿着拖鞋去给邢窈开门。

她们不是同一个专业的,陆听棉想跟邢窈住在一起,就找同学商量,换到了这间宿舍里。

陆听棉帮她拿东西,并问她:"出门前还好好的,给小学生讲了几道题就把手弄成了这样,你干什么了?"

邢窈叹了一口气,道:"认识了一个帅哥,他的眼睛长在头顶上了。"

"哇,你竟然因为一个男人而放了学姐的鸽子!"陆听棉配合地装出震惊的模样,还看了一眼时间,道,"才十点,结束得这么早,这个眼睛长在头顶上的帅哥不太行啊,连一个晚上都留不住你。啧啧,手都脱臼了,成年人的世界好激烈。"

邢窈又叹了一口气,道:"我是从医院里回来的。"

"哦,原来他不是不行,是太行了。"陆听棉改口,搬了一把椅子坐到邢窈的面前,对邢窈道,"你别动,我帮你卸妆。"

她看不明白那份检查结果,但根据邢窈的脸色来判断,邢窈被伤得不轻。

"谁啊？是咱们学校的吗？"她问邢窈。

"你想干吗？"

"天黑后堵住他，给他套个麻袋，把他揍得鼻青脸肿，给你出气。"

邢窈被逗笑了，道："陆听棉，你是大导演的女儿，不是小混混。"

陆听棉小时候就认识邢窈，两个人之间没有秘密。

"咱们不能吃哑巴亏，有仇必须报。"陆听棉道。

邢窈："他也吃了点儿亏，扯平了。"

邢窈现在行动不便，去洗澡之前衣服都是陆听棉帮她脱的。

她因手腕还在隐隐作痛，连刷牙、洗脸都很困难。医生说最少要半个月之后，她的手腕才能稍微活动。

她好像伤得不太值。

晚上，她梦到了赵祁白。

他还是她记忆里最熟悉的样子。明明他们隔得不远，他却仿佛听不到她的声音，一直在往前走，等她摔了一跤才转过身。

迷雾散去，她终于看清了他的脸。

那人不是赵祁白，而是秦谨之。

外面天色泛白，邢窈从梦中惊醒，恍惚地看着天花板，情绪说不清是失望还是什么。

赵祁白这个小气鬼，很少来梦里看她。

陆听棉睡得晚，起得更晚。邢窈喝了几口水，去阳台上给刘菁打电话。

"皓书昨天晚上跟我说了，我以为你伤得不严重。小区的治安还不错，怎么会遇到这种事？"刘菁得知邢窈不能再给秦皓书补课之后有些遗憾。

"我还好，就是给您添麻烦了。"

"没关系,这一个月,皓书把很多坏习惯改掉了。你好好休息,我们重新找老师。"

电话还没挂,旁边的秦皓书听到换老师这句话后急了。

"为什么?我喜欢邢老师,为什么要换?我不想换!"秦皓书着急地道。

"小声点儿,都把你哥哥吵醒了。"刘菁看向秦谨之。

他刚下楼。昨晚不知道怎么回事,他出去了一趟,回来之后脸色怪怪的,一言不发地进了房间,连饭都没吃。

他今天值夜班,刘菁想让他多睡一会儿,就没有叫他起床吃早餐。

秦皓书跑过去,对他说道:"哥哥,昨天有个坏人把邢老师弄伤了。"

"所以邢老师不能再来咱们家了。皓书,你别闹了。"刘菁语气严肃地道。

秦谨之穿着一套深色的家居服,鼻梁上的眼镜还是昨天戴的那副银白色的金属框眼镜。他虽然比平时晚起了两个小时,但眼中的倦色比昨晚下班回来时更浓,像是一夜没睡。

"谨之,你昨天没吃晚饭,饿了吧?阿姨炖了汤,你先喝一碗。"刘菁说着便进了厨房。

秦皓书闷闷不乐地趴在沙发上。秦谨之很久才回家一趟,如果是以前,他早就黏上去了。

刘菁接电话的时候,秦谨之听到了几句。邢窈辞职在他的意料之中,她的手腕受伤了,短时间内拿不了笔。

"有那么伤心吗?"他问秦皓书。

"嗯,伤心!那个坏蛋真讨厌!"秦皓书道。

"你喜欢她什么?"

秦皓书认真地回答道:"漂亮,邢老师漂亮!"

秦皓书还真肤浅。

邢窈那冷冰冰的眼神，在秦谨之的脑海里一闪而过。

没谈过恋爱？

秦谨之手上的力道重了一些。秦皓书疼得大叫了一声，连忙改口，说自己喜欢邢窈讲课的方式，但秦谨之没怎么听。

刘菁端了一碗汤出来。秦谨之检查秦皓书的手腕，确定没问题后才让他去外面。

"皓书的家教是从哪儿找的？"

秦谨之很少问这些，刘菁平时想跟他聊聊天儿都没有机会。

"她是小刘的同学。小刘因为奶奶生病住院了，要做手术，就请她来帮忙。我观察了两天，觉得她还可以，皓书也喜欢。昨天还好好的，刚才她打电话说在咱们小区受伤了。"

秦皓书插嘴："男人不能欺负女人，哥哥，我们帮邢老师报警吧？把那个坏蛋抓起来！"

秦谨之淡淡地道："没空。"

秦皓书趴在餐桌上，可怜兮兮地看着他，小声说："报警不麻烦的……"

"邢老师说是误会，你别听风就是雨。"刘菁摸了摸儿子的脸，道，"哥哥晚上要去医院，你乖一点儿。"

秦皓书又泄气了，道："以后就见不到邢老师了。"

第二章

很容易的事

邢窈的手受伤了，原本打算回家过暑假的陆听棉就把机票退了，留在学校里照顾她。她养了半个月伤，手腕才勉强能活动，但还是拿不了太重的东西。

假期过去了一半，学校里没什么人，白天和晚上都很安静。

昨晚下了一场雨，宿舍楼下的那条路上落了一大片梧桐叶，雨水滴在水坑里，荡开一圈一圈的波纹。

邢窈站在阳台上。

陆听棉接完电话后往外面瞟了一眼，看到空气里飘着白烟就要骂邢窈。可她突然想起了今天是什么日子，到嘴边的话又咽了回去。

今天是赵祁白的生日。

以前赵祁白过生日时，即使再忙也一定会抽空回家。过生日的人是他，收到礼物的人却是邢窈。

雨下大了，邢窈掐灭了烟回屋，声音有些哑，问陆听棉："沈烬要过来？"

"你听见了？"陆听棉给她倒了一杯水，道，"他晚上八点到，一起吃顿饭吧？"

"嗯。"邢窈点了点头，没再说话。

陆听棉是大导演陆川的女儿，沈烬的母亲慕瓷则是被陆川捧红的。陆听棉和沈烬是青梅竹马。陆听棉高考结束后，填志愿的时候填了N大，两人就开始了异地恋。

两人虽然不在一座城市里，但沈烬有事没事就来南城。二人见面其实很频繁，有的时候一刻都分不开，吵起架来又谁都不让谁。

陆听棉无数次单方面宣布分手,次次都被沈烬拒绝了。

邢窈换了一个又一个男朋友,陆听棉还是只有沈烬。

晚上六点多,陆听棉先去机场。

邢窈出门前照常往家里打了一通电话。

沈烬在南城有朋友,晚饭后组了个酒局。陆听棉也是个爱玩的人,沈烬从不约束她。她若喝了酒,他就滴酒不沾。

参加这场酒局的人,邢窈都认识。而且有沈烬和陆听棉在,她可以放心地多喝几杯酒。

"三点钟方向,穿黑色衣服。"

胳膊被身边的同事撞了一下,秦谨之抬头看过去。

科室里来了几个新员工,都是刚毕业的。领导组织大家聚餐,秦谨之是下午四点出手术室的,空腹喝了两杯酒,胃就有些不舒服了。

酒吧里有人求婚,气氛高涨。周围热闹、嘈杂,秦谨之隔着人群,看到了坐在一群男人中间的邢窈。

离她最近的那个男人,一只手搭在她的肩上,正低头跟她说着什么。

同事说:"还记得吧?就是上个月在'渡口'跳舞的那个姑娘。"

其实在秦家见面之前,秦谨之就见过邢窈。

"渡口"是南城的一家酒吧。

那天,秦谨之刚从国外回来,朋友给他接风。酒吧里越晚越热闹,大厅里传来一阵阵尖叫声,秦谨之被堵在门口,静静地看着全场的焦点。

她缺钱?

她那天可是请全场的客人喝了酒的。

"算是我的病人,说起来也巧,她的手腕脱臼了,半夜一个人去医院,那天刚好是我在急诊室值夜班。"同事刚才还在找借口要提前走，现在却半句也不提了。同事抽完一根烟，准备去跟邢窈打招呼。

秦谨之沉默地收回视线，擦了擦手背上的酒渍。

同事已经起身了。

"你好。"同事对邢窈道。

"杜医生。"邢窈虽然醉了，但还没到人事不省的程度。

周围太吵，她听不清杜医生说了些什么，大概是在告诉她，不应该喝酒。

旁边传来一阵笑声，邢窈注意到了。

杜医生有些尴尬地道："那几个是实习生，年纪小爱闹腾，没别的意思。"

邢窈不经意地看过去，却有意料之外的收获。

"杜医生，坐在最左边的那个也是实习生吗？"

"他是我的同事。"

"哦，是同事啊，他喝酒了吗？"

"我们都喝了一点儿，但我们的身上没伤。"杜医生再次提醒她，"少喝酒。"

邢窈放下酒杯，道："好吧，听医生的。"

杜医生跟邢窈打完招呼后回到自己那桌，刚才起哄的几个男生围在他的身边，秦谨之的周围就空了。秦谨之看手机，邢窈看秦谨之。

这几分钟里，有两个女人主动与他说话，他拒绝的方式一模一样。

沈烬在和朋友谈事情。陆听棉从洗手间里回来后和邢窈坐在一起，这才发现邢窈的心思跑远了。陆听棉无论问什么，邢窈都要反应一会儿才回答，而且回答得心不在焉。

陆听棉顺着邢窈的视线看过去，也愣了一下。

陆听棉即使知道对方不可能是赵祁白，心里也无法平静。她再看几眼，等男人抬起头后，屏住的那口气息才慢慢呼出来。陆听棉有一种刚才那一瞬间是自己眼花看错了的感觉。

"窈窈……"

"怎么了？"

"你……"陆听棉欲言又止。

陆听棉又想：你不会认错人了吧？连我看着那个男人的侧脸，都能立刻想起赵祁白，更何况是窈窈？

她偏偏今天遇到了这个人。

邢窈从小就不爱笑，长大后看起来越发高冷。陆听棉觉得她对所有人一样：你高攀不起——唯独赵祁白特殊。

邢窈不知道，她此时的眼神有多让人心动。

陆听棉的直觉告诉自己，大事不妙。

"窈窈，刚才那个医生说喝酒不好，你的手疼不疼啊？我和沈烬先送你回学校吧？"陆听棉道。

"你们先走，"邢窈垂眸，揉了揉手腕，道，"不用管我。"

这种情况下，陆听棉哪儿能放心让邢窈单独待着？

"还是一起走吧，你当了这么多年的电灯泡，不差这一天。"陆听棉又道。

邢窈看着第三个女人拿着酒杯走到秦谨之的面前，这一次，他多说了几句话。女人把手机拿出来，大概是在向他要联系方式。

陆听棉的视线在邢窈和被邢窈看了好久的男人脸上来回打转，她越看越觉得不对劲儿。他们似乎认识，或者见过面，否则他不可能无动于衷。连他身边的人都因为邢窈的目光而频频往这边看，杜医生甚至被几个实习生调侃得脸都红了，他却仿佛感觉不到。但陆听棉看出来了，他应付那个女人时并不走心，点燃的那根烟也只抽了一口。

不知怎么了，陆听棉忽然想起了邢窈进医院的事。那天晚上，她虽然做什么都不方便，手腕也很疼，洗漱完爬上床的时候还差点儿摔下去，但心情很好。

如果那位眼睛长在头顶上的帅哥就是他,就真的应了那句话:人不可貌相。

看起来冷冰冰的男人,下手却那么狠。

陆听棉试图再努力一次,对邢窈道:"窈窈,沈烬早就习惯了在带走我之前送你回家。就算今天晚上我陪你,他也不会有意见的。"

邢窈眨了眨眼,道:"我的意思是,你和沈烬有点儿影响我。"

陆听棉:"……"

看吧,她果然猜对了。

邢窈把话都说到这个份儿上了,她若还留下来碍事,那就不是真姐妹。

即使陆听棉不想走,沈烬也会把她带走。她盯人的架势都快让几个朋友误会她要当场劈腿了,但沈烬从头到尾没有看过那边的人一眼。

直到上了车,沈烬放在她腰上的手才用了点儿力气。他问:"陆听棉,你有什么想法?"

"别吃醋了,有想法的人不是我,是窈窈。"陆听棉还是不放心,"不行,我得再回去看看。"

沈烬把陆听棉按在车里,语气明显缓和了很多,对陆听棉说道:"她都赶你走了,你还不懂?你又不是她妈。"

"我悄悄地看。"

"看我吧,你随便看。"

沈烬让司机开车,陆听棉只好作罢。

他们离开二十分钟之后,邢窈才起身。

那天晚上,在秦家附近,她有五分钟的耐心,但今天耐心很足。因为她知道秦谨之不会在里面待太久,并且一定会单独出来。

秦谨之走出酒吧的时候,是二十三点零七分。他在转角处停下脚步。

邢窈站在离他几步远的路灯下，任晚风吹动她散开的长发和飘逸的裙摆。街边人来车往，她偏着头轻轻地笑了一声，对他说道："秦医生，真巧啊。"

和上次一样，她装得很敷衍。

秦谨之沉默着，等着听她说下一句话。

"我有一件事想问你。"她停顿了片刻，但不是犹豫，而是等路边的人走远。

落在地面上的影子很长，她的视线顺着秦谨之脚边的阴影往上，很直接地落在他的唇边，她问："接吻吗？"

风里夹杂着细雨，秦谨之颀长的身体立在灯下，夹在指间的香烟透着点点火光。白色的烟雾漫过他骨节分明的手指和腕上银色的手表，慢慢散到空气里。

邢窈穿得少，裙摆随风摇曳，纤细的腰肢轮廓被清晰地勾勒出来。

对视半分钟后，秦谨之把烟踩灭，平静地反问她："床上如何？"

邢窈："……"

秦谨之面不改色地道："你若点头，我便吻到你满意为止。"

邢窈怔了一下，很快回过神。她撩动长发弯唇浅笑，余光越过秦谨之的肩头，看到了刚才跟着他从酒吧里出来的男人。

男人看过来时，邢窈往前走了几步。

她踮起脚，靠近秦谨之。

在旁观者看来，他们是在亲吻，但她的唇和秦谨之的侧脸之间隔了一根手指的距离。她的呼吸浮动在他的脖颈间，带起一阵躁热感，即使在湿气蔓延的细雨里，那股热意也在催发着一簇火焰。

她叹了一口气，问他："激我呢？"

他还是不直接回答她的问题，而是反问道："单纯的接吻有什么意思？"

邢窈眼里的笑意是最真实的反应，秦谨之最后喝的那杯酒有问题。她的目光始终在他的身上,她将那个男人的小动作看得一清二楚。

酒吧里什么样的人都有,但她没想到第一个对他起色心下黑手的竟然是个男人。

"好呀,"邢窈没有考虑太久就回答了,"那就做点儿有意思的事情吧。"

秦谨之面不改色,握住她不久前脱臼过的那只手,阻止她的动作,问她:"酒店还是我家?"

他控制着力道,目的并不是让邢窈疼。

她顺势往他的怀里靠,回答道:"酒店。"

两人上了同一辆车,那个站在酒吧外左顾右盼的男人才讪讪地离开。

经过第五个红绿灯路口后,车从一家酒店的路口开进了地下停车场,停稳后,代驾司机下车离开,车里的光线彻底暗了下来。

邢窈低着头解安全带。秦谨之倾身逼近她的同时,一只手覆上她的后颈。

她上了车,就等于答应了即将发生的事。

杜医生跟她打完招呼回去之后,每隔几分钟就有人坐到他的旁边,旁敲侧击地问她的名字,听完又问是哪个"窈"。杜医生说是"窈窕淑女,君子好逑"的"窈"。

黑暗中,两人的呼吸纠缠、混合,丝丝缕缕绕成一个包围圈。已经很近了,他只需要稍稍低头就能开始这个吻,但竟停住了。邢窈不知道他在等什么,也不想知道,一把揪住他的领口将他拽近。

她的牙齿撞到了他的下颌,她就沿着他的下颌往上吻。

秦谨之不为所动,反压住她放肆的右手,这个动作算不上回应。

就在邢窈以为他要把她扔下车的时候,主动权被他夺走。

车里的空气开始升温。

秦谨之分不清到底是什么在作祟。那口有问题的酒他明明没有咽下去，可现在连下车到酒店的前台开间房的耐心都没有。

手机铃声突然响起，搅散了热意，也把邢窈从一片混沌中拽了出来。

秦谨之的唇还贴在她的耳后。

"不好意思，我接一下电话。"邢窈一边说，一边推开秦谨之下了车。

一辆车开进来，刺眼的灯光从车头扫过，照着站在车窗外的人的身影。秦谨之收回视线，拧开剩下半瓶的矿泉水，仰头喝了几口，身体里翻涌的燥热感慢慢消失。

电话是爷爷打来的，这比任何醒酒茶都管用，邢窈再次想起车上的秦谨之时已经是十分钟之后了。

车里的那股燥热早已冷却，他没说话，邢窈也知道她刚才突然叫停很扫兴。

秦谨之重新叫的代驾司机到了。邢窈把手机调成静音模式，回到车上。

"住哪里？"秦谨之问。

"学校有门禁，太晚了我回不去了。"邢窈轻轻地擦掉他下颌处的口红印，补充道，"我没带身份证。"

秦谨之意味不明地看了她一眼，没有说话。

邢窈继续帮他整理衬衣的领口，又说道："我的朋友今天要陪男朋友，顾不上我。"

她的话，他分不清是真还是假。

半个小时后，代驾司机把车停在了秦谨之住的地方。

邢窈身上的裙子只是有点儿皱，还能穿，但遮不住锁骨处的红印，幸好电梯直接到了十六楼。

鞋柜里没有女款拖鞋，不合脚的鞋穿着不舒服，她便光着脚进了屋。

客厅里很整洁，但也没什么烟火气。

邢窈走到厨房里，打开冰箱，里面只有酒。

身后传来脚步声，邢窈回头，见秦谨之换了一身衣服，短发有些凌乱，银框眼镜缓和了眉目间的攻击性，使他看起来多了几分温和之色。

"附近有二十四小时营业的餐厅，可以送餐。"

"我不饿，是想给你做点儿吃的。"邢窈在柜子里找到了米，道，"胃不舒服就喝粥吧。"

秦谨之平时很忙，上班时不是在手术室里就是在去手术室的路上，只有休息的时候会自己做饭。厨房里该有的东西都有，他这周排了满班，就没让阿姨买菜。

他看着邢窈舀了两碗米之后还觉得不够，又加了一捧，最后蒸出了一锅米饭。

邢窈也没想到会这样，沮丧地道："我重新……"

"不用了，"他把脚上的拖鞋脱下来，留在厨房门口，转身往外走，边走边说道，"去洗漱，洗手间里的毛巾和牙刷都是新的。床单周一刚换过，衣柜里的衣服随便穿，早点儿休息。"

拖鞋里残留着他的体温，邢窈穿上后，脚后跟处空出了一大截。

她洗澡只用了十分钟。

衣柜里只挂着几件夏装，全是白色的T恤和衬衣，邢窈随手拿了一件。

这间房间是次卧，她出去的时候，秦谨之在阳台上抽烟，从十六楼望下去，万家灯火只剩星星点点的光亮。

将烟拿走，不等秦谨之转身，邢窈就踮起脚想要吻他。他往后退，但她比那晚在秦家小区大树下的时候更大胆。

秦谨之抿紧唇，她的手腕细得如果他的力气再大一点儿就会折。

"邢窈。"他那深沉的嗓音里有警告的成分。

"我喜欢听你叫我的名字。"她的鼻子凑近闻了闻，他的身上除了有和她的身上一样的沐浴露的香味，只有一点儿烟味，她并不讨厌，"但不喜欢你这么凶。"

夜深了，城市的喧嚣与燥热消失了，高楼之下万物如蝼蚁，灯光忽明忽暗。

邢窈能感觉到他的吻技比在车上时好了很多。很快，她就有点儿呼吸困难了。

身后是空旷的黑夜，她好像要坠下去了。

"我睡哪间房间，浴室左边那间吗？"她轻声问，是拒绝再吻的意思。

说不清是酒精还是欲望本身在作恶，第二次被叫停，秦谨之耐心不足。他一口咬在她的脖子上，回答道："主卧。"

邢窈笑了笑，眼睛湿漉漉地看着他，问："你家里应该没有那个吧？"

秦谨之一时没有反应过来，反问她："哪个？"

她很惊讶地道："你真的没谈过恋爱啊？"

秦谨之："……"

"晚安。"邢窈在他的唇角上亲了一下，拢起身上那件松松垮垮的衬衣走进客厅。

她顺手捡起沙发上的手机，看到了陆听棉发给她的微信消息。

陆听棉问她怎么样。

邢窈关上次卧的房门，靠在门后回复："就那样。"

陆听棉刨根儿问底儿："'就那样'是什么样？"

邢窈想了想，回复道："有点儿可爱。"

陆听棉沉默了。她无法想象"可爱"这个词，竟然能用在那位看起来有点儿手段的男人的身上。

邢窈不认床，但怎么都睡不着。

早上六点左右，医院的急诊室里收了一个病人，病情比较复杂，秦谨之需要参加会诊。同事给他打电话，通知他八点开会。

秦谨之洗漱完走出卧室时，次卧的房门开着，于是往里面看了一眼。床上整洁、干净，和昨晚没什么差别，不像有人睡过的样子。

原本放在圆桌旁边的藤椅被搬到了阳台上，阳台的角落里有一个空酒瓶。

她是没睡，还是起得早？

"早，"邢窈从厨房里探出半截身子，跟他打招呼，"你起床的时间正好，过来帮我一下，东西有点儿多。"

她看到秦谨之已经换好了衣服，连手表都戴上了，以为他没空吃早饭，于是问他："急着出门吗？"

"不急，有吃早饭的时间。"秦谨之没睡好，在同事给他打电话之前就已经醒了。

他走过去帮忙，一眼就看出了只有那锅粥是邢窈煮的，其他几样全是从附近的小吃店里买回来的。

"我不太会做饭。"她脸上的表情很坦然。

"这不是必须会的事。"

"那你会吗？医生那么忙，应该很累吧？下班后还有精力自己做饭吗？"

"偶尔，也不经常做。"秦谨之尝了一口粥，有昨晚的前车之鉴，因此对这锅粥没有抱太大的希望，煮熟了就行，入口却是出人意料的软糯香甜。

邢窈没有吃早饭的习惯，只给自己买了一杯冰咖啡。喝咖啡能提神，她平时早起上课时，也都是简单地凑合一下。

她没动筷子，一只手托着下巴，看着秦谨之吃。

"你很适合戴眼镜。"她说。

秦谨之盛了一碗粥，放到她的面前，把那半杯冰咖啡拿远。

她也不生气，脸上还多了点儿笑意，继续说道："很帅。"

邢窈没化妆，五官精致，眉眼弯弯的模样与平时相比少了一些距离感。美人在骨不在皮，秦谨之是骨科医生，职业原因，看人的第一眼是看对方的骨架。

她不只是线条优越，骨相也漂亮。

雨后天气放晴，秦谨之当初买这套房子最主要的原因就是它采光好。阳光柔和地落在她的身上，显得她的唇色很浅，皮肤更是白得发亮。

他低头看了一眼腕上的手表，还有十分钟可以浪费。

"邢窈。"

"嗯？"

"你的'窈'是哪个字？"

"嗯……"她一边捏着勺子，有一下没一下地搅着碗里的白粥，一边回答道，"就是'窈窕淑女，寤寐求之，求之不得，寤寐思服，悠哉悠哉，辗转反侧……'的'窈'。"

其实前四个字就足够了，她却慢悠悠地念了一句又一句。

餐厅里安静下来，因为秦谨之吻住了她。

她的右手被他握住，手腕压着什么东西，可能是他的眼镜，邢窈温顺地张开嘴，缠绕，分开，再亲密地吻到一起。

比起昨晚的，这才算吻。

几分钟后，秦谨之站在水池前收拾碗筷。邢窈靠在椅子上看他，藏在碎发里的吻痕，颜色比早上刷牙时照镜子那会儿更深了。

她早早进了厨房，是为了弥补昨晚那锅失败的粥。他缩短吃早餐的时间，是为了继续昨晚在阳台上被叫停的那个吻。

二人一起走出小区。秦谨之去医院，邢窈回学校，向着相反的方向各自前行。

他们既没有互相留电话，也没有交换其他的联系方式。

沈烬要在南城待一段时间，陆听棉陪他住在酒店里。

邢窈一个人留在学校里没什么意思，白天待在图书馆里，晚上就被陆听棉拉着参加各种酒局。陆听棉的交际圈十分广泛，从"网红"到模特，从十八线艺人到流量明星，只要她想，每天都有人乐此不疲地围着她转。其实她的心里清楚得很，大部分人讨好她的最终目的就是想见她爸，但她从不戳破这层窗户纸。毕竟她也只是闲得无聊图个乐子，邢窈也一样。

在陆听棉以为邢窈已经忘记秦谨之的时候，这两个人又见面了。

N大比别的大学开学晚一些，大一的新生还没结束军训就入秋了。

天气不再像夏天时那样燥热，风也变得温柔了，尤其早晨和傍晚，气温很舒适。

迎新晚会是每年开学季的传统，学生会的成员早上就开始在操场上搭舞台，为了达到最佳的效果，一次又一次地调试音响和灯光设备。晚上六点才开场，下午三四点钟就有学生陆陆续续地到了操场上。

太阳落山后，天色渐渐变暗，气氛却越来越热闹了。

邢窈要表演节目，刚到操场上就被负责人叫去后台做准备了。

其实她原本没想参加。物理系整个大四年级一共十个女生，隔壁班的一个男生跳舞需要搭档，邢窈又是女生里唯一会跳舞的。那个男生在开学之前就找过她，当时她没有答应。但男生锲而不舍，越挫越勇。开学后，不管邢窈出现在哪儿，他都会跑过去。二人的身影从图书馆到食堂，再到宿舍大门口，连陆听棉都倒戈了，跟他一起劝邢窈。

陆听棉的理由：在毕业之前留下点儿什么。

青春很快就过去了，留下一些回忆，以后再想起这段时光时，脑海里不至于一片空白。

邢窈总觉得这三年漫长又空旷，可回头看，又好像只是一眨眼的时间。

别人说十句都比不上陆听棉说一句。邢窈答应之后就开始练舞，练了一个星期,和男搭档配合得就很好了。

邢窈跳开场舞,陆听棉去拿横幅的时候耽搁了一会儿,等到操场时,舞台的周围已经围满了人。她根本挤不进去,只能站在后面,指挥沈烬把横幅举高。

灯光在幕布上投出两个人的影子,一男一女,音乐声响起时,气氛瞬间被点燃。

邢窈的身材没话说,连头发丝都在散发魅力,引得陆听棉跳起来尖叫。沈烬被迫举着横幅,头上还戴着和陆听棉同款的粉色猫耳朵发箍。

"真热闹。"周维听着音乐声,忍不住往操场的方向看了几眼,对身边的人道,"学校现在在举办迎新活动,秦医生很久没回来了吧?我带您绕过去看看?"

秦谨之受邀来 N 大给医学院的研究生做学术报告。周维是秦谨之他们科室里的实习生,也是 N 大的学生,对 N 大的各个地方很熟悉,就跟在秦谨之的身边帮忙了。

节奏感十足的音乐声都传到学术报告厅外面了,隐约还能听到一阵阵喝彩声。

听完报告的学生们出来后连晚饭都不吃,直接往操场那边跑。

秦谨之本科毕业后就出国了,记得以前在 N 大读书的时候,每年迎新季的晚会也都办得很精彩。

"走吧。"

"那我看一下节目单。"周维兴奋地跟上去,道,"是邢窈跳开场舞!"

秦谨之已经看见邢窈了。

舞台上的邢窈穿着一套颇具学院风的短裙,虽然每个动作看起来简单、随意,但把"性感"这两个字演绎到了极致。

妖而不媚,大概就是她这样了。

"咱们来得晚,只能站在这儿。"周维想用手机录一段视频,但碍于秦谨之还在旁边，不太好意思，"她是我们学校的校花，物理系的，跟我同一届。我们虽然做了三年校友，但我没见过她几次，转眼就快毕业了。"

周维瞪大眼睛，盯着舞台上的那对俊男美女，道："那个哥们儿不会是要当众跟邢窈表白吧？！"

连主持人的声音都被四周的惊呼声淹没了，秦谨之自然也看到了舞台上正发生的一幕。表演结束后，男生不知道从哪儿捧出了一束花，拦住了准备下台的邢窈。

"追她的人很多？"秦谨之问周维。

"嗯，很多，不只我们学校里有，附近的几所大学里也有人追她，但邢窈太难追了。她还没分手的时候，想着挖墙脚的人就基本没断过。听说她家里很有背景，有钱又漂亮，还很优秀，像我这种各方面条件都一般的男生高攀不起，连追都不敢追。"

那个男生提前跟自己的朋友打过招呼，一群人又是鼓掌又是吹口哨起哄，带动其他同学一起营造气氛。

然而在喧嚣之外，有不和谐的声音被传了过来。

陆听棉就在旁边，直接一脚朝说话者踹了过去。

她觉得不解气，扑腾着要往前冲，被沈烬拽到了怀里。

"沈烬！别拦着我，你松开！"她听不得别人说邢窈的坏话。

周围都是认识她的人，被踹的男生脸上挂不住，张口就骂："陆听棉，你有病吧？"

沈烬挡在陆听棉前面，抬手扶了下头上的猫耳朵发箍。下一秒钟，他的拳头就精准地砸在了男生的脸上。

男生的几个朋友看男生吃了亏，立刻冲过来帮忙。

但此时，舞台上的气氛也僵持着。

两个冲突区像是倒塌的多米诺骨牌，分别以被表白的邢窈和因为嘴欠而被揍的人为中心向外扩散。

舞台上，主持人灵活地控场，巧妙地化解了这短暂的尴尬，表演继续。

然而舞台下，操场上依然混乱。

冲突发生得很突然，医生的手比什么都重要，周维担心那些人伤到秦谨之，想说不看表演了，但见秦谨之并没有要离开的意思。打架闹事的人就在他面前，他的目光却始终在舞台上。

保安怕闹出大事，直接报了警。

警察来了之后，把与这场混乱有关的人都带走了。保安继续留在操场上维持秩序。

邢窈没有收那束花。下台时，男生追了出来，从找邢窈做搭档的那一天起，就已经开始计划向她告白了，自然不会轻易放弃。

警车来的时候有人拍了照片，事情很快就被传开了。邢窈接到另一个室友林林的电话后，才得知陆听棉进了派出所。

现场太吵，音响的回声震耳欲聋，林林心急，没说清楚。邢窈不知道陆听棉被带去了哪个派出所，就边往校门口的方向走边叫车。这种情况下，她没有耐心应付搭档的告白。

"邢窈！"周维大声喊她，并朝她挥手，"我们这儿有车！"

邢窈对周维没什么印象，以为他是陆听棉的朋友，便问道："你好，我要去派出所，方便吗？"

周维一边帮她开车门，一边说道："方便方便，快上车吧。"

"谢谢。"邢窈担心陆听棉，就没跟他客气，坐上了副驾驶座。

开车的人提醒她："安全带。"

邢窈觉得这声音有点儿熟悉，于是偏头看了过去。

路灯昏黄的光线从男人的脸上扫过，描绘出他的侧脸轮廓。车开过这段路之后，光线暗了下来。

秦谨之打转方向盘，往校外开。

周维说起刚才发生的事，邢窈回过神，低头系安全带。

秦谨之今天开的车和那晚开的不是同一辆，所以她没认出来。

坐在后座上的周维向邢窈介绍秦谨之："这位是秦医生，以前也是我们学校医学院的学生,今天来学校做讲座,正好赶上迎新晚会。讲座结束后听到了音乐声,我们就绕到操场看你表演了。"

一个月前,邢窈在秦谨之的家里住了一晚。

一个月后,邢窈上了秦谨之的车。

但两人很有默契,装作第一次见面的样子。

邢窈:"谢谢秦医生,麻烦你了。"

秦谨之:"不用客气。"

周维在后面附和,说秦医生人很好,举手之劳而已。

比起恰巧遇到的秦谨之,邢窈更关心陆听棉,于是问周维:"陆听棉有没有受伤?"

"应该没有,一直有人护着她。"周维不认识沈烬,"就是不知道帮她出头的人伤得重不重。"

邢窈了解沈烬,他不主动惹事,但也从不怕事,陆听棉则是完全相反。

如果事情闹大了,对他们两家人的影响都不好。

车在路边停下,旁边是地铁站。

秦谨之道:"你先回医院。"

周维愣了一下才反应过来,秦医生是在跟他说话。

"哦,科里还有培训,那……邢窈,我先走了。"周维道。

邢窈点头,道:"再见。"

周维下车后,秦谨之才掉头往派出所的方向开。

车里少了一个人就安静了。

沈烬上学的时候就没少打架。谁骂陆听棉,他就教训谁。被打的男生虽然看着只受了一点儿外伤,但站都站不起来,被人扶着才能勉强走几步,然而沈烬只是衣服上沾了点儿泥渍而已。

附近是大学城,民警平时处理的主要案件就是学生之间的冲突,一般没什么大事。

陆导的新电影一个星期前上映，热度一天比一天高。陆听棉到了派出所才真正意识到事情的严重性——进派出所的事万一被谁发到了网上，她就死定了。

沈烬知道她在想什么，于是安慰她："没事，往我身上推。"

陆听棉咳嗽了两声，道："那多不好意思啊。"

沈烬捏了捏她的脸，道："嘴角都快咧到后脑勺儿了，是挺不好意思的。"

"嘻嘻！"陆听棉纯属有恃无恐，"我又不是故意的，谁让他胡说八道的？这种喜欢在别人背后造谣的人，就应该被撕烂嘴，让他当个哑巴。"

车在派出所门口停下来，邢窈对秦谨之说了声"谢谢"，匆匆往里面走。拐过走廊，有一个房间的门开着，她还没走近就听到了陆听棉的声音。

陆听棉在为她打抱不平。

"我胡说？陆听棉，看来你一点儿都不了解你的朋友。到底是不是我胡说，你回去问问邢窈就知道了。"

"你在阴阳怪气地说什么鬼话？！"

"邢窈不是冷淡！她是有病！不然她频繁地换男朋友是因为什么？苏恒追了她两年，爱她爱得要死要活，为什么只谈了半年就分手了？"

"陈凡，你闭嘴！"一声怒吼打断了陈凡即将脱口而出的那些更难听的话。

邢窈的手被人从后面抓住，她被拽得往后退了一步。

苏恒是跑过来的，此刻弓着腰大口喘气，看着她的目光很急切。

"窈窈，你听我解释。"苏恒道。

邢窈回头看了秦谨之一眼。他没说话，只是转身之前，目光在她被苏恒抓着的手腕上多停留了几秒钟。

苏恒抓得紧，邢窈的右手脱臼过，有些疼。她把手抽出来后，手腕处的皮肤上出现了一圈红痕。

她抬起头，平静地看着面前满头大汗的苏恒，问他："解释什么？"

"窈窈……对不起，"苏恒还是和以前一样，"那天我喝酒喝多了，酒后胡言乱语，没想到陈凡会当真。你别往心里去，我一会儿就让他给你道歉。"

苏恒是邢窈的第三任男朋友。

他是南城本地人，他的父母有一家食品公司，在遍地是豪车的南城也算得上"富二代"，性格温和、教养好，在食堂里对邢窈一见钟情，找机会认识她之后，就开始追她。

他追人的方式其实并不招摇，下雨送伞，过节送花——高调的是邢窈。并非她爱出风头，而是她从进校的那天起就已经出名了。谁跟她走得近，谁在追她，再小的事传来传去也会被放大。

从大二下学期起，苏恒就很少在学校里了。他提前进了自家的公司，只是偶尔回学校上课或者考试。

他们在一起的时候没有轰轰烈烈，分手时也很平和。

他们分手后就断干净了。苏恒没有联系过邢窈，回学校的次数也比之前更少了。元旦节的前一天，几个朋友聚在一起跨年，他喝醉了，嘴里一直念着邢窈的名字。陈凡看他那么难受，就问他既然放不下邢窈，为什么还要和邢窈分手。他醉得神志不清，自己都不知道自己说了些什么。

"他是你的朋友，算了。"邢窈不在意这些。

苏恒以为邢窈会生气，会质问他，就算不当众跟他吵架，至少会有一些不满的情绪。然而并没有，她的眼神平静得没有一丝涟漪。

她是真的不在乎。

民警说："有人给你们担保，你们可以走了。"

陆听棉顿时两眼一黑，紧紧地抓着沈烬的手，问他："你给你爸打电话了？完蛋了！"

沈烬淡定地耸肩，道："没有。"

陆听棉茫然地道："那是怎么回事？"

民警告诉她："签字的人姓秦。没事了，你们赶紧走吧，都是同学，以后别再打架了。"

邢窈心想：原来是秦谨之帮的忙。

"嗯，听警察叔叔的。"陆听棉表面一套背后一套，在警察的面前一副乖宝宝的模样，但转过身就冷着脸瞪了陈凡一眼。

事情解决了，陆听棉只想快点儿离开这里，便对邢窈道："窈窈，我们走。"

苏恒看着邢窈的背影，垂在身侧的手紧握成拳。陈凡揉了揉肩膀，不甘心地在苏恒的面前抱怨了几句。陆听棉又瞪了陈凡一眼，才拉着沈烬往外走。

苏恒还有话要说，追着邢窈出去。邢窈还穿着在学校表演时穿的那套衣服，有点儿像制服，上衣很短，被苏恒用力地拽住手臂，导致扣子崩开了一颗。

陆听棉反应快，先是捂住沈烬的眼睛，下一秒钟，另一只手又捂住了邢窈的胸口。

"苏恒，你没事吧？你已经是一个不合格的前任了，难道还想更招人烦？窈窈可从来没说过你一句不好，但是你呢？你管不住自己的嘴，喝醉了就在外面胡说八道！本来在今天之前，我觉得你这个人还不错，但今天你改变了我对你的看法。你现在没喝酒吧？怎么连自己的手也管不住？"

苏恒也愣住了，没想到会这样，被陆听棉推开后，刚才拽住邢窈的那只手还生硬地僵在半空中。

"真是晦气。"陆听棉用身体挡住邢窈，对沈烬道："沈烬，你把衣服脱了，给窈窈穿。"

沈烬闭上眼睛，很无奈地道："我只有一件。"

陆听棉:"那我脱?"

她也只穿了一条裙子。

沈烬自觉地开始解扣子。

等在派出所外面的林林摇着头感叹道:"好家伙,陆听棉你真是不把我们当外人。"

陆听棉笑笑,道:"大家都是姐妹,影响不大。"

邢窈的处境很尴尬。有人把一件外套披在了她的身上,替她解了围。

衣服上有一股很淡的消毒水的味道,邢窈知道站在她身后的人是谁。

她对苏恒说:"陈凡要去一趟医院,好好检查一下,医药费算清之后,麻烦你们联系我。"

"窈窈,我……"苏恒的心里有千言万语,可除了抱歉他又说不出什么。他的目光落在邢窈披着的那件外套上,他这才注意到她身后的秦谨之。

直觉告诉他,这个男人和邢窈之间不只是朋友。她一年换一个男朋友,并不是因为缺爱,也不是因为花心,只是需要有个人陪着她而已。

邢窈拢了拢外套,对苏恒道:"不用解释了,我理解但是不接受。"

几人走出派出所后,陆听棉的目光总是忍不住地往秦谨之的身上瞟。她看了又看,欲言又止,脚下差点儿踩空,被沈烬一把搂住脖子,才收回注意力。她凑到他的耳边小声告诉他,这就是把邢窈的手腕拧脱臼的人。

沈烬让她少操心别人的事。

陆听棉还辩解,邢窈怎么会是别人呢,明明是自己人。

沈烬两句话就把她堵得哑口无言了。

"邢窈不会认错人。她比任何人都清楚赵祁白已经不在了,其他的东西有替代品,但人是独一无二的。"沈烬说道。

林林早就注意到了秦谨之,刚才听到他打电话,他应该是认识哪个厉害人物,这会儿远远地看着他和邢窈站在一起说话,觉得两人格外般配。

"这位帅哥是什么来头?以前没见过。"林林问陆听棉。

陆听棉摇摇头,道:"我也说不清楚。"

林林也跟着摇头叹气,道:"苏恒好像受到刺激了。他不会黑化(崩溃然后变坏)吧?"

"谁理他?"陆听棉说罢,朝着邢窈喊了一句:"窈窈,你回学校吗?"

"我的手机落在车上了,你们先走。"

"好吧,那我们去吃夜宵了。"

秦谨之的车停在马路对面,邢窈披着他的外套上了他的车。

邢窈系好安全带,从后视镜里看到苏恒还站在派出所门口,随着车子驶离停车位汇入车流,他的身影变得越来越模糊,最后远得什么都看不清了。

车里很安静,她先开口了。

"今天谢谢你。"她说。

秦谨之淡淡地道:"怎么谢?"

"请你吃饭可以吗?"邢窈笑了笑,道,"我知道很多家菜品味道不错的餐厅,但是吃饭之前要解决一个小麻烦,我的衣服不能穿了。"

她的上衣扣子崩开了,她总不能就这样去吃饭吧?

二十分钟后,二人来到商场。秦谨之没有陪女人逛街的经验,邢窈也不是来逛街的。她随便挑了一件合身的裙子,去试衣间里换。

背后的拉链卡住了,她只能叫店员来帮忙,进来的人却是秦谨之。

他用修长的手指拨开她颈间的发丝，帮她整理好裙子的拉链，然后就着这样的姿势吻她。

邢窈怔了怔，恍惚地看着头顶的灯。

男人吻得温和，等她闭上眼开始回应他时，才慢慢深入。

不知道过了多久，邢窈靠着墙壁借力，稍稍把秦谨之推开。从他走进试衣间开始，她就已经知道了这个吻的目的。

他在试探她。

换句话说，他是在验证陈凡的话是真还是假。

试衣间里并不宽敞，邢窈无处可躲，眼角蔓开红晕，灯光映出点点水色，明明是动了情的模样，身体却没有任何反应。

那晚她两次叫停，都是有原因的，第一次在车里是因为家人打来了电话，第二次在他家的阳台上是因为他没有做准备。

许久之后，秦谨之往后退了半步，静静地看着她。

邢窈的眸子慢慢恢复清明，她依然不躲不避。

邢窈只是试一件衣服，店员没注意到秦谨之也进了试衣间，但时间确实有点儿久，便有礼貌地敲门询问："你好，需要帮忙吗？"

"不用，谢谢。"邢窈回答道。

邢窈说话的时候，秦谨之握住了门把手。在他开门之前，她抓住他的衬衣的领口，闭着眼吻了上去。

她亲一下就离开，下一秒钟又凑近。

彼此的气息纠缠着，分不清到底是谁乱了分寸。

邢窈轻轻擦掉男人的嘴角和下颔处的口红印，轻声说："我们出去吧，那家饭馆十点就关门了。"

秦谨之抬手轻抚她散落的碎发，问她："要提前打电话留位置吗？"

"早就过了饭点，人应该不多。"

两人一前一后地走出试衣间，店员看他们的眼神里多了点儿什么。但他们一个比一个坦然，店员便觉得是自己想歪了。

邢窈带秦谨之去的地方，其实就是一家很普通的川菜馆，平时来这儿吃饭的客人大部分是大学生。

店里装修简单，但干净质朴，价格也很便宜。

有一张桌子旁坐了七八个人，应该都是学生，其中一个男生还穿着迷彩服。

店里没有洗手间，在选了一张靠窗的空桌并让秦谨之先点菜后，邢窈出门绕到了后街。

后街都是居民楼，路边开了几家店，有卖烤串、炸串的，也有卖成人用品的。

她再回到餐馆的时候，那些学生正闹得起劲儿，啤酒瓶倒了一地。他们旁边的那张桌子旁坐的是务工人员，几个人吃两道菜，喝白酒，米饭一碗接一碗地加，接电话的声音在室内都有回声。

西装革履的秦谨之在这里显得格格不入，神情却像是习以为常。因为对他来说，在哪里吃饭并不重要。

邢窈叫老板再加两道菜，并对秦谨之道："虽然两个人点多了很浪费，但是我想让你都尝尝，吃不完就打包。"

"你经常来？"

"也不是经常来，我室友喜欢吃这家的水煮鱼，偶尔晚上睡不着的时候就来吃夜宵。"

邢窈其实不太能吃辣的菜。

她点完菜，老板问她是不是老样子，不要香菜。

秦谨之给她倒了一杯水，问她："老板认识你？"

她抬头看过来，眼里盛满了笑意，回答道："因为我漂亮啊。"

耳边时不时传来学生们嬉笑的声音，秦谨之感受到了烟火气。邢窈吃了一个小米辣，被辣得满脸通红，连脖子上的皮肤都透着粉色。

她和那些学生一样年轻。

两个小时前,秦谨之站在 N 大操场的角落里看着邢窈跳舞,周维在说起为什么有很多人追她的时候感叹道:"喜欢上邢窈是一件很容易的事。"

秦谨之想:确实不难。

吃完饭,邢窈去结账。听老板说已经结过了,她根本不用问就知道是谁结的。

秦谨之开车,是回学校的方向。

"明天干什么?"他问。

"我明天没课。"

"不用复习?"

"少一天多一天也没太大的差别。"

邢窈摸到了包里的东西,在秦谨之打转方向盘掉头的时候,往嘴里扔了两颗小药丸,喝了一口矿泉水咽下去,对他说道:"秦谨之,我们去酒店吧?"

他没说话,车行驶的方向也没有变。

从川菜馆出来后,他又戴上了眼镜,侧脸的轮廓变得柔和了一些。

邢窈看着车窗外闪烁的霓虹灯,有些失落。

"你不想吗?"她低声叹气,道,"我以为你想的。"

秦谨之语气平淡地道:"临时被叫停有点儿烦,勉强也没意思。"

"哦。"邢窈明白这话是什么意思。

他还挺记仇。

从川菜馆回学校的路上,车里安静得连手机振动的声音都听得很清楚。

秦谨之接过两通电话,都是朋友打来的。这个时间段道路畅通,二人十几分钟就到了学校。邢窈喝完了一瓶矿泉水,坐在副驾驶座上没动,有一下没一下地捏着手里的空塑料瓶。

校门口有学生进进出出，路灯也比其他地方的更明亮。

她不下车，秦谨之也不催她。

"有烟吗？"邢窈有些烦躁地问。

她拢起长发，灯光映出她的脸上不正常的红色，鼻尖上一层细细的汗珠泛着闪耀的光泽。

气温很舒适，然而那件外套她脱了再穿上，没过一会儿又脱掉了。她还是很烦躁。

"有，但不会给你。"秦谨之解开安全带，靠过去摸她的额头，被她不耐烦地推开，也不生气，问她，"是肚子疼，还是发烧了？"

"不是不是，都不是。"邢窈捂着脸，往角落里躲。

秦谨之察觉出她的异常，问她："哪里不舒服？"

邢窈不想听他说话，觉得车里闷，推开车门下车了。

她将包落在了车里，手机还在振动，是一串没有备注的手机号码给她打来了电话。秦谨之没拿稳，导致包里的东西掉出来了一大半。

从包里掉出来的东西除了口红、纸巾和耳机，还有一盒药。

那盒药少了两颗。

邢窈听见后面有人叫她，但没有理会，一直往前走。

在进校门之前，她被人拽住了手腕。

路人好奇地看过去，看着她被秦谨之拉到车旁，看着秦谨之打开车门把她塞进副驾驶座。

车窗外的街景飞速后退，路灯模糊成光斑，邢窈昏头涨脑地问他："为什么开得这么快？"

秦谨之的脸色阴沉沉的，他反问道："你问我？"

车窗往下降，风吹进来，邢窈觉得舒服多了。

她被秦谨之带回了家。鞋柜里还是只有男式拖鞋，唯一的区别是从夏款换成了秋款，她穿着依然不合脚。

"你在生什么气？"她都没生气。

"去洗澡。"秦谨之看都不看她,道,"不要锁门,有事就叫我。"

邢窈讨了个没趣。

她出了一身汗,从花洒里流出来的水是温的,越洗越热,等浴缸里放满冷水,坐进去泡了半个小时。

其实她不是特别难受,只是在安静的环境下,心里的不安和焦躁都被放大了,找不到宣泄口,就像有一簇火焰在血管里乱窜。

她没有干净的衣服可以换,洗完之后裹着浴巾出来。秦谨之在阳台上抽烟,背影被淹没在了夜色里,和她第一次来这里时的场景重叠了。

那是孤独吗?

她不知道。

邢窈静静地看了一会儿,没说什么,转身去厨房里找水喝。

邢窈的手机终于安静了,所有的未接电话是同一个人打来的:苏恒。

医药费不会这么快就被算清楚。邢窈没有给他回电话,而是给室友林林发了一条微信,告诉林林她今天晚上不回学校,陆听棉和沈烬在一起。

她问秦谨之在气什么,秦谨之自己也说不清楚。

秦谨之转身回到客厅里,拿过邢窈手里的空杯子,又给她倒了一杯水。

邢窈顿了片刻,笑着问他:"你也觉得我有病吗?"

她第一次意识到自己在这方面可能不太正常,是在某次情人节当天。那时她和苏恒交往了四个月,那天苏恒提前准备了很多惊喜。

汽车的后备箱里装满了玫瑰花,她足足拆了半个小时的礼物,每一件都很贴合她的喜好。

抛开今天的事不谈,苏恒跟她谈恋爱的时候,是真的对她很好。他们一起在江景房的阳台上看烟花,一起吃烛光晚餐,后来的事也就顺理成章了。

苏恒教养好，不仅是日常谈吐举止温和，更体现在细节上。他尊重邢窈，他们交往四个月了，最亲密的举动也只是接吻。

周围的同学都说物理系的邢窈天天一个样，说得好听点儿那是高级脸，说得难听点儿就是装清高。但苏恒知道，她开心的时候是能看出来的，她只是不爱笑而已。

那晚的气氛太好，所以他靠过来时，邢窈没有拒绝。

苏恒耐心、细致，百般温柔万般小心，却越发难以克制，情不自禁时却被一股力道抵住胸膛用力地推开了。他跌坐在地板上，眼里浓浓的情愫还未减轻分毫，茫然地看着邢窈脸色煞白地捂着嘴跑进洗手间干呕。

他以为邢窈那天身体不舒服。

只要她不愿意，他就绝对不会勉强她。

苏恒这个男朋友当得挑不出毛病，正是血气方刚的年纪，怎么可能不想？但很多时候他忍着，从不对邢窈提过分的要求。

后来又有过一次，还是不行，那是一个下雪天，一切很自然，可到最后一步的时候，邢窈依然不能忍受。

邢窈才终于意识到，原来她真的有问题。

她的第一个男朋友不是 N 大的学生，是隔壁学校体育系的，算不上初恋，但确实是第一个交往对象。

圣诞节那天晚上因为邢窈放了他鸽子，他就和别的女生去了酒店。第二天，他和别的女生的亲密视频就被发到了邢窈的手机里。

邢窈那个月因为吃不下饭而瘦了八斤，并不是为他难过，这没什么好难过的，而是被恶心到了。

"没人教过我这些，我不知道正常的应该是什么样的。"邢窈用双手抱着膝盖，低声道。

父母早逝，她跟着爷爷长大。即使爷爷再细心，也不会和她聊这些。

秦谨之把拖鞋放到她的脚边，拿起干毛巾给她擦头发。过了好久,他说:"那就顺其自然,别再让我知道你吃一些乱七八糟的。"

"嗯,以后不吃了。"邢窈浑身发热,被冷水压下去的那股躁动又开始折磨她的神经,不正常的红晕慢慢透出皮肤,说不上难受,就是莫名地烦躁,"秦谨之,你抱抱我。"

他不理会,对她说道:"自己起来。"

"可是我的脚麻了。"她那细且白的手指拉住衣摆,她说。

秦谨之停下脚步,低头看她。

灯光映着她潮湿的眸子,红潮从眼角蔓延到了锁骨上。

"上次你把我的手拧脱臼了,害得我去了一趟医院,"邢窈垂着手,轻轻地晃了晃,道,"让你抱我一下,不过分吧?"

秦谨之弯腰俯身,一只手贴着她的后腰,一只手从她的小腿穿过去,没有回卧室,而是把她抱到阳台上,给她盖了一条毯子。

城市的夜晚不太容易看到星星,夜空中漆黑一片,像是一张巨大的幕布,将人类困在这时而拥挤时而寂寞的地球上。

凉风吹过,谁都没有说话。

药劲儿过了之后,邢窈有些困,懒得动,缩在藤椅上想睡一会儿,却被沉默了许久的男人抱起来扔到了主卧的床上。

上一次,他让她睡的是次卧。

主卧和次卧的装修风格差不多,主卧里甚至更简单一些。他应该没有烟瘾,房间里的味道很好闻。

邢窈在阳台上待了很长时间,不知道现在几点。

"你是不是睡一会儿就要去上班了?"她问。

"明天是夜班,白天不去医院。"秦谨之站在床边,解开两颗扣子后单膝跪在床沿,把坐起来的邢窈压回床上。

邢窈很茫然。

她有心配合他的时候,他不为所动,让她泡冷水澡。

男人的自尊心真是难以捉摸。

邢窈提醒他:"我可能会扫你的兴。"

秦谨之拂开她脸上的碎发,问:"讨厌接吻吗?"

邢窈摇了摇头。

他便低头吻了下来。

一个很单纯的吻,直到她喘不过气偏过头躲在枕头里,他的手才碰到她。

邢窈的身材不是过分丰满,但也没有瘦得很夸张,腰腹处隐约显出马甲线的轮廓。

他的短发从她的脸颊和脖颈间扫过,有些痒,邢窈动了动,反而更贴近他了。

"讨厌我这样吗?"他轻声问。

邢窈还是摇头。

她并不希望过程太漫长。

她无处可退,却有一种随时会掉下去的错觉。

从川菜馆到学校再到秦谨之家里的这段路上,焦虑和烦躁如同野火燎原般卷土重来,她在阳台上吹了多久的凉风,秦谨之就陪了她多久。男人的皮肤凉凉的,很舒服,她毫无章法地攀附在他的身上,希望能借此缓解心里的不安。

秦谨之撑起身体,摸到床头的开关,关了灯。

房间里变得黑暗,邢窈下意识地挣扎起来,却被他抱到了怀里。

一个很轻的吻落在了她的手背上。

"只能到这一步?"他问。

"不是……你……记得做措施。"

"放松。"

任何人在欲望面前都会暴露出不为人知的一面。

秦谨之从清醒到沉沦,从克制到放纵,一边谴责自己的恶行,一边在她白皙的肌肤上留下痕迹。

邢窈昏昏沉沉的,结束后蜷缩在床角,过了许久,急促的呼吸都没能平复下来。

秦谨之放好热水，把她抱进浴室。

他问她："什么感觉？"

她的脑海里一片空白，她道："很奇怪。"

他又问："讨厌吗？"

她想了想，回答道："不讨厌你。"

她入睡很快，再醒来时还在主卧里。

深色的窗帘遮住了光线，睡在她旁边的男人不像平日那样高冷，短发有些乱，睡衣的扣子也松了两颗。

他们虽然躺在同一张床上，但各睡各的，显然都很不习惯身边多了一个人。邢窈突然从梦里惊醒，也是因为刚才翻了个身差点儿摔下床。

她的身体很困倦，但她睡不着了。

邢窈侧躺着，眼睛闭上后又睁开，看着秦谨之柔和的眉眼，又等了半个小时，他还是没有要醒的迹象，就轻轻掀开被子钻了进去。

"邢窈。"秦谨之嗓音沙哑地道。

"你醒了？"她笑了一声，从被子里钻出来，无力地趴在他的身上，问他，"我的衣服呢？"

"没洗。"

"那我穿什么？"她醒来时身上只有一件T恤。

男款的衣服，她穿着很宽松。

"衣柜里的那些随便挑，总有一件是你能穿的。"秦谨之随口应付道，扯着邢窈的胳膊，把她拉到床上，"再试试？"

此时已经接近正午，初秋的阳光依旧很毒。窗帘没有完全被拉上，窗边露出一角，阳光照进来，那一处亮得像是在酝酿一团火焰，周围就显得极为暗淡，如同美术馆里的一幅光影下的静物画。

光线柔和，秦谨之紧紧皱着的眉头舒展了一些。

他读书时，早晨是被闹钟叫醒的，工作后，很多时候天还没亮，就有同事从医院里给他打来电话。

他第一次被女人闹醒。

他睁开眼，视线慢慢变得清晰。

她的长发凌乱地铺散在枕头上，有些缠在他的手腕上，有些绕在他的指间。

刚才她闷在被子里，脸上绯色蔓延。他想：破晓前，黑暗中的她应该比现在更漂亮。

表面上，秦谨之绅士地问邢窈要不要再试一次，尊重她，把主导权交到了她的手里，然而实际上，他的指腹贴着她侧腰的皮肤缓缓摩挲，带着一点儿试探，又藏着一股野心。

邢窈吵醒他的本意并不是再做一次。

秦谨之不动声色地靠近她，道："抱歉，我也生疏。我们再试试，也许感觉会不一样。"

他不明白，为什么他无论说什么邢窈都会答应。

邢窈慢慢地抬起手，捂住了他的眼睛。

眼前陷入黑暗，她温软的手心覆在眼前，他闻到了薄荷的味道，很淡，是浴室里沐浴露的味道。

人在有视觉障碍的时候，其他的感官就会变得格外敏锐。

他甚至能听到衣服、她的头发和身体摩擦时产生的轻微声响。

她的手肘撑着床，她稍稍仰起上半身。

因为二人之间的距离被缩短了，她的呼吸喷在他脖颈间的热度也更明显了。

秦皓书读一年级的时候，在放学的路上捡到了一只流浪猫，用雨水把猫洗干净后抱回了家，但没有进屋，而是就抱着猫蹲在家门口等秦谨之。因为他知道如果是秦谨之想养，刘菁肯定会同意。

面对这个比他小很多岁的弟弟，秦谨之总是一再打破自己的底线。

他其实并不喜欢猫。

那天，他单手托着浑身湿漉漉的且不停地发抖的小猫往家里走，后面跟着同样湿漉漉的——头发还在滴水但满脸笑容的秦皓书。

于是，那只猫被留在了秦家。

那天之后，秦谨之只要回家，那只猫就总是会悄悄地跳上他的床，钻到被子里，从床尾爬到床头，从他的四肢间隙穿过，用柔软的毛发挠着他。待似痒非痒的感觉把他吵醒，它又从他的胸口探出脑袋，讨好地舔着他的手背、脸和脖子。

秦谨之在忍耐。

就像他不懂邢窈明明对几个小时前在这张床上承受过的不适感心有余悸，却依然纵容他冠冕堂皇的索取，邢窈也不知道他藏在绅士外表之下的邪恶野心。

他想的很多，但是不可以。

他怕前功尽弃，所以必须慢一点儿，要将野心藏好，慢慢软化她，让她试着接纳他。

邢窈浑身是汗，轻声叹气，道："好像也不难理解了。"

秦谨之把水杯放到桌上。看到被汗水打湿的碎发贴在她的脸上，他坐在床边，用手指轻轻地拨开那几缕头发，问她："理解什么？"

"好像也不难理解为什么人类和动物都臣服于亲密接触，把隐私的一面暴露给最亲密的人看会觉得快乐了，"邢窈笑了笑，道，"原来是这种感觉。"

对秦谨之来说，这是最好的回应。

邢窈的衣服只能用手洗，她没睡好，吃完饭又补觉。她睡好醒来后在洗衣房里找到了秦谨之，他正把洗好的衣服从烘干机里拿出来熨烫。

篮子里还有没洗的床单，空气里弥漫着洗衣液的味道，可能是柠檬味，也可能是薄荷味。

他像被王后折磨的白雪公主。

邢窈也不出声，就靠在门口看着他。

她的脸颊红红的，秦谨之摸了摸她的额头，发现不是被太阳晒的，也不是她睡得太深还没完全清醒，而是发烧了。

秦谨之要值夜班，离规定的交班时间还有一个小时。邢窈烧得不严重，吃了药，但说什么都不去医院。

"秦皓书都知道生病了要看医生。你这么大了，还因为生病而闹脾气？"

"没跟你闹，不想去就是不想去。"

秦谨之在纸上写下两个电话号码，说道："上面的是我的手机号码，下面的是我办公室的座机号码。一会儿有人送餐过来，你吃完再睡，睡前记得吃一颗退烧药，不要喝酒，不要洗冷水澡。我明天早上八点钟下班，如果没有别的事，八点半就能回来。"

其实这里离秦谨之上班的医院只有几百米的距离，一打开窗户就能看到医院。

"知道了。"邢窈有气无力地应了一声。

秦谨之看她这副样子，就知道她只是在应付他，并没有当回事。于是他又道："可以给我打电话，我如果不忙就能接，如果没接到，忙完了就会给你回。"

"好。"邢窈催他赶紧去上班。

秦谨之出门后，家里安静得过分。邢窈从床上爬起来，去浴室里洗了个澡。

外卖小哥来的时间正好，每道菜都很清淡，秦谨之只和她吃过一顿饭，就看出了她不能吃辣的菜。

她的手机早就关机了，充上百分之二十的电，开机后她就拔掉了充电器。

邢窈换好衣服离开之前，把那张写着两串电话号码的纸揉成一团，扔进了垃圾桶。

晚上，秦谨之打开门，客厅里一片漆黑，连茶几上的那两本医学杂志摆放的位置都没变，像是没有人来过。

卧室里也一样，空荡荡的。

秦谨之其实很清楚，邢窈不会在家里等他，可能连他的电话号码都没有保存，或者，看都没看就直接扔了。

这才是成年人的游戏规则。

结束后两人就各归各位，不联系，不回头，即使偶然见面了也装不认识。

他们只是在一起住了一个晚上而已，代表不了什么。

秦谨之照旧正常上班，休息时和朋友约着一起喝喝酒看看球。

月底的时候，他又受邀去了N大一次。N大的占地面积为三百多万平方米，想在校园里遇到一个人并不容易。

秦谨之回国后就搬出秦家单独住了。周末，刘菁带着秦皓书过来，往冰箱里添了一些速食和蔬菜。

秦皓书坐在沙发上玩游戏。刘菁在厨房里忙完后又去了洗衣房，想看看有没有脏衣服，顺便帮忙洗了。她很少干涉秦谨之的生活，毕竟不是亲生的，就算再尽心尽力，也总会有疏忽的地方。他从N大毕业，然后出国留学，回家的机会很少，一年到头他们几乎见不到面。

前几天，秦老爷子提起与他曾经在一个部队里睡上下铺的老战友有一个孙女，那女孩与秦谨之年龄合适、家境相当，刚好也在南城读书，而且马上就要大学毕业了。

秦谨之在国内安定下来了，秦老爷子想让他和战友的孙女见一见。刘菁才惊觉，秦谨之现在也到了该结婚的年纪，就是不知道该怎么开口。

刘菁左思右想，试探了几次才把话题引到这件事上，道："谨之，你爷爷的老战友国庆假期要来南城，两位老人好多年没见了，他可能会在南城多待几天。你爷爷的意思是让他住在咱们家的老宅里，到时候你看哪天方便，回去和他们一起吃顿饭。"

· 50 ·

秦谨之十二岁到十六岁这几年一直跟着秦老爷子住,那时候还住在老宅里。

"听您安排,我国庆期间休息四天,还有年假。"

"那太好了,你回国后一直在忙工作上的事,趁这个机会陪老爷子出去走走,他肯定高兴。谨之啊,其实还有一件事……我就直接说了。"

"您说。"

"你爷爷的那位老战友也是一个了不得的人物,但这一生的经历也确实坎坷,儿子和儿媳妇都因公殉职了。夫妻俩前后隔了半年,只给老人留下了一个孙女。女儿呢,嫁得好,但好景也不长。老人的女儿没有生孩子,收养的儿子跟着维和部队援外,不幸牺牲了。唉,又是白发人送黑发人。这两年,那位老人的身体越来越差,他最大的牵挂就是自己的孙女。"

她的言外之意很好懂。

刘菁观察着秦谨之的反应,继续说:"我虽然没见过那个女孩,但听你爷爷说,女孩各方面条件都特别优秀,人也漂亮、懂事,应该不会差……当然,谨之啊,你也别有压力,感情这种事还是要看缘分,等见了面,如果聊得来,就多聊聊,如果觉得不合适,就当多认识一个朋友。两位老人都是懂理的,也不会勉强你们在一起。"

她只是传话的,秦谨之就算不愿意,也不会当面拒绝让她难堪。

他进这家医院的第一个月,科室里就有同事要给他介绍对象,后来连患者的家属都想在中间牵线。

秦谨之听着刘菁说话,心里却在想邢窈。

杜医生都记得在"渡口"看过她跳舞,他又怎么会忘记?但其实那也不是他第一次见她。那天晚上他之所以会多看她几眼,大概是因为她和他记忆中的人不一样了。倒不是说她的长相变化太大让他认不出来她,而是一种语言无法描述的改变。

他们见过好几次,然而她一次也不记得。

"谨之？"刘菁看他不说话，猜想他应该是有点儿抗拒这种形式的相亲，年轻人都不喜欢被家里人安排，"你如果有时间，还是见一见吧，就当是为了让你爷爷高兴。"

秦皓书在客厅里叫她："妈。"

"来了。"刘菁一边往客厅里走，一边问他，"喊什么？"

秦皓书神秘兮兮地从身后拿出一样东西。刘菁仔细看，原来是一支口红。

谨之的家里怎么会有口红？

这支口红是朋友落下的，还是……女朋友落下的？

刘菁猜不准，但又不好直接问，看着秦皓书手里的口红，心情有些复杂。

这支口红是朋友的很正常，是女朋友的更好，就怕都不是。

秦皓书还挺高兴的，对他妈说道："妈，哥哥交女朋友了，我有嫂子了。"

"别瞎说！"刘菁连忙捂住他的嘴，往书房的方向看了一眼，才轻声问，"你从哪儿找到的？"

"就是这儿。"秦皓书指着沙发缝，道，"坐着不舒服，硌屁股，我往里面摸了摸，就发现这个了。"

刘菁把口红放到原来的位置，让秦皓书装作什么都不知道，不要大声嚷嚷。秦谨之的婚事他可以自己做主，家里人只是着急，担心他还在为过去的事自责、内疚，但绝对不会强硬地要求他跟谁结婚。不管这支口红是谁的，她都不会多问。

秦皓书没那么听话。

回家后，他悄悄给秦谨之发微信："哥哥，我的游戏机落在你家里了。"

但秦谨之没当回事，只是以为秦皓书又在玩老把戏。过了几天，秦谨之才有空收拾家里的玩具。

他知道秦皓书是故意把玩具留在这里的。游戏机落在他家了，秦皓书下次就有合理的借口过来找他了。

装游戏机的盒子里有一支口红。

阿姨打扫过两次,家里早就已经没有邢窈存在过的任何痕迹了。口红的外壳触感很光滑,边缘处的棱角也不明显,秦谨之收拢手指,整支口红就被完全包裹在了他的手掌里。

在以为自己不会再想起她的时候,他又想起了她。

第二天上班之前,他从卧室到书房,又从书房到卧室,最后还是把那支口红带上了。

他的工作很忙,他几乎没有坐下来休息的时间,从护士站经过的时候被护士叫住,有一份文件需要他签字。他准备拿笔,手伸到兜里后,毫无预兆地摸到了那支口红。

护士以为他没有找到笔,于是从抽屉里找到一支递过去,对他说道:"秦医生,用这支笔签吧。"

秦谨之回过神,道:"谢谢,今天要加班?"

护士趴在桌子上叹气,道:"唉,小慧刚才被一个家属骂了二十分钟,躲在厕所里哭呢,我帮她盯一会儿。"

周维也跟着叹了一口气。他有一个朋友也在这家医院里实习,实习的第一天哭了四次。

秦谨之还没走,周维也不敢走,留在办公室里看资料。

同事换好衣服,看到秦谨之还坐在电脑前,于是对他说道:"秦医生,下班了。"

"你先走,我把病历写完再走。"秦谨之等其他人都离开办公室后,才跟周维说:"周维,你有邢窈的电话号码吗?她的其他联系方式也可以。"

周维明显愣了一下,问他:"您找她有什么事吗?"

"她的东西落在我的车上了。"秦谨之解释道。

"哦。"周维抓了一下头发。

他想起来了,陆听棉进派出所的那天,邢窈搭了秦谨之的顺风车。

可这都过去半个多月了。

不过也正常，医生忙起来不分昼夜，开学时辅导员通知大家填的资料，他拖到现在都没搞定，而且秦医生比他忙多了。

"我没有邢窈的电话号码，但我的一个哥们儿跟她挺熟的。秦医生，您直接把东西给我吧，我帮您转交。您放心，不会弄丢的。"

秦谨之收回视线，道："我不确定能不能联系到她，就没有将东西带到医院里来。"

周维也没多想，只道："那就明天再说？我先回去问问，如果要到了邢窈的联系方式就发给您。"

"你可以下班了。"

"好嘞，秦医生明天见。"

然而，周维一转头就把这件事忘了。

秦谨之也没有再问过。

一支口红而已，邢窈可能到现在都没有发现化妆包里少了这支口红。

或者，她发现了，但觉得无所谓，丢了就丢了，没有必要花时间找，再买新的就好。

这天晚上，秦谨之做了一个荒诞的梦。

梦里也是在这张床上，邢窈像一只猫一样从被子里钻出来，在他的耳边慢悠悠地念："窈窕淑女，寤寐求之，求之不得，寤寐思服，悠哉悠哉，辗转反侧……"

他被惊醒时，窗外还是一片暗色，出了一身汗。

他走进浴室，脑海里却不合时宜地出现了一幅画面——邢窈在这里洗过澡。

他去阳台上抽烟，心里想的却是邢窈在这里吻过他。

他去厨房里喝水，把冰箱的门打开后，眼睛却看着台子上的锅碗瓢盆——邢窈在这里给他煮过粥。

他回卧室准备继续睡觉,但翻来覆去毫无睡意。

邢窈在这张床上睡过,那天,他总是压到她的头发。

他的脑子里都是她。

秦谨之想:一定是那支口红在作祟。

可他把口红扔进抽屉锁起来之后,还是睡不着。

第三章

谨之哥哥

陆听棉暑假在南城快活了两个月,国庆假期肯定会被抓回家。大四时基本没什么课,她知道邢窈的家里人要过来,就心安理得地提前一个星期回家了。

她每次回家,除了证件,其他的东西都不带,背着一个背包就走。

昨天她睡得晚,气色差了点儿。宿舍楼下有一面大镜子,她把墨镜摘下来对着镜子整理头发,顺便问邢窈要口红。

"你常用的那支呢?"陆听棉问。

"找不到了,可能是丢了。"

"那我再给你买一支新的。窈窈,我穿这套衣服,头发是扎起来好看,还是就这样好看?"

"就这样吧。"

陆听棉虽然嘴上不承认,但每次和沈烬见面时,都会在穿着打扮上花点儿心思。邢窈不知道别人谈恋爱时热恋期是多久,她的很短暂,但陆听棉和沈烬一直处在热恋期。

她们刚走出宿舍大门,就遇到了陈凡和他的两个室友。

"晦气!"陆听棉对他没什么好脸色。

邢窈倒是不怎么在意。她很少真正讨厌一个人。

陈凡也看见了邢窈。迎新晚会那天,陆听棉让他丢了面子,他的心里一直憋着一股气。但陆听棉是他惹不起的人,而且他答应过苏恒,会当面跟邢窈道歉。他让两个室友先走,自己在公示栏旁边磨蹭了一会儿,趁没人注意,小跑几步追上邢窈。

陈凡看着邢窈平静的眼神,不自然地咳嗽了几声,说道:"上次那事,不好意思啊。"说罢,他又道,"苏恒是真的喜欢你,为了你喝醉过好几次。"

"算了吧,他已经出局了。排队都轮不到他。"陆听棉觉得陈凡这副勉为其难地道歉的样子很碍眼,对他说道,"你让一让,挡到路了。"

陈凡想一次性把话说完,便道:"我的意思是,那是我的行为,和苏恒没关系。"

陆听棉不耐烦地道:"分手后在外面对前任造谣就是大罪。"

"行行行,姑奶奶,我不说了总行了吧?"陈凡无奈地叹了一口气,道。

他看向邢窈,有一句话都到嘴边了,最后还是咽了回去,什么都没说。

邢窈每次分手都分得干干净净,不会与前任再有任何联系。苏恒虽然是本校的学生,但很少来学校,二人平时也不会见面。

上车后,陆听棉一边回复沈烬的微信消息,一边随意地问邢窈:"手腕还疼吗?你抽空再去医院看看,对了,那个秦医生是哪个科的?"

"不疼,没什么感觉。"邢窈揉了揉手腕,这段时间以来,第一次想起秦谨之,道,"他和杜医生是同事,应该也是骨科的吧。"

陆听棉心想:这可能就是缘分。

"还挺巧的,你去医院复查时说不定能遇到他。"陆听棉道。

其实邢窈的手腕已经好得差不多了,她去机场送陆听棉登机,三天后又去机场接机。

她半年没回家,爷爷来南城看她,顺便再见一见老战友。

邢国台的左腿有伤,他坐在轮椅上,工作人员为他开了内部通道。

邢窈正准备打电话,便听到有人在叫她。

"窈窈，这边。"邢佳倩朝她挥手，问她，"等很久了吧？"

"我也刚到，姑姑路上辛苦了。"邢窈几步跑过去，在邢国台的面前蹲下来，轻轻地拍了拍盖在他腿上的毯子，把边角弄平整，跟老人家打招呼："爷爷。"

邢国台疼惜地摸摸她的脸，问她："瘦了，又没有好好吃饭吧？"

"哪儿有？我每天都能吞下一头牛。"

"哎哟，了不得，牛都要哭了。"邢佳倩被逗笑了。

邢窈这才注意到她身后的小男孩，便问她："姑姑，他是谁家的孩子？"

"燃燃，快叫'姐姐'，"邢佳倩把赵燃推到邢窈的面前，对赵燃说道，"这位就是窈窈姐姐。"

他有些紧张，怯生生地抓着邢佳倩的手，甚至不敢看邢窈，说话的声音特别小："姐……姐姐好，我叫赵燃，'燃烧'的'燃'。"

赵燃。

他姓赵。

邢窈的脸上挤不出半点儿笑意，她只是维持着礼貌，对小男孩道："你好。"

邢佳倩什么都没解释，但邢窈已经猜到这个小男孩也是邢佳倩领养的了。邢窈看着赵燃稚嫩的脸，心里的某个角落轰然倒塌，滋生出一股很恶毒的念头。

他凭什么姓赵？

他凭什么也叫邢佳倩"妈妈"？

那是……那是赵祁白的家啊……

如果连向来将他当成亲生儿子的养父母都在开始慢慢忘记他，那谁还能记得他？那么往后的十年、二十年、三十年……"赵祁白"就只是刻在墓碑上的一个名字而已。

赵燃跟邢窈打完招呼就躲到了邢佳倩的身后。

邢国台握住邢窈的手，慈爱地笑了笑，道："燃燃第一次坐飞机，有点儿害怕。他认生，熟悉了就很活泼。"

邢佳倩说："这孩子胆子小，在家里的时候总问我'窈窈姐姐什么时候回家'，结果与你见了面又不敢说话。"

赵燃的脑袋悄悄地往外探，他对上邢窈的视线时脸就红了。

"老邢！可算等到你了。"一个穿着中山装的老人被搀扶着大步往这边走来，嗓音浑厚。

邢窈回过神时，邢国台已经激动地从轮椅上站起身，激动地和他拥抱。

"我们兄弟俩有三十多年没见了，你还是老样子，身体还好吧？"

"唉，一把老骨头了。哎哟，这是佳倩吧？那年我去你们家的时候，佳倩还是个小姑娘。"

"是啊，一眨眼几十年就过去了。"邢国台把邢窈叫到身边，对邢窈道："窈窈，过来，这位是你秦爷爷。"

邢窈以前就听过这两位老战友的故事。新兵入伍的时候睡上下铺，同生死共患难，秦老爷子还救过她爷爷的命。

"秦爷爷好。"

"好好好，都好，先上车，到家后边吃边聊。"

秦爷爷的人开了两辆车来，邢窈和两个老爷子坐一辆，坐副驾驶座，邢佳倩和赵燃坐一辆。

车开到郊外一栋别墅的门口，几人还没下车就听到了小孩子兴奋的叫喊声，像是在玩射击类的游戏。

邢国台远远地看着，问："老秦，那是你的孙子？"

"天天盼星星盼月亮，就想抱孙女，结果小的又是个小子，每次来这儿都恨不得把老子的屋顶拆了。"秦成兵给赵燃指了一条路，让他去和秦皓书一起玩："你们差不多大，去玩吧。"

赵燃小心翼翼地看着邢佳倩，等她点头了才小跑着去后院。

邢窈帮他们开了车门。

秦成兵对邢窈越看越满意,问她:"窈窈今年多大了?"

邢窈见到赵燃之后很沉默,在车上就一直走神。邢国台看在眼里,牵起她的手握在掌心,轻轻地捏了一下,替她回答道:"二十二,还小。"

"正是好年纪。"

秦成兵心想:我家那个大孙子比窈窈大六岁,应该不是问题。

"马上就要大学毕业了,有什么想法吗?"秦成兵问邢窈。

邢佳倩跟着进屋,边走边说道:"窈窈还要继续读研。"

"是留在南城,还是回家?"

"在南城,她也习惯了。虽然我们都盼着她回去,但她想留在南城。"

秦成兵本来还担心邢窈毕业后要回家,如果俩孩子不在同一座城市有点儿麻烦,这下好了。于是他高兴地道:"南城好,今天见了面就认识了,以后常来看看我这个老头子。"

邢窈笑了笑,道:"只要秦爷爷不嫌我烦,我一定经常来。"

秦家老宅是老式别墅,路边种了很多花,后院里还有一个大菜园。

夕阳西下,天色渐渐变暗,草丛里传来了虫儿的叫声,有一种老电影的感觉。

"邢老师!"

邢窈被吓得差点儿一脚踩空,一回头就看见了站在石榴树下满身是泥的秦皓书,又是一愣。

秦成兵,秦皓书。

爷爷的这位老战友,是秦皓书的爷爷?

邢窈有点儿想笑,世界真小。

秦皓书的眼睛瞪得溜圆,在这里见到邢窈,他也很惊讶,问:"邢老师,你怎么会在我爷爷的家里?"

"我是陪我爷爷来的。"邢窈抬起手,帮他把脑袋上的那片树叶拿下来,问他,"你的谨之哥哥呢?"

秦皓书摊手,道:"哥哥要陪女朋友,今天不来,明天不知道来不来,后天也不知道,大后天也不知道……"

邢窈愣了片刻,问:"他有女朋友了?"

"有了!"秦皓书用力地点头,用力到双下巴都出来了。

"这么快……"邢窈算了算时间,他们分开也没多久。

秦皓书掩着嘴,小声说:"我在哥哥家的沙发缝里找到口红了,妈妈说那是女孩子用的东西。"

他的表情很得意,因为是他先发现哥哥交了女朋友的。

"哦,这样啊?"邢窈想起来了,自己好像丢了一支口红,"他承认了吗?"

秦皓书摇头,道:"我没敢问,妈妈不让我问。我只看到了口红,没有见过哥哥的女朋友。"

"你这么怕他,他有那么凶吗?"

"哥哥不凶,可总是不回家,我的妈妈不是他的妈妈,但他的爸爸是我的爸爸。"秦皓书越说越难过。

赵燃远远地站着,想跟邢窈说话,但又不敢靠近。

邢窈把地上的球捡起来,轻轻一抛,赵燃接住后腼腆地笑了。

"去玩吧。"

"谢谢邢老师。"

秦皓书的悲伤来得快去得也快,他带着赵燃去隔壁,邻居家也有两个小男生。

刘菁因为工作回来得晚,看到邢窈的时候,惊讶得好一会儿说不出话。得知邢窈是邢国台的孙女后,她更是连连感叹缘分真是妙不可言。

秦皓书性格开朗,赵燃也不像刚来时那么局促了,两个小孩连吃饭时都要凑在一起说话。

有过命之交的老战友时隔三十多年才见面,自然少不了要多喝几杯酒。

秦成兵想留老朋友在南城多待一段时间,就安排所有人住在了家里。

邢佳倩把邢国台安全地送到南城后,第二天就带着赵燃回 A 市了。刘菁夫妇要值班,晚上如果有时间,就会来陪老人吃饭。

学校的保研结果在国庆节之前就公布了。邢窈现在有很多时间,国庆节当天凌晨四点就起床了,开车带两个老人去看升旗仪式。

七天假期结束了,秦皓书不情不愿地去上学,邢窈继续陪着爷爷逛景点。

秦成兵对邢窈的喜欢溢于言表。眼看着日子一天天过去,距离老朋友返程的日子越来越近,秦成兵却始终不见秦谨之露面,无意间看见邢窈已经开始订机票了,终于按捺不住,给秦谨之打去了电话。

"爷爷,我在上班。"

"知道你在上班,总有下班的时候吧?你刘姨那天跟我说,你可能瞒着我们交了女朋友,这事是真还是假?如果是真的,就定个时间把人带回来吃顿饭,带不回来就是假的。"

"……"

"我问过了,你今天晚上不用加班,下班了就赶紧滚回来。"

"……"

"今天不回来,以后就都别回来了。"

"……"

秦谨之把手机丢到桌上,身体靠到椅背上,用指腹按了按太阳穴。

"家里人给你安排相亲了?"坐在他对面的陈沉一眼看破,道,"唉,老爷子希望四世同堂,急着抱曾孙,你多理解一下。咱们也是快三十岁的人了,周围早早结婚的那几个都抱上二胎了你还单着,以后这种麻烦事多着呢。躲得过初一躲不过十五，回去瞧瞧吧，说不定对方美得像天仙，你洁身自好二十八年就是为了等着今天一见钟情……"

秦谨之直接赶人："嘴闭上，去一楼缴费拿药。"

"得，我闭嘴。"陈沉走出办公室，又折回来，靠在门口，两手插兜，似笑非笑地看着秦谨之，道，"老周说你最近不太对劲儿。"

秦谨之没理他。

陈沉继续问："是不是有情况啊？"

有病人敲门，秦谨之才从电脑屏幕前抬起头，对陈沉道："不要影响我工作。"

"走了。"陈沉适可而止。

秦谨之看了看时间，离六点还有半个小时。

陈沉下楼十分钟后，微信群里的人开始下注了，赌秦谨之这次相亲能不能成功。微信群里一共六个人，都是以前住在大院里的发小儿，全认为"成功了就见鬼了"。他们都知道，秦谨之肯定不会接受家里人安排的结婚对象，就算回家与对方见了面，也只是应付老人。

与秦谨之交接的同事按时到岗，秦谨之交代完病人的情况，脱下白大褂，下楼回家，拿到车钥匙后把车往郊区开。

两个老人在下棋，门铃响了，邢窈起身去开门。

秦谨之在看到她的那一刻，神情很复杂。

二人僵持半分钟后，秦谨之往客厅里看，确定没有敲错门，目光重新聚焦在邢窈的脸上。

她和刚才一样，一点儿都不觉得意外，很自然地跟他打招呼："你好呀，秦医生。"

秦谨之的想法从"她怎么会出现在这里"变成"她不联系我却来见我的家人"，就像搞不清楚那支口红为什么能让他辗转难眠一样,他也不明白邢窈到底是什么意思,消失得彻彻底底,又出现得猝不及防。

"邢老师除了给小学生做课外辅导,还有别的兼职?"

邢窈往他的身后瞟了一眼,问:"秦医生不是要带女朋友回家见长辈吗?怎么一个人回来了?"

"他有个狗屁女朋友,想糊弄我这个老头子而已。"秦成兵皮笑肉不笑地道。

秦谨之:"……"

邢国台哈哈大笑,让秦谨之快进屋。

邢窈侧身把路让开,没有跟他寒暄,就进厨房帮忙去了。

秦成兵给秦谨之介绍自己的老朋友,又把以前讲过的那些事重复了一遍。秦谨之这才反应过来,邢窈就是他的所谓的相亲对象。

他拿口红当借口,找周维要她的联系方式,尽管最后没有拿到她的联系方式,但至少迈出了第一步。然而她就在秦家,他躲了好几天,躲的人竟然是她。

他一边想办法找她,一边在躲她。

哪儿有这么矛盾的事?

邢国台是第一次见秦谨之,也有些恍惚,问他:"谨之,会下棋吗?"

秦谨之有礼貌地点点头,道:"以前跟爷爷学过一些,但学得不精,只懂点儿皮毛,晚上可以陪邢老下几局。"

邢国台满意地笑了笑,道:"好!"

家里人多,秦谨之和邢窈没有独处的机会,只是吃饭的时候坐在一起。

秦老爷子虽然有想法,但也不会表现得太明显。他并不古板,只是让两个人先认识一下,以后会怎么样,谁都说不准。

"谨之,给窈窈盛汤。"

他就只盛汤。

"谨之，给窈窈夹菜。"

他就只夹菜。

秦成兵看得直摇头，觉得这两个孩子全程零交流，八成是没戏了。

他们互相看不上对方的话，其实还好，如果一个看上了，另一个没感觉，那才叫麻烦。

桌上的那盘棋还没有分出胜负，就那样放着。吃完饭后，两位老人继续下棋。

邢国台看着秦谨之时，总是会想起赵祁白。凉风吹过，他下完一步棋，笑着掩饰眼中的湿意，道："如果祁白还在，今年就三十岁了，跟谨之差不多大。"

他很少在别人的面前提起赵祁白。

"窈窈八岁那年，我把她接回家的时候，她还不知道发生了什么事，以前只在电话里叫'爷爷'，我们见了面还很生疏。我们家窈窈从小就乖，不哭不闹的，每天都早早地起床坐在院子门口等，等爸妈来接她。"

一想起过去，他就有说不完的话。

"那会儿幸好有她哥哥在，我们这些大人都不如祁白。窈窈去新学校的第二天，怎么都不肯进教室。老师没办法，只能给我打电话。我赶紧让司机掉头回学校。老秦，你猜我到学校后看见什么了？哈哈哈哈，我看见啊，赵祁白那个小子把一个小学生拎到升旗台上训话，他也不嫌丢人。"

秦成兵听着，心里也难受。

邢国台笑道："我一把老骨头，点头哈腰地给小朋友的家长赔礼道歉。赵祁白的脾气倔，我问他为什么欺负人家，他死活不吭声。我那个气啊，差点儿就没忍住揍他了！后来我才知道，是因为那个小胖子笑话窈窈没爸没妈。"

秦谨之没再听，轻轻关上门，绕到后院。

吃完晚饭，邢窈说想摘几个石榴榨汁，秦谨之却又看到她在抽烟。

外面没开灯，天色很暗，那点儿火光像萤火虫发出来的。

秦谨之朝她走近，一只手握住她纤细的手腕，另一只手拿走那根燃了半截的烟，道："以后不许再抽了。"

"你管我？"邢窈没当一回事，坐着微微仰起头，道，"今天晚上有好多星星，真漂亮啊……"

她的尾音被吞没。

风有些凉，邢窈是清醒的，想往后退，男人空着的手却突然摸到了她的后颈。

这是一种掌控的姿态。

他的指腹贴着她微凉的皮肤缓缓摩挲，可能下一秒钟他就会掐住她的脖子。

邢窈不喜欢这种感觉，抬手推开他。他稍稍撤离，在昏暗的夜空下与她对视几秒钟后，再次弯腰吻了下来。

两个老人边下棋边聊天儿，浑厚的笑声似乎就在他们的耳边。秦谨之却恍若未闻，仿佛被一张巨大的网困在了这方寸之间，网从四周收拢，夺回她涣散的注意力。

"你这样……"邢窈低声提醒他，"如果被两位爷爷发现了，搞不好是要娶我的。"

秦谨之的呼吸变得平稳，他问："你以为我不敢？"

"这不是一场赌局……"

有人突然把灯打开，后院亮了起来，光线有些刺眼。两个老人打开半掩着的房门，边说话边往这边走，然而秦谨之的唇还在她的颈间。

邢窈的手腕被他握着，她挣脱不开，便一脚踢向他的小腿，然后用力地推了他一把。

秦谨之站在低处，再加上没有对她设防，直接坐在了草地上，和愣在门口的秦成兵四目相对。

空气仿佛凝滞了。

"刚才不小心洒了半杯水,地上有点儿滑。"邢窈连忙站起来关心秦谨之,"秦医生没事吧?"

秦谨之冷冷地盯着她。

她视而不见,转身去扶腿脚不便的邢国台,并道:"爷爷,我陪您去散散步。"

秦成兵觉得尴尬,等邢家的爷孙俩走远后,没好气地瞪了秦谨之一眼,道:"你怎么是这么一个不要脸的玩意儿?"

秦谨之起身就走。

"秦谨之,你给我回来!站好了!别以为我没看见,你刚才在干什么呢?做戏给我看?没缘分就算了,见个面认识认识,就当多了个妹妹,谁勉强你了?谁逼你了?窈窈年轻、漂亮、学历高、家世好,说不定还看不上你呢。人家只是教养好、懂礼貌,不想我这老头子丢了面子才没有表现出来,轮得到你装痞子、演流氓恶心人?"

他停下脚步,问秦成兵:"她看不上我?"

秦成兵冷笑,道:"你去照照镜子,好好瞧瞧自己到底哪点值得被人家看上?年纪大,不会说好听的话,还爱摆谱儿。狗都不会要你。今天晚上别在我这儿住,我一看见你就烦,赶紧滚蛋!"

秦谨之:"……"

秦成兵抽完一根烟,发现秦谨之还在后院里。

秦谨之平时被他这样训一顿,早就头都不回地走了,今天真是稀奇。

秦成兵又想起了刚才发生的那一幕。他都觉得害臊,有些生气地问秦谨之:"还不走?等什么呢?"

秦谨之面不改色地道:"看星星。"

他从正门进屋时,看见三楼的卧室里亮起了灯。邢窈拉上了窗帘,一点儿缝隙都没留。

"走了。"秦谨之走时连外套都没拿。

秦成兵的双手背在身后,他看着秦谨之的背影吹胡子瞪眼。

邢国台喝着茶,突然想起了一件事,对邢窈道:"窈窈,爷爷忘记告诉你了,薛扬今年也考上了N大,好像还是跟你一个专业。"

薛扬是邢窈的邻居,两家人在一起住了几年,后来跟着他的父母搬走了,只有寒暑假时会回去。他小时候特别爱哭,邢窈就是那个小区家长眼里的"别人家的孩子",也是被薛扬的父母拿来教育他的模范。

"他都上大学了?时间过得好快。"

"是啊,这一晃都第四年了。"

邢窈低着头,帮老人洗脚的动作停住,额前的碎发遮住了她的眼睛,也把她的情绪藏在了阴影里。

今年是赵祁白去世的第四年。

她曾经以为自己连一天都活不下去,却已经过了四年。

邢国台拍拍她的肩,道:"窈窈,别怪姑姑,她也苦。把燃燃带回家,她也算有了个念想。"

"姑姑没错,我们是应该往前走,不能一直活在过去。"邢窈拿过毛巾帮爷爷把脚擦干,扶着他坐到床边,又去倒洗脚水。

她没资格怪任何人。

因为就连她也在慢慢地遗忘赵祁白。

"爷爷,我回学校一趟,后天早上过来接您。"

"好,路上注意安全。"

秦成兵还没睡,看到邢窈下楼,就问她:"窈窈,晚饭没吃饱吗?"

邢窈笑着说:"饱了,我在这里住了几天,都长胖了。秦爷爷,学校有点儿事,我今天回学校住。"

"不着急的话就再等一会儿,我让谨之送你。"

秦成兵打电话,把秦谨之叫了回来,让他送邢窈回学校。

邢窈上车的时候，秦成兵还在给秦谨之使眼色，让他不要没事找事。

邢窈给陆听棉回完消息时，车已经开进市区了，少了郊外的宁静，一眼望去，街边的霓虹灯璀璨夺目。

"在前面的路口把我放下车吧。"

"学校里的老师没教过你安全意识？"

"但我觉得，和正在气头上的男人共处更不安全。"

刺耳的刹车声划破夜空。

她轻轻地叹了一口气，道："看吧，确实挺危险的。"

秦谨之的脸色没有发生变化，他问："你早就知道了？"

邢窈头晕，很茫然地问道："知道什么？"

秦谨之换了一种方式问："你是不是认识我？"

"我们都见过好几次了，我能不认识你吗？"

"我的意思是，在秦家见面之前，你有没有见过我？"

邢窈想了想，道："应该没有吧，几天前在秦爷爷的院子里见到皓书时，我也很意外。"

秦谨之看着车窗外的街景，谈不上失落。

她不记得也正常。

但知道她不记得是一回事，听她亲口说出来又是一回事，他的心里有一种说不清道不明的挫败感。

"就送到这里，我坐出租车回去。"邢窈刚才没有当着秦成兵的面拒绝，只是因为不想让老人担心。

下车前，她从包里找到一片创可贴，然后握住秦谨之放在方向盘上的手，让他掌心朝上，把创可贴贴在他被擦破皮的地方，低头凑过去吹了两口气，像哄小孩。

"不客气。"她走得毫不犹豫。

车门被关上了，外面的杂音被隔绝，秦谨之看着站在路边拦出租车的邢窈，原本没什么感觉的擦伤处开始隐隐作痛。

这里是商业圈，打车很方便，邢窈上车后准备给陆听棉回电话。

陆听棉提前返校了，按照她的计划，应该还要在家里待半个月的。

邢窈想：她可能是和沈烬吵架了。

司机口渴，拧开了一瓶矿泉水。突然有一辆摩托车从十字路口拐出来，车速极快，令司机没有反应的时间。

出租车和摩托车相撞，旁边的路人被吓得不轻。骑摩托车的男生在地上滚了两圈，幸好只是皮外伤。出租车左后方的车门被撞得变形凹陷，司机连忙打电话报警，也有人帮忙打急救电话。

原本畅通的道路突然被堵住了，车辆位置靠前的司机发现出了车祸，没过一会儿这个消息就被传到了后面。

秦谨之看见前车司机下车了。那个司机一边抽烟一边打电话，秦谨之听到了几句话。职业本能促使他在遇到突发情况时行动比思维更快——车祸现场在离他不到两百米的地方，旁边围了很多人，秦谨之赶到后先看了看出租车的车牌号码。

这辆出租车是邢窈上的那辆。

"让开！都散开！"秦谨之大声说道。

秦谨之拨开人群跑向出租车。司机还在外面和骑摩托车的男子争论，秦谨之拉开后车门，见车里的人确实是邢窈，她浑身在发抖。

"邢窈，告诉我你哪里疼。"

她的身上没血，秦谨之能看见的她身上的伤只有额头上的一片红肿。

他捡起她的手机，手机一直在振动。他把她从车里抱出来，对她说道："没事的，别怕，我一定会治好你。"

邢窈忽然惊醒，像是溺水的人在窒息前被一股力量从水里拽上岸，耳边很嘈杂，车辆行驶的声音和路人说话的声音混在一起，嗡嗡作响，却又什么都听不清。

她的唇色发白,手很凉,秦谨之却是满头汗,被她紧紧地抱住的一瞬间,他的身体竟有些僵硬。

交警赶过来了。秦谨之还不确定邢窈的身上有没有严重的伤,落在她身上的力道都尽可能地放轻了。

温热的液体滴进衣领,顺着后颈往下淌,秦谨之把她稍稍拉开,拨开她额前的头发,车灯照着她满脸的泪水。

"我没事,"邢窈低着头,道,"只是有点儿害怕。万一我死了,爷爷怎么办?"

她想推开秦谨之,抓着他的衣摆的手却越攥越紧。

"知道了,不去医院。"秦谨之试探着问,"跟我走?"

"嗯。"

他们第一次牵手。

这里离秦谨之的家有半个小时的车程,交警挪开出事故的车辆,疏通道路后,秦谨之给邢窈系好安全带,听着她给谁回电话,说不去了。

她本来就没打算回学校。

她不让他送,可能也是觉得他碍事。

走出电梯时,邢窈还没有意识到从停车场到他家门口的这段路,她和秦谨之一直牵着手。她站在他的身后,等他开门。

她来过两次,对这里已经不陌生了。

鞋柜里多了一双棉拖鞋,但还是不太合脚,她换好后在沙发上坐着。秦谨之给她倒了一杯水,没有说话就开始脱她的衣服。

"你干什么?"她问。

"不去医院,但要检查你的身上是否有伤。"

"都说了没事。"

"眼见为实。"

说她命大,她坐上出租车不到十分钟就出了车祸;说她倒霉,摩托车撞的是出租车的另一侧,她坐的位置刚好避开了,也幸好出租车当时的车速不快。

劫后余生,她需要做些什么事,转移自己的注意力。

她想起那天中午睡醒后发生的事,虽然身体很僵硬,到最后都是被动承受的一方,但那种脑海里空白、陌生、恍惚的感觉……她其实记得。

"秦谨之,上次留在你家的东西,还有吗?"

"我跟谁用?"他情绪不明,反问她。

邢窈当然听得懂,解释道:"就是问问。"

秦谨之也知道她问这个的目的是什么,但没有要配合的意思,而是去浴室里洗了一条热毛巾,出来时就看见她伸手拿桌上的烟。

她像是有烟瘾,又像没有,抽烟时总会咳嗽,似乎只是在烦躁不安的时候寻求一种安宁。

"命大没出什么事,是觉得不够刺激?"

邢窈愣住了,脸上还有泪痕,仰着头怔怔地看着秦谨之,过了好一会儿才回过神,问他:"你吼我?"

她潮湿的眼角微微泛红,她委屈地道:"我都快被吓死了,你还吼我?"

秦谨之虽然皱着眉,但语气有所缓和,道:"我不是吼你,窗户关着,客厅里有点儿回声才显得我的声音很大。"

邢窈要走,可她的身上只盖着一条毯子,于是对他说道:"把衣服给我……秦谨之,你笑什么?"

她在车里哭过,说话时有浓浓的鼻音,就算板着脸也毫无气场可言。

秦谨之走过去坐到她身边,一边给她擦眼泪,一边说道:"看你生气,觉得稀奇。"

"你有病!"邢窈推开他的手,挪到沙发的另一边去捡地板上的衣服。

一场雨之后,气温下降得很明显。

秦谨之工作很忙，平时下班回家后只是睡一觉，醒了穿上衣服就要去医院，还没来得及给家里铺上地毯。

她的脚刚落地，她就被凉得哆嗦了一下，不甘心地缩回到沙发上。

衣服与她有一段距离。

这说明刚才秦谨之脱她的衣服时有点儿脾气，甩得远。

她将身体往下垂，后背弯出漂亮的弧度，毯子滑落，柔软的绒毛轻轻地吻着她的腰，如同一段静默的电影画面，在寂静的夜里催生出躁动的渴望与幻想。

但她还是够不着衣服，于是又往下低了一些，长发从肩后散到两侧。

十厘米、五厘米……邢窈只需要再往前一点儿就能拿到衣服，却突然被他抓住手腕，下一秒钟，身体就落到了一个温热的怀抱里。

她今天确实是被吓到了，精神高度紧张，反而弱化了心里的抵触感，流露出自然而然的反应。

她死里逃生，却又坠落到暗夜。

秦谨之乘机追问："上次留给你的电话号码，是不是没存？"

"什么？"邢窈眼神迷离地道。

秦谨之有充足的耐心。无论她是装作没听清的样子想糊弄过去，还是根本就不在意，他都不着急，又问了一遍。

"电话号码？"她想了好一会儿，道，"哦，那天我的手机没电了。"

两分钟后。

她承认了："好吧，是我忘了，没存。"

秦谨之顺势道："那就现在存。"

邢窈："……"

现在是存他的电话号码的时候吗？

她的手机不知道什么时候被秦谨之带进了卧室。他把它从床头柜上拿过来，屏幕亮起，对着她的脸，就这样解了锁。

邢窈看着秦谨之点开手机的通话界面，输入一串号码，拨通后挂断，把那个号码保存起来，最后才将手机递到她的手里。

"又怎么了？"她问。

"输备注。"

邢窈愣了一会儿，慢慢抬头对上男人的目光。他越正经她就越忍不住笑，问他："你喜欢我怎么称呼你？秦医生？谨之？秦谨之？还是你想……让我和秦皓书一样叫你'谨之哥哥'……"

她那微微上扬的尾音很快就消失了。秦谨之自以为没什么脾气，邢窈却总是很容易惹恼他。

她说这不是一场赌局，但他想赢一次。

邢窈被逼着自己存备注，点错了就删掉再输入。她有心戏弄他，他不说话，但会变着花样地报复她。她改了又改，耗费了好长的时间，才终于在手机的通讯录里存下四个字：谨之哥哥。

他这才满意，吻她吻得温柔了很多。

"以防你不小心删掉，我给你备份。"秦谨之顺便把他的其他联系方式也都保存在了她的手机里。

不小心……

邢窈有点儿想笑。陆听棉无法理解她用"可爱"这两个字形容秦谨之，她自己也解释不清楚。但无法否认，每次和他在一起，她都很开心，不是得到了什么，而是就像小时候和最要好的玩伴下雨天在水坑里踩水玩的那种开心。

她顺势问起那支口红："我是不是有一件东西落在你家里了？"

秦谨之闭目养神，回答道："不知道。"

邢窈又问："你没有捡到吗？"

他不说话了。

"啊，好疼……"她捂着胸口轻呼。

秦谨之立刻翻身坐起来，开灯后，看到她满眼笑意，才意识到自己上当了。

他去厨房里倒水，顺便把放在书房抽屉里的那支口红拿进卧室。邢窈却看都不看，随手将口红放到一边。那模样，仿佛刚才主动提起这件事的人不是她。

枕头上有她的头发，她趴着，先捏住一根，拿起另一根后绕在一起，两根都是刚才缠在他的手指间被扯断的。

她递了个眼神给他，让他伸手。

秦谨之伸出右手，手心朝上。邢窈把头发放到他的手里，让他扔掉。

她的手缩回去之前，被他抓住了。

"真疼还是假疼？"秦谨之从她的脸上看不出一点儿端倪，于是问道。

邢窈只受了一点儿外伤，洗完澡就擦过药了。

"你不理我，我不太开心。"她说。

"没有不理你。"

"那……你是在生气？我真的不知道秦爷爷和你是一家人。上次在秦家附近骗你是我不对，谁让你当时那么讨厌？"

认识就是认识，不认识就是不认识，她对他没那么多弯弯绕绕的小心思。"不是因为这个，"秦谨之就算了解不了她，也确定她不至于在这件事上撒谎，"我不应该在中途放你下车，以后不会了。"

出租车司机也不是故意的，骑摩托车的男生好像还是个学生，没有人想出事，只能说邢窈运气不好，赶上了。

秦谨之不是在生她的气，而是在生自己的气。

"你对别人也这么好吗？"邢窈总觉得苏恒的脾气已经够好了，但秦谨之对她更有耐心。

他低头吻她，问："你说的'别人'是指什么人？"

她含糊其词。他等了又等，她偏偏就是不往深处问。

她睡醒时已经是中午，客厅里很安静。深秋的阳光温暖、柔和，但风有些凉，邢窈喝完水就把窗帘拉上了。

秦谨之应该很早就去医院上班了。他走的时候她其实知道，但实在太困，也没听清他说了些什么，只胡乱地应了一声就翻身熟睡过去了。

她在他的家里住了三个晚上，除了第一个晚上喝了半瓶酒，而且一整晚没睡着，后面两个晚上都睡得很好。

邢窈走到洗衣房里。昨晚换的床单和被罩被放在了一起，邢窈站在门口看了一会儿。床单上的褶皱有多凌乱，昨晚她和秦谨之就有多亲密。

她讨厌吗？并不！

邢窈将这些全部丢进洗衣机，又把自己身上穿着的T恤脱下来扔进去，才去洗漱。

她在浴室里吹干头发，从衣柜里找了一件衣服穿上，把洗好的床单晾好，然后去学校办请假手续。

邢窈买了两张机票，要送爷爷回A市。

回学校的路上，她给陆听棉打电话，看见了通话记录里最上面的名字：谨之哥哥。

她又想起昨晚秦谨之是怎么威逼利诱让她保存他的手机号码的。

邢窈住的宿舍是四人间，一个室友在某家公司里实习，一个室友在图书馆里备战考研，就只剩还在犹豫毕业后是出国进修还是工作的陆听棉安安静静地待在宿舍里了。她昨天去喝酒了，早上才回来，只比邢窈早两个小时到宿舍。

陆听棉闷声问："是谁把你勾走了？是那个姓秦的帅哥吗？"

"出了点儿意外。"邢窈简单地收拾好行李。

陆听棉还是那副有气无力的样子。

"睡不着就别睡了，下床活动活动，我陪你去吃东西。"邢窈道。

"不想吃，没胃口。"陆听棉直接拉起被子盖住脑袋，声音哽咽地道,"窈窈,我和沈烬可能要分手了。"

"这句话你说过八百次。"邢窈道。

陆听棉每次和沈烬吵架后都信誓旦旦地说要甩了沈烬。

"这次是真的,没开玩笑。"陆听棉道。

邢窈爬上床,挤进陆听棉的被窝,问:"你们这次为什么吵架?"

陆听棉回家那天心情特别好,就连去机场的路上都在跟沈烬打电话。

"我没跟他吵。"陆听棉哭了很久,声音都哑了,"蓝蓝知道了我一直在骗她,病发住进医院了。我去看她,她一句话也不说,只是看着我不停地掉眼泪。窈窈,我明知道她那么喜欢沈烬,却一边骗她说我不喜欢沈烬,一边又瞒着她偷偷和沈烬在一起……我是个坏姐姐,她肯定恨死我了。"

陆听棉有个妹妹,叫陆听蓝。

沈烬的母亲慕瓷在退出娱乐圈的时候也才二十多岁,等了五年,等到沈如归出狱,一场颁奖典礼之后就很少再公开露面。沈烬十四岁那年,慕瓷带沈烬去墓园里祭拜慕瓷的父母。陆听蓝从小就喜欢黏着沈烬,那天刚好在沈家玩,就跟着去了。

那天,有人寻仇,伤了慕瓷和陆听蓝。

"沈烬不是玩具,也不是一件衣服,说让就能让。就算你想让,他也不一定能答应。陆叔叔和夏姨都希望你们分开吗?"

陆听棉摇了摇头,道:"我妈担心蓝蓝的身体会出状况,这几天一直睡不好,爸爸他……窈窈,我回学校前一天的晚上,爸爸悄悄告诉我,我和妹妹都是他抱在怀里慢慢长大的宝贝女儿,他既希望妹妹健康、平安,又希望我能过得开心。"

在外不苟言笑的陆导,回到家后眼里都是自己的妻子和女儿们。小时候,陆听棉和同学闹了矛盾,哭着回家,虽然会被罚站,但最后都是被父亲抱起来哄。她可以毫无顾虑地向父亲撒娇、哭泣、诉说委屈。

邢窈其实很羡慕她。

邢窈还没到懂爱的年纪，父母就已经去世了。

没人教她这些。

邢窈忽然想见秦谨之，特别想，明明与他分开还不到二十四个小时。

她想他，就去见他。

陆听棉的手机一直在振动，她不接，对方就会一直打。她拉黑一个号码，对方就换另一个号码打过来，能这么做的人只有沈烬。

邢窈把陆听棉的手机从枕头下面拿出来，对陆听棉道："接吧。"

陆听棉又掉了一滴眼泪。

等邢窈出门后，她才接通电话。

"陆听棉，你若再给我玩消失，我就……"

沈烬的狠话还没说完，陆听棉就说："分手。"

"又怎么了？"

"没怎么，就是觉得没意思了。"

沈烬生气的原因是陆听棉无故玩消失，而不是这句"分手"。

"把地址发给我，当面说。"沈烬道。

他们每次吵架后，她总是被他治得服服帖帖。

当面说，他们就分不掉了。

陆听棉语气冷淡地道："一看见你就烦，就在电话里说。我想和你分手，不是征求你的同意，而是通知你。"

"老子不同意，你别想着找新欢。"

"都说了是通知你，而不是征求你的同意。我要跟你分手，你听不懂吗？"

"听得懂，但我不听。"

…………

听他们还在吵且越吵越凶，邢窈就没在这个时候进屋拿钥匙了，而是直接去了商场。

邢窈第一次在商场里逛男装区,从西装到睡衣看了个遍,选来选去,最后结账的时候,还是只挑了第一眼看中的那件衬衣。衬衣被挂在衣架上,她站在那里只是看着,就能想象出秦谨之穿上后的样子。

到了医院,邢窈才发现时间很晚了,秦谨之可能早就下班了。

邢窈想起来,早上秦谨之出门之前告诉过她,他的办公室在几楼,如果他不在,就把东西留下,请同事帮忙转交。所以,邢窈还是上楼了。

晚上,医院里的人不多。

护士站那边有个实习生。邢窈问秦谨之在不在的时候,他就在旁边听着。

"周维,你看见秦医生了吗?"护士站那边的实习生去找秦谨之,没找到,只看到了周维,于是问周维。

"什么事啊? 407床的病人出了点儿状况,秦医生刚过去。"

"外面有人找他,"实习生挑了一下眉,道,"女的,超漂亮!"

秦医生就是骨科的活招牌。每天都有人打着找人的幌子来骨科病区,其实是想认识秦医生,大家早就见怪不怪了。

休息室里的几个人都是实习生,来自不同的学校。过了好一会儿,他们还在聊这件事。有两个人还出去看过,回来后兴奋得不像是要值夜班的人。

周维也产生了好奇心,要去看看对方究竟有多漂亮。

他刚走出休息室,就看见了一道熟悉的背影。

"邢窈?真的是你!我还以为看错了呢。"周维小跑几步,笑着问邢窈,"这么晚了,你怎么来医院了?是不是哪里不舒服?"

邢窈说:"我是来找人的。"

周维愣了几秒钟,随后反应过来,问她:"原来,找秦医生的人就是你啊?"

"是我找他。他在吗？"

"在的，秦医生今天加班。你稍等，我去病房里看看情况。"

"谢谢。"

"都是同学，客气什么？"

周维边走边回头看。这两个人什么时候这么熟了？上次在学校里搭顺风车，他们也没说过几句话。之前邢窈的手腕脱臼，她来过医院，但不是秦医生的病人。

周维忽然想到自己忘了一件事——邢窈有东西落在秦医生的车上了。他最近事情多，忙得很，忘了找朋友要邢窈的联系方式。

这就说得通了。

周维加快步伐，去病房里找秦谨之。

病人接受手术后感染了，发了低烧。秦谨之等护士给病人输上液后才往外走。周维跟在他的身后，与他聊完病人的病情之后才说："邢窈来医院了，已经等您半个小时了。"

秦谨之停下脚步，问："她人呢？"

周维连忙说："在电梯旁边，还在等您。"

走廊里的窗户开着，邢窈拢了拢手臂。

有一个病人家属在护士站那边胡搅蛮缠了许久才被安抚好。周围安静下来，邢窈回过神，低头看时间，再抬起头时，就看到穿着一身白大褂的秦谨之从走廊的另一边走了过来。

他身形颀长，身材比例完美，戴着那副银框眼镜，五官深邃、立体。

呼啸而过的凉风从他的指间穿过，似乎都变得温柔了许多。

昨天的这个时候，他们还在床上。

他像是不知疲倦，因为知道错过了那个时机，下一次不知道要等到什么时候。

"我不打扰你工作，一会儿就走。"邢窈提起手里的纸袋，递到他面前，道，"偷偷穿走了你的衣服，所以我买了一件新的赔给你。"

秦谨之显然没有想过邢窈会给他买东西,并且送到医院里来。

她会来医院里找他,他就已经觉得很意外了。

"拿着啊,手都酸了。"邢窈催促道,"我仔细看过尺码,应该是合适的。"

秦谨之这才接过纸袋,问她:"明天几点的机票?"

"下午两点二十。"

"在家里待多久?"

"我请了半个月的假,但也不一定,可能会提前回来。"邢窈笑了笑,道,"问这么多,查岗啊?"

"不是,"秦谨之握住她的手,解释道,"提前问好时间,送你的时候就不会迟到了。"

邢窈微微垂眸,目光落在白大褂干净的袖口处,问他:"不用上班吗?"

"今天加班,明天下午休息。"

"秦爷爷也会去机场,你真的要送我?"

"我比司机更亲切,没什么不妥。"

"这倒也是。"邢窈往前走了半步,轻轻地抱住他,道,"秦谨之,我会想你的。"

这一抱可不简单,周维这才意识到是自己想得太少了。他回到办公室里,吃完了盒饭,秦谨之才回来。

墨绿色的纸袋就被放在秦谨之的桌上,上面只印着一个服装品牌的标志。

周维推着椅子滑到秦谨之的旁边,随手拿起一支笔,装作不经意地问:"秦医生,您和邢窈挺熟的?"

"还好。"

"你们在谈恋爱吗?"

"嗯。"

周维心想:这种又熟又不熟的情侣,还真是不常见。

周维挠挠头发，笑着问："那您前段时间怎么还找我要邢窈的联系方式？"

秦谨之："……"

一分钟后，周维就笑不出来了。

"你这么闲，应该早就已经把我上次给你的那本书看完了吧？"秦谨之淡淡地看了他一眼，道，"明天早上抽查。"

周维惨叫一声，后悔刚才没有管住自己的好奇心。

秦谨之到家后，才把邢窈给他的纸袋打开，里面是一件白色的衬衣。

他没有穿过这个牌子的衣服，但这件衬衣挂在衣柜里毫无违和感。

她说得对，尺码很合适。

秦谨之给秦成兵打电话："明天我送您和邢老去机场，等我吃午饭。"

"哎哟，不忙了？"秦成兵故意"客气"地道。那天晚上的事，他可是看得清清楚楚的，"哪儿敢麻烦你啊？家里又不是没有司机。"

秦谨之无奈地道："爷爷，我会准时到。"

"你到底是什么想法？"

"只是给您当一回司机而已，能有什么想法？"

"真的？"秦成兵不太相信。

秦谨之是他带大的，小时候比秦皓书还不让人省心，读高中时在学校里出了点儿事，性子就变了，后来又出国待了几年。

"邢老第一次来南城，我一个晚辈，如果给他留下了不好的印象，以后两家人再来往时您也尴尬。"

"那就给你一个机会让你表现表现，不过我把丑话说在前面。你如果再敢像那天晚上那样对着窈窈耍流氓，我饶不了你。你不要脸，我还要。"

不等秦谨之解释，老爷子就把电话挂断了。

也不怪老爷子偏袒邢窈，她在长辈面前就是一个乖乖女，这几天陪着两个老人逛景点，比导游讲得都生动，显然是提前做了准备，晚上又陪着他们下棋，饭后陪着他们散步，连手机都很少看。

两个老战友见一面太难了，到了这个年纪，很多事情看淡了，说不准谁先送走谁，有些话不说，兴许就是难以弥补的遗憾。

几人吃完午饭，休息了一会儿，就要去机场了。

邢窈坐在副驾驶座上。秦谨之开车的时候，她只给他递了一次纸巾，一路上没说过几句话。

今天天气好，他们时间也充裕，邢窈先去办理行李托运手续。

不远处，两个白发老人相互拥抱告别。他们以前都是军人，却在这不见血、不见伤的普通且平凡的一天湿了眼眶。

陆听棉戴着墨镜，和林林各自捧着一杯奶茶坐在有阳光的位置上，神色复杂地看着邢窈和秦谨之。

"他们俩站在一起，好像黑恶势力。"

一个气质高冷不爱笑，另一个长了一张攻击性十足的脸，虽然二人只隔了几步远，但从头到尾都没有聊过一句。

林林怀疑三分钟前邢窈看秦谨之的那一眼，都是偶然中的偶然。

陆听棉表示赞同，点了点头

林林："这么高的适配度，不谈一段恋爱真是可惜了。"

"估计有点儿难，窈窈根本没上心。"

"玩玩也行啊，男人嘛，下一个更好。"

"宝贝，你开窍了呀？"陆听棉欣慰地看着林林，道，"早就告诉过你，那个浑蛋不值得你掏心掏肺。男人嘛，下一个更好。"

"也不知道昨天是谁哭到了半夜，今天只能戴着墨镜出门。"

"我不是为男人哭，是为自己，不要混淆概念。"陆听棉起身跟邢国台挥手，道："爷爷，过年见。"

邢国台笑了笑，对她说道："过年见，到时候跟窈窈一起回去吃饭。"

快要登机了,邢窈走过去跟陆听棉说:"一会儿不用打车,秦医生送你们。"

陆听棉故意咳嗽了两声,道:"我和林林回学校,跟秦医生不顺路,麻不麻烦啊?"

"麻烦肯定是麻烦的,要绕好大一圈呢,但人家肯定是自愿的。"林林一把搂住陆听棉的脖子,朝她挤眉弄眼地道。

"哦,那我们就不客气了。"

秦谨之扶着邢国台坐上轮椅,又对机场里的工作人员叮嘱了几句。邢窈有礼貌地跟秦成兵道完谢,谢谢他这几天的照顾,然后推着邢国台坐着的轮椅往里走。到安检的位置后,秦谨之把她的包递给她。

这里没人知道邢窈昨晚去过医院,她和秦谨之也有默契地闭口不提。

她那句"我会想你的",只关于秦谨之,也只有他听到了。

秦成兵见邢窈走得洒脱,就知道自己在见到老战友之前琢磨了好几天的事铁定没戏了。这两个年轻人连话都不跟对方说,不但像互相看不上,而且像有仇。

"算了,你没这个福气,"秦成兵遗憾地摇头叹气,对秦谨之道,"人家以后能遇到更合适的人。"

秦谨之站在他的身边,看着邢窈的背影,问他:"只相处了几天,就这么喜欢?"

"我喜欢有什么用?全家人喜欢有什么用?"秦成兵越说越来气,"你的眼睛长在头顶上了?"

"我很正常。"

"哎哟,你的意思是我不正常?行行行,我倒是要看看,你能将一个什么样的女朋友带回家。"

…………

第四章

秦谨之，我很想你

从南城坐飞机到 A 市需要一个半小时。

邢佳倩和赵燃早早地就到了机场。赵燃还是和第一次见邢窈的时候一样腼腆，只叫了邢窈一声"姐姐"。

邢窈上一次回家时还是去年的春节。

邢窈的奶奶去世后，邢国台一个人生活，总觉得家里空荡荡的，邢佳倩夫妻俩就把他接到赵家与他们一起住。老房子空了好多年，虽然有人定期打扫，但秋季雨水多，霉潮味很重。邢窈从楼下到楼上，每个房间都去看了看。

这里好像没什么不同，又好像什么都变了。

邢窈忘了时间。直到赵燃用邢佳倩的手机给她打电话，她才发现天都黑了。

"姐姐，妈妈让我叫你回来吃晚饭。"

"知道了。"

"姐姐，你开车小心。"

"嗯。"

秦皓书给秦谨之打电话时，也是乖乖地叫"哥哥"，会不停地讲话，恨不得把那一周发生在自己身上的事情都告诉秦谨之。但赵燃不会，或者说，不敢。

邢窈注意到他有洁癖，而且有点儿强迫症。

在福利院里待过的小孩，即使被收养了，短时间内也改不掉以前养成的习惯。

只要是他的东西，他都会在用完之后摆在原来的位置上，就连一个喝水的杯子，也要贴上标签。

赵燃的身上没有任何和赵祁白相似的点，无论是长相还是性格，都大相径庭。邢窈只会在他叫邢佳倩"妈妈"的时候想起赵祁白。

他很乖，很听话，一放学回家就认真地写作业。邢国台吹了凉风，腿脚疼时，他会上楼拿毯子盖在邢国台的腿上。邢窈看电视睡着了时，他会悄悄将电视的音量调小，把客厅里的窗户关上。

赵燃做错了一道题，这是一道基础题，特别简单。之所以会做错，是因为邢窈一直在看他，他紧张了。

他捏着橡皮，小心翼翼地问："姐姐，是我太吵了吗？"

邢窈摸了一下他的额头，问他："你这里有一道疤，是怎么弄的？"

赵燃低声说："和别人打架，磕到桌子了。"

他竟然会与别人打架？

邢窈想：他以前可能不是这样的孩子。

如果没有爷爷、姑姑，父母去世后，她被送到福利院里生活，大概也会变成这样，事事小心，处处看人眼色。

邢窈没说话，赵燃以为她生气了，没有人会喜欢爱打架的小孩。

"我以后不会再打架了，姐姐，你别生气。"他小心翼翼地道。

"我没有生气。"邢窈转身上楼，一边走一边说道，"既然姑姑把你带回来了，这里就是你的家。"

赵燃看着她的背影，不知怎么了，忽然站起来，对她说道："姐姐，我本来就姓赵，不是妈妈给我改的姓。她没有忘记哥哥，也不是让我代替他的。"

邢窈并没有太大的反应，她的脚步只短暂地停顿了一下。

回到A市的第八天，邢窈失眠了。她带了药，但吃了后也是快天亮那会儿才勉强睡着。

她梦到了赵祁白。

赵祁白是个小气鬼，很少来她的梦里。

她怕鬼，但不怕他。

就算他是一个脸色惨白的恶鬼，她也不会害怕。

邢窈刚被邢国台接回来的时候，以为自己是暂时住在这里，等父母完成工作之后就会来接她回去。

姑姑家的邻居是个小胖子，带着一群伙伴站在姑姑家的大门口，问她是不是没人要的野孩子。

她想说她不是，她有父母，有家人，不是没人要的野孩子。

可她等了好久，从夏天等到冬天，妈妈还是没来接她回家。

"她没有爸爸，也没有妈妈，真可怜！"

"她是孤儿。我姥姥说，福利院里面全是没人要的孤儿。"

"没人要的小孩都会被送去福利院！"

…………

邢窈捂住耳朵，等笑话她的那些人都被赶走后才慢慢抬起头。她一抬头，就看见了赵祁白。她还不认识他，于是问他："你是谁？你要把我送去福利院吗？"

赵祁白这两年住在邢窈做的父母家，邢佳倩把邢窈接回来之前告诉过他。

他知道家里多了个妹妹，坐在门口的小女孩就是他的妹妹。他见过她的照片，舅舅每次往家里打电话时，她都不说话。

赵祁白以为她在哭，走近了才发现她只是眼眶红红的，但不像哭过，就这么直直地看着他，眼里带着一点儿防备之意。

"窈窈，我是赵祁白，上次我给你寄了一只风筝，还记得吗？"他问。

他在她的面前蹲下来，帮她系鞋带。

"这里就是你的家，我就是你的家人。咱们不去什么福利院，你可以叫我'哥哥'，也可以叫我的名字。"

于是，那之后的很多年，邢窈连一声"哥哥"都没有叫过。

她总是直接叫他的名字，赵祁白，赵祁白。

手机的振动声让邢窈从睡梦中惊醒。她猛地坐起来，像是溺毙之前被人拽出水面，大口呼吸，茫然地看着窗外昏暗的院子。

院子里的那棵树还在，但给她系鞋带的人不在了。

房间里没开灯，只有放在床头的手机屏幕发出了一点儿亮光。

电话即将被挂断，那头的人却在此时接通了电话。秦谨之在安静的地方，电话那端粗重的呼吸声，传到耳边时依然清晰。

"在睡觉？"他问。

"嗯，A市在下雨，我本来只是想躺一会儿的，结果睡着了。"她刚醒，声音含混，"谢谢你叫醒我。"

好一会儿没人说话。

邢窈以为她不小心把电话挂了，摸索着把灯打开，手机界面显示着电话未被挂断。她下床走到阳台上，被一阵凉风吹得顿时清醒了。

"秦谨之，你是不是打错了？"

"没有。"

"那你为什么不说话？"

秦谨之今天穿了邢窈送给他的那件衣服，进手术室前脱下来挂在了更衣室里，不知道是谁用黑色的签字笔在上面画了两条线，就在袖口处，很明显。

他拨通她的电话的时候，心里只有这一件事——一周没见，他终于有了找她的理由。

"那件衬衣，你是在哪家店里买的？沾了点儿污渍，不知道还能不能洗干净。"

邢窈怔了怔。这么小的事，他打电话干吗？

"店员说这种布料不难打理，普通的洗衣店都可以洗吧。"

"好。"

他似乎真的只是为了这点儿小事而打电话过来的。

"别挂，"邢窈以为他要挂电话了，急忙说道，"你再跟我说点儿什么。秦谨之，我很想你。"

秦谨之，我会想你的。

秦谨之，我很想你。

后来，秦谨之对自己在那通电话里到底说了些什么毫无印象，只记得她说她很想他。

他挂断电话后立刻请假，订机票，然后去机场。

他在做学生的时候都没有做过这种事，因为一通电话和她说的一句想他，就什么都不在乎了。

秦谨之通过周维要到了陆听棉的联系方式。陆听棉听到他一开口就问邢窈家的地址，倒也不觉得意外。

邢窈没上心，但这位秦医生显然动心了。

想一个人最直接的表现是什么？当然就是去见她了。

"很抱歉，这么早打扰你。"秦谨之有礼貌地对陆听棉道。

"我还没睡呢。邢家的那栋老房子空了很多年，应该没人住。你直接去她姑姑家，我一会儿把详细地址发给你。"

"谢谢。"

"不客气，一点儿小事！等等，"陆听棉看了一眼时间，又道，"才早上五点啊，秦医生，你不会已经到 A 市了吧？"

秦谨之也没有否认，只道："先不要告诉她。"

"放心，我懂的。"陆听棉心想：这人还挺黏人。

秦谨之挂断电话，几分钟后，手机里收到了陆听棉发来的地址。

A 市比南城冷，此刻，机场里的人寥寥无几。等待出租车的时间有些长，秦谨之翻看手机里的通讯录，将屏幕往下滑，昨天傍晚打给邢窈的那通电话，持续了将近半个小时。

A 市昨天下过雨，现在地面还很潮湿。

出租车开到陆听棉给他的地址时,天色才隐隐泛白。

凉风从领口处往里灌,让秦谨之清醒了很多。他几乎一夜没睡,但没有丝毫的疲惫感。

赵燃刚吃完早饭准备去上学。他有了新学校,司机每天接送他,邢佳倩偶尔也会送他。他心思敏感,察觉妈妈今天心情很低落,就自己收拾好东西,坐在门口换鞋时,听到了敲门声。他站起来,把门打开一条缝往外看,小心地打量着对方。

"你好。"

"你好,请问你找谁?"

"邢窈在吗?"

邢国台问道:"这么早就有人来敲门?燃燃,是谁啊?"

"我不认识。"赵燃没见过秦谨之。他和邢佳倩只在南城待了一天,邢国台回A市的前两天,秦谨之才被秦成兵叫回家。赵燃说,"是一个叔叔,来找姐姐的。"

叔叔?

秦谨之眉头微皱,目光落在赵燃的后脑勺儿上。

他平时并没有特别在乎别人对他的称呼,医院里的患者叫他什么的都有。只是,这个小孩叫邢窈"姐姐",却叫他"叔叔"……他听着觉得很别扭。

"邢老,早上好,是我,秦谨之。"

听到这句话后,邢国台连忙起身,对秦谨之道:"原来是谨之啊,快进屋。燃燃,你去学校里上课吧,别迟到了。小刘,你再泡一杯茶。"

邢国台拄着拐棍出门迎接秦谨之。

秦谨之几步跨过去扶住他,并对他道:"小心。"

邢国台笑道:"谨之,你先坐,窈窈还没起床,她昨天睡得晚。"

"没关系,让她多睡一会儿。"秦谨之递上提前准备好的茶叶,道,"爷爷托人买了点儿茶叶,知道我要来 A 市出差,就让我带过来给您尝尝。"

秦成兵确实提过他有一个朋友是茶农,邢国台上次还想去茶庄里看看呢。

"谢谢老大哥记挂我。谨之啊,辛苦你跑一趟,今天没什么急事吧?留下来吃饭。"

"好。"

"我刚才陪燃燃吃过了,等窈窈醒了,你们一起吃。"

"好。"

邢国台意味深长地笑着看了秦谨之一眼。

秦谨之面不改色,既然来了,就做好了面对邢家人的心理准备,早一天总比晚一天好。

邢窈回家后作息很乱,十点钟才起床。

她下楼后,看到坐在沙发上陪邢老爷子下棋的秦谨之时,有些恍惚。

秦谨之抬头朝她看过来,对视了几秒钟,仿佛什么都没有发生过,继续下棋。邢窈愣在那里,好一会儿后才往楼下走。

客厅里的茶香味很浓,阿姨在厨房里准备邢窈的早饭,邢佳倩在后院里整理那些花花草草,邢国台和秦谨之聊得十分投缘,一切很和谐。

邢窈坐在旁边看他们下棋,偶尔说几句话。

她的脑海里甚至出现了一个不合时宜的想法:如果赵祁白还在,家里应该就是这样的。

爷爷去洗手间的时候,邢窈才问秦谨之:"你怎么突然来了?"

"出差。"

"哦。"

她真的相信了,秦谨之又觉得自己的行为有点儿可笑。

邢佳倩和丈夫今天都请了假,但不是因为秦谨之。尽管他们待人温和、周到,很感谢国庆期间秦家人对邢老爷子的照顾,秦谨之也还是能察觉,笼罩在他们之间的那股低落的情绪。

阴雨天,外面的天色灰沉沉的。秦谨之也许是习惯了回家后有秦皓书楼上楼下地乱跑,总觉得邢家过分安静。

"今天是祁白的忌日。"邢国台勉强挤出一抹笑容,但苍老的脸上难掩哀伤。

秦谨之回头看邢窈。她换了一件白色的毛衣,头发松散地绾在脑后,几缕碎发落在耳边,将素净的小脸勾勒得更加精致了。

邢国台说过,赵祁白的遗骸被安葬的那天,她一直哭,直到天都黑了,人群散尽,她站在墓碑前,眼泪始终停不下来,后来甚至再看到授予赵祁白烈士勋章的那位首长的时候,还是会哭。

赵祁白的死,抽走了她眼里的灵气。

傍晚,雨停了。

邢佳倩和丈夫带着新鲜的百合花准备去墓园。邢国台换了一身旧军装,仔细地整理好肩上的每一枚勋章。

赵燃跟在他们的后面。

邢窈只是送他们出门。她是不去的。

这几年,她没有去过一次。

语言在很多时候极为苍白,秦谨之看着她关上门,若无其事地整理旁边的衣架。她好像并不难过,但怎么可能不难过呢?

"你晚上准备住哪里?"邢窈轻声问,"订酒店了吗?如果还没,就住在家里?家里有空房间。"

秦谨之过了许久才开口:"你想让我怎么回答?"

"我想?"她的声音里藏着笑意,她回头看他时,弯弯的眼角像是盛满了光,问他,"那你先说,你来A市是为了给爷爷送茶,还是为了我?"

再好的茶叶也就只是茶叶而已,摔不烂、磕不坏,发快递两三天就到了,他何必特地跑一趟?几十年的老战友不讲究这些虚礼。

无数拙劣的借口在他的脑子里涌出：出差正好顺路；阴雨天空气潮湿，寄快递不太好；他休年假，来 A 市旅游、看朋友；再过两个月就是邢老爷子的八十岁寿辰；等等。

他连自己都说服不了。

"你是在明知故问，还是真迟钝看不懂？"他问。

邢窈也不回答，一步步走近他，站在沙发的靠背后面。

秦谨之抬头的时候，她低头吻了下来。

她的身上有一种好闻的香味，像雨后花园里的清香，又混着橙子的香味。

她散落的碎发从他的脸颊上拂过，有点儿痒。

秦谨之握住她的手腕。她猜到了他想做什么，在他有动作之前挣脱了，步伐轻快地跑上楼。

十分钟后，她拎着行李箱下楼，还拿了两把雨伞。

秦谨之早上就订好了酒店，误以为邢窈只是去陪他住一晚。行李箱不轻，她拎着很吃力。

他将行李箱接过来掂了掂，里面应该装满了，问她："就住一个晚上，带这么多东西？"

"一晚都不住，你把房间退了吧。"邢窈从包里拿出车钥匙，钩在手指上朝他晃了晃。

秦谨之不太明白，问她："干什么？"

她说："跟你私奔啊。"

地图上显示，南城离 A 市有一千零九千米，开车大概需要十一个小时。

邢窈的意思是，现在才下午六点，她开车稳，明天就到南城了，秦谨之只需要闭上眼睛睡一觉。

他靠过去吻她，道："私奔也不用这么赶时间吧？可以买明天的机票。"

"但我不想等到明天，就现在。"邢窈连一分钟都不想多等，道，

"秦谨之,我们逃走吧。"

秦谨之不会连续拒绝她两次。

哪怕她要私奔到月球,他也会点头。

秦谨之开车,全程在高速公路上行驶,回到南城时是早上五点半。

天还没亮,天空透着一层青灰色,下高速的路口离市区还远,经过一个村子,路两边种满了树,隔好长一段距离才能看见一座房子。

邢窈找到一瓶水,拧开瓶盖递给他,问:"你累吗?"

"还行。"

秦谨之实习的时候,参与过一场难度极大的手术。一个矿工的右脚被钢筋切断了,那时秦谨之在手术室里待了十三个小时。

"那就好,你如果没力气了,我会很难配合。"邢窈解开安全带,让他在前面靠边停车。

车刚停稳,她就朝他靠了过去,鼻尖撞到了他的眼镜,一种酸疼的不适感让她的眼角沁出眼泪。她索性摘掉他的眼镜扔到旁边,捧起他的脸吻了起来。

秦谨之只僵了半秒钟,就扶住了邢窈的腰。

在这夜色还未散去的清晨,他沦陷在她的吻里。

邢窈这些天作息混乱,很多时候刚醒来时分不清到底是黎明到来,还是黑夜降临。

窗帘没有被完全拉上,昏黄的光线将卧室笼罩,像是给卧室铺了一层光晕。

她在床上坐了好一会儿,才回想起自己为什么会在秦谨之的床上醒来。车里空间小,一会儿撞到头,一会儿撞到膝盖,事后她浑身上下惨兮兮的,是被他抱上楼的。

她的身上穿着秦谨之的家居服,那件家居服和床单、被褥是同色系的。后腰处有点儿疼，邢窈用手摸了一下，又将手凑到鼻子下面，能闻到一股很淡的药味。

她好像把这些天缺的觉补足了，睡到自然醒，神清气爽，洗漱完走出卧室时，看见秦谨之在厨房里做饭。

邢窈本来以为他不在家。

前两次，他在她睡醒之前就已经出门上班了，没有经历过这种亲昵但又生疏的尴尬。

邢窈靠在厨房门口，看着秦谨之熟练地切菜、洗菜。和穿着白大褂时的感觉不同，此时的他，身上充满了生活气息，显得温和，真是十分养眼。

"这么多菜……"

秦谨之听到脚步声，切完蒜泥就把刀往里面放。她从他的身后靠过来，双手抱住他的腰。

衣服是他给她换的，所以知道她的家居服里面什么都没穿。

"番茄炒鸡蛋、红烧带鱼和素炒青菜，还有一个牛骨汤。"秦谨之记得她吃不了太辣的菜。

"好饿啊，都是我喜欢吃的菜。我能做些什么？"

她从盘子里拿了一块切好的番茄，偏酸的汁水刺激味蕾，眉眼皱成一团，显得生动、鲜活。

秦谨之情不自禁地亲她的额头，道："站远一点儿，别被油烫到了。半个小时后吃饭，你先去客厅里看电视。"

"你不需要我吗？"她的声音闷闷的，她有些失落。

她今天格外黏人，秦谨之喜欢她这样。

"需要你帮我听着电话，这很重要。我虽然在休假，但病人随时都有可能出状况。"他道。

"好吧。"邢窈回到客厅里，打开电视后是新闻频道，随便调到一档综艺节目。

秦谨之的手机就在桌上，隔一会儿振动一下，都是微信消息。

手机旁边是他的眼镜，邢窈试着戴了几分钟，她近视不到两百度，戴着眼镜看电视没有太明显的不适感，这副眼镜应该差不多就是这个度数的。

他又做了一道菜，口味也是偏清淡的，两个人四菜一汤很丰盛。

邢窈也很给面子，甚至还想再加半碗饭。饭后，她主动去洗碗，但秦谨之没让她动手。

她没提回学校的事，秦谨之就默认她今晚还是在这里睡。电视上播放的综艺节目并没有多好笑，她却看得很开心。

"要不要给邢老打电话报平安？"他昨天离开的时候没有跟邢国台打招呼，说走就走了。

"哪儿有人刚私奔就往家里打电话的啊？"邢窈在车上时就给爷爷发过微信，但不会告诉秦谨之，"一声不响地把我拐走，你害怕了？"

秦谨之笑了笑，反问她："男未婚女未嫁，我怕什么？"

邢窈原本舒舒服服地靠坐在沙发上，被他拉过去吻了两分钟，撑着身体的那只手慢慢没了力气，索性躺着，枕在他的腿上。

电视里有个男生在撩衣服露腹肌，她刚偏过头，就被秦谨之捏着下巴转向了他。

额头、眼睛、唇角……温热的吻一寸寸往下，最后才慢慢深入。

遥控器被压在她的后腰下面，碰到擦伤处，火辣辣的刺痛感让她轻呼出声。秦谨之把遥控器拿出来扔到一边，那只手又摸到她的侧腰，轻揉慢捻。

这档节目播完，开始插播广告，秦谨之牵着邢窈在门上的电子锁里保存了她的指纹。

邢窈茫然地看着他。他没解释，仿佛这是一件理所当然的事。

她白天睡了很久，现在丝毫没有困意。秦谨之去书房里忙工作，她一个人在客厅里，电视节目变得索然无味。

电视里，主持人干巴巴的笑声显得夸张。邢窈的目光落在门锁上，她许久没有回过神。

在她看来，他们可以拥抱、牵手、接吻，也可以做接吻之后的事，在他家的门锁上留她的指纹就没那么简单了，超出那条界限，事情就会变得复杂。

邢窈讨厌麻烦的关系。苏恒就是一个例子，她处理不好。

她发微信问陆听棉，秦谨之这是什么意思。

陆听棉最近在准备出国所需要的各种手续，邢窈还没等到陆听棉的回复，秦谨之就从书房里出来了。她以为他是想问她要眼镜，却突然被他抱了起来，往卧室里走。

"对不起。"他的声音很低，他像是挣扎过后只能自我妥协。

"嗯？"邢窈莫名其妙地道，"你道什么歉？"

秦谨之用脚踢开房门，将邢窈放到床上。他几步走到窗边拉上窗帘，很快就折身回来，单膝压着床沿，手撑在她的身体两侧。

她的后腰有擦伤，他要温柔一点儿。

秦谨之低头吻她，道："我应该让你好好休息的，但没办法，工作时总是想你。"

他的短发扎在她的皮肤上，邢窈觉得痒，忍不住轻声笑了笑。

他却闷声叹气，似乎无比懊恼，双手捧着邢窈的脸狠狠地亲了一下，道："我静不下心来，怎么办？"

事实上，从前天晚上的那通电话开始，然后又在两座城市之间来回奔波，一直到现在，除了睡着的那几个小时，秦谨之没有一刻静下来过。

人在欲望面前都是贪心的。

开始的时候他只想要一个吻，然而一旦开始了，一个吻是远远不够的。

邢窈眼里的笑意更浓了，她道，"那你轻一点儿，我后背疼。"

秦谨之说："好。"

他加深了这个吻，很快就尝到了一丝丝甜味，问她："吃橘子了？"

他去超市买菜的时候，顺手往购物车里扔了几个橘子，回来后就放在了客厅里的茶几上。邢窈坐在沙发上看了一下午电视，洗完澡，吹干头发后，陆听棉还是没给她回微信消息。她闲着无聊，又一点儿都不困，就拿起橘子吃了起来。

"嗯。我吃了两个，都好甜。"

"是很甜。"

比起凌晨的那一次，晚上时秦谨之更磨人，没那么容易满足。

恍惚中，邢窈失手打了他一巴掌。这点儿力气在床上可以被当成调情，他并没有生气，她却翻脸了。

第二天一大早，邢窈就站在玄关处，低着头在抽屉里翻找车钥匙。非但没开车，她还是在熟睡的情况下被他抱上楼的，但她的脑子里记得秦谨之每次到家后，都会将零散的东西放在鞋柜上面的抽屉里，车钥匙应该也在这里。

秦谨之在接电话。

邢窈能察觉他在看她。就像昨晚，她被逼得溃不成军，浮浮沉沉无处可依，全被他掌控。现在她毫无头绪地翻找车钥匙的别扭模样，他也都看在了眼里。

十分钟前，他们还睡在一起。

一开始，他们各睡一边也还是不习惯，她差点儿掉下床。刚才醒来时，她却亲昵地枕着他的胳膊。

周末了，秦皓书想过来玩，但又不敢先斩后奏，早上吃完饭磨蹭了半天，才缠着刘菁给秦谨之打电话。邢窈在这里，秦谨之必然不会松口，答应下周带他去吃肯德基新推出的儿童套餐，他这才安分下来。

"找什么？"秦谨之走到邢窈的身后。他接电话的那几分钟，就注意到了她的情绪不对劲儿。

邢窈没理他。

她醒了之后,就没跟他说过话,沉默着去洗漱,换好衣服就准备走人。

"车钥匙被我放到卧室里了,本来在衣服的兜儿里,洗衣服的时候拿出来了。"秦谨之走进卧室,出来后手里多了一串钥匙,问她,"一定要现在走?"

他的左脸隐约还有一点儿红印,邢窈别扭地偏过头不看他。

她昨晚恼羞成怒地打了他一巴掌。他不仅没生气,反而笑了,问她是不是后背磨得疼,然后就把她从被子里拽起来,让她坐在他的身上。

"我要回学校。"邢窈已经把行李箱收拾好了,"不用送,我自己可以。"

秦谨之用一只手压住行李箱的拉杆,另一只手挡在她的前面,问她:"爽完了就翻脸?"

"你别得寸进尺。"邢窈很少生气,或者说从不在秦谨之的面前发脾气,只是气质高冷,不笑的时候显得有点儿不近人情。

秦谨之沉默。两人僵持了一会儿,邢窈抬头看他,撞上他深沉的目光,又扭头看着鞋柜。

她不言不语,想用蛮力把他推开。

秦谨之看着她握着行李箱拉杆的手指尖一点点变红,心就软了下来,道:"再急也不差吃一顿早饭的时间,吃完我送你,不会耽误你的事。"

邢窈的鼻腔里一阵酸涩,她伸手抱住他的腰,问:"我是不是很讨厌?性格阴晴不定,还不分好赖。"

秦谨之把行李箱推到旁边,抬手轻轻抚摸她柔软的头发,道:"没睡好都会闹起床气。"

"我没有起床气。我就是……"

"知道了,"他的心情显而易见地发生了转变,他道,"你不是生气,而是害羞。"

他在心中补充:昨天晚上也是因为害羞而打我一巴掌的。

"刘姨和秦皓书今天都不会过来,现在还早,你再去睡一会儿。我看看冰箱里的菜能做些什么,做好了叫你。"

"我想睡在客房里。"

"主卧的床收拾干净了,床单和被褥也都换了新的。"

"不是……我不是说这个……嗯……你家客房里的床比较软,我喜欢睡软的床。"

"腰不疼了?"

"那……你给我揉揉吧。"

秦谨之把邢窈抱到客房里,顺势坐在床边,掀起她的衣服。她后腰擦伤的那个位置抹过药,他用手只在周围轻轻地揉,没有碰到伤处。

邢窈其实没睡着,昨天睡得很好,一夜无梦。

关门前,她轻声叫他:"秦谨之。"

秦谨之听到她说:"别对我太好。"

她侧躺着,秦谨之只能看见铺散在枕头上的长发,道:"一顿饭而已,你想太多了。"

"哦,"邢窈拉起被子,盖住自己的脸,道,"你出去吧。"

秦谨之对那一巴掌并不是没有丝毫感觉。他还是第一次被女人扇巴掌。

这种别扭的性格不能用好和坏来定义,她比他年纪小,他本就应该让着她。

无论秦谨之做什么菜,邢窈都觉得好吃。

她在这里吃得好、睡得好。秦谨之送她回学校之前,把她的行李箱里的衣服都拿出来挂在了衣柜里,有一件毛衣很有秋冬氛围感,但放在衣柜里并不违和。

第五章

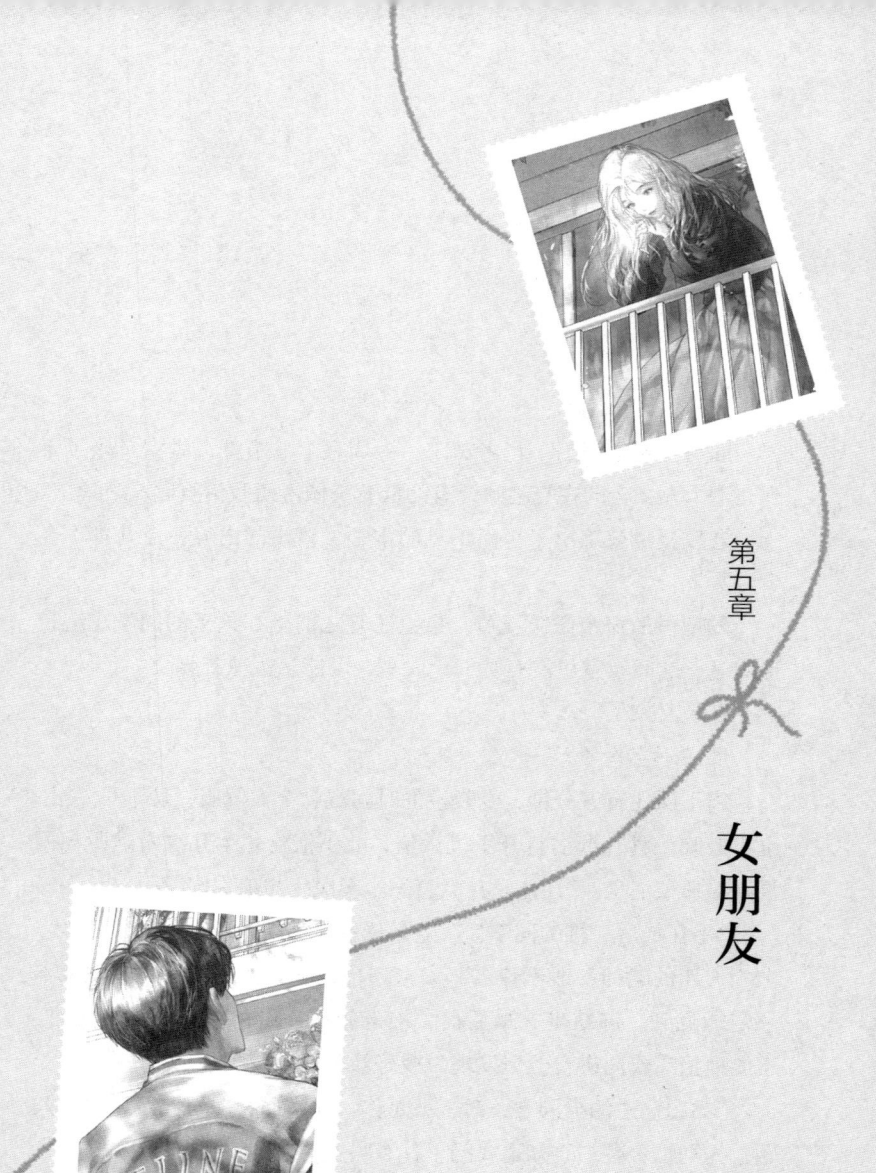

女朋友

邢窈只剩下最后一场考试了，一周只上一节课，教室里坐了不到二十个人，有的在打瞌睡，有的低着头做考研政治真题。

老教授早就练出了视而不见的本领，该讲的内容一点儿都不会少讲。

教室里的窗帘微微发黄，桌上还有之前坐在这里的同学忘记带走的笔，这间教室里没有暖气，人坐久了能从头凉到脚。

冬天又来了。

邢窈不喜欢冬天。

离下课还有五分钟，老教授的时间观念令人佩服，从不早一分，也不会晚一秒。邢窈打开手机微信，数不清这是第几次看陆听棉回复她的那条消息："还能是什么意思？秦医生想追你呗。"

"坐在最后一排的同学！"老教授忽然提高嗓音，说道。

大四的老师一般不点名，大家各自忙碌，连同宿舍的室友都不一定能见到。邢窈坐在最后面，被老教授浑厚的嗓音惊得回过神，本能地抬头看向讲台，但发现教授好像不是在叫她。

"靠门这边的男同学，对，就是你。起来回答一下我刚才提的问题，先别忙着翻书，知道我问了什么吗？"

"老师，我是大一的，来蹭课的。"

"大一的？这两个班一共有六十二个学生，有的三周来一次，有的一个月来上一节课，只有极少数的同学周周都到教室里。没想到我比较眼熟的几个人里面，竟然还有一个不是本班的学生。"

"您讲得好，我是慕名而来的。"

一段小插曲引起了众人的哄笑。下课后，大家陆陆续续地离开了教室。

邢窈不急着去吃饭。导师给她发了一封邮件，让她看几篇文献，看完后定好时间汇报交流，她要先去一趟图书馆。

她收拾好东西后，才发现刚才被调侃的男生还坐在座位上，看清他的长相后，愣了几秒钟。

老教授叫他站起来回答问题的时候，邢窈没有看他。

"薛扬？"邢窈惊讶地道。

邢老爷子提过薛扬今年参加了高考，也考到了这所大学，还和她同专业。她很少在学校里，而且也不是主动的人，就一直没和他联系。

他们上一次见面时还是去年春节，他穿着 A 市一中的校服，带着亲戚家的小孩们在路边放鞭炮。

"你平时都吃什么？长得这么快！"邢窈笑着摸了摸他的头，道，"这个学期都快过完了，怎么现在才来找我？"

薛扬别开眼，将出门前随手从桌上拿的一本书卷起来，背在身后。

他每周都来，比上自己的课都准时，每次坐在同一个位置上。邢窈只要来上课就一定会从他的身边经过，可她的目光没有一次看向他。

他闷闷地道："因为我一直在等你发现我。"

邢窈看着薛扬，不禁失笑，道："还是一个小朋友呢。"

"我成年了！"他恨不得把身份证拿出来给她看。

"行吧，那我有机会请你这个已经成年的小朋友吃顿饭吗？"

薛扬在心里提醒自己要硬气一点儿，不要像一条哈巴狗似的。然而邢窈话音未落，他就点了头。

他这几年不常回老宅，所以很少有机会见到她。

他们每次见面,她都会感叹他又长高了,他的身高明明还和高二的时候一样。

从初中到高中,他都没有和她同校的机会。等他追到大学,她又要毕业了。

他永远差一截。

两人并肩往外走,在校园里遇到认识邢窈的同学时,对方问薛扬是谁,她说是弟弟。

哪怕说是朋友,或者邻居,都比弟弟强,薛扬下意识地想反驳,可话到嘴边又忍住了。又不是有血缘关系的亲弟弟,他怕什么!

他们到校门口时,又有一个男生跟她打招呼。

这次薛扬主动自我介绍道:"学长好,我叫薛扬,物理系大一的新生,跟邢窈认识很多年了,我们是邻居。"

邢窈点头,这给了薛扬很大的底气。

他一只手搭在邢窈的肩上,看似随意,只是帮她拿包,然而无形中透露出一种与她很熟悉的亲密感。

"你好,"对方笑了笑,问,"准备出去?"

"嗯,我们出去吃饭,学长要一起吗?"

"不了,我还有别的事。邢窈,我先走了。"

对方走远后,邢窈才朝薛扬伸手,说道:"包里面没什么东西,我自己拿。"

"是没什么东西,很轻,也累不着我。"薛扬走在前面,问她,"想吃什么?"

邢窈说:"你选吧,我都行。"

薛扬不想在学校附近吃,选了一家离学校很远的火锅店。

邢窈开车,到了火锅店,发现薛扬的心情明显和刚才在教室里时不一样,话也多了。

他看起来不像是成绩好的学生,读初中的时候次次考试吊车尾,读高二那年像是突然开窍了。他的父母是做生意的,在学习方面对他没有任何要求，本来是想送他出国的，没想到他能考上 N 大。成绩出来的那天，全家人为他庆祝。

邢窈被爷爷接回去的第一年就认识薛扬了，那个时候他还是整天在院子里挖泥玩沙的小屁孩。

对面的那家肯德基里也有个小屁孩——秦皓书喜欢儿童套餐里的玩具。秦谨之用手机点餐的时候，他就眼巴巴地望着那个玩具。

"哥哥，我想要两份。"

"吃不完就浪费了，下周再来。"

"剩下的我留着晚上吃，哥哥，买两份吧，求求你了。两份套餐才有两个玩具，我想让邢老师帮忙给燃燃带一个。他妈妈不许他吃汉堡和薯条，说吃了会肚子疼。他以前没有吃过，肯定很羡慕。"

"邢窈在学校里，你现在怎么找她？"

秦皓书指着对面的火锅店，道："邢老师在那边啊！"

白天店里客人少，靠窗的那一排只坐了一桌人，隔着玻璃也能看清对面店里的情况。

邢窈不能吃辣的食物，所以很少动筷子，就算拿起筷子也是给对面的人夹菜。

秦谨之回想，邢窈和他一起吃饭没有十次也有八次了，连一根葱都没给他夹过。

她这样温柔的眼神，应该只看着他。

"哥哥，"秦皓书轻轻地拽了一下秦谨之的衣服，说道，"邢老师一会儿就走了，现在点好，我跑着把玩具给她送过去。"

秦谨之忽然问他："你管我的老婆叫什么？"

"哥哥没有老婆。"

"我会有的。世界上没有免费的午餐，你多要一份就得多干一件事。"

秦皓书不知道哥哥怎么了，有些纠结地问："可邢老师不是你的老婆，我叫她'嫂子'的话，她会生气吧？"

109

秦谨之面不改色地道:"你不叫的话,我会生气。"

几分钟后,拿到玩具的秦皓书直接往对面的火锅店里跑。

邢窈胃口不好,看别人吃饭吃得香也会有一种满足感。

他们点了四盘肥牛卷,薛扬吃光了。锅底很辣,他流了很多汗,脱掉外套后又把里面的连帽卫衣也脱了,只穿着一件白色的无袖衫,一边吃一边吐槽某个老师上课没意思,还有食堂里快餐窗口的阿姨,打饭的时候手抖得像得了帕金森病。

邢窈和薛扬是同一个专业的,教他的老师大部分也给她上过课。

"白老师也教过我,思想确实有点儿古板。"她道。

"上周有一个女生迟到了几分钟,因为化了妆,被当堂批评,白老师话说得很难听。对了,这门课的期末考试难吗?"

"挂科率百分之五十,你早点儿复习,我的资料和笔记都还在,可以全给你。"

薛扬顺势问:"那我明天什么时候去你宿舍楼下等你?"

"看你方便吧,我最近很闲,提前给我打个电话就行。"邢窈叫来服务员,想加点儿菜。

身后突然传来一声"嫂子",她被吓得一抖,手机掉在了地上,屏幕被摔碎了。

秦皓书从门口跑进来,挤到邢窈旁边的位置上坐下。见他头上的鸭舌帽戴歪了,邢窈帮他扶正,问他怎么一个人来了。

"学校放假了。"他撒谎道。

见这小孩自来熟,邢窈的注意力全被他分走了,薛扬忍住心梗问邢窈:"他是谁?"

邢窈说:"一个朋友的弟弟,我暑假时给他补习过数学。"

薛扬一口都吃不下去了。

朋友的弟弟为什么叫她"嫂子"?

什么朋友?

男性朋友还是女性朋友?

110

"嫂子，"秦皓书吃得满嘴油，抬头看了薛扬一眼，悄悄地往邢窈的身后躲，并对邢窈说道，"他总盯着我。"

"乱叫什么呢？"邢窈拿纸巾帮他擦嘴，道，"这些都太辣了，我给你点一份炒饭，等一会儿再吃。"

同样的炒饭，薛扬也有一份。

秦皓书撇撇嘴，问："他怎么也有？"

邢窈说："因为他和你一样，还在长身体，不吃主食很容易饿。"

薛扬观察邢窈的神色，她好像并不在意，反而刚才被吓到的模样更真实。说明这个小孩平时很少这么叫她，或者，在这之前没有叫过她"嫂子"。

但她又没有明确地否认。

她谈恋爱了吗？

什么时候谈的？

她的男朋友是她的同学，还是外校的男生？

薛扬越想越烦躁，好几次差点儿直接问出口。但他不敢问，怕听到自己不想听的答案。

秦皓书吃了几勺炒饭，听着邢窈和薛扬说话，想起了秦谨之，突然站了起来，委屈地看着薛扬。

邢窈摸摸他的头，问他："怎么了？"

薛扬很郁闷，邢窈摸秦皓书的头的样子，和在学校里摸他的头的样子一样，她是真的把他当小孩了。

秦皓书说："他瞪我！"

薛扬："……"

邢窈帮薛扬解释道："没有吧，他眼睛大。"

"我的眼睛也不小，还是双眼皮呢。"秦皓书努力地睁大眼睛，道，"他是你的弟弟吗？"

"是啊。"

"那他怎么不叫你'姐姐'？"

"差三岁而已,叫不叫都行。"

趁邢窈没注意,秦皓书得意地扬起下巴,对薛扬道:"不叫'姐姐',没礼貌。"

薛扬想:我谢谢你。

这顿饭薛扬吃得五味杂陈,本来可以独占邢窈半天的时间,还有明天。高考录取结果公布的那一刻,他就已经想好了,在大学校园里遇见她之后要说些什么、做些什么,然而被一个阴阳怪气的小屁孩搅黄了。

邢窈的手机摔坏了,结账的时候是薛扬付的钱。

"说好我请你的,"她没带现金,所以有些抱歉地道,"改天再补上。"

薛扬不动声色地道:"改天是哪天?"

"等你考完试吧,考完了请你吃大餐。"邢窈的身边还跟着一个秦皓书,她说,"我得先送他回家,顺便去修手机。你从这里回学校坐地铁比打车方便。"

薛扬闷声闷气地点头,临走时看了秦皓书一眼。

等他一走,秦皓书就迫不及待地把儿童套餐里附赠的小玩具拿出来给邢窈看,那是一辆小车。

邢窈想象不出自己把它带给赵燃时的画面。

平心而论,赵燃有什么错呢?

她小时候有多害怕因为失去父母而被送去福利院,赵燃就有多么渴望拥有一个家。

邢窈答应秦皓书,把这个玩具邮寄给赵燃,还说赵燃在元旦节前应该就能收到。

"邢老师,你和别的帅哥一起吃饭,我没有不高兴,"秦皓书老实交代,"不高兴的人是我哥哥。"

邢窈没有丝毫意外。秦皓书突然冲到火锅店里叫她"嫂子",还总针对薛扬,她就已经想到了秦谨之。

"他人呢?"

"应该是回去上班了,连饭都没吃。"

"没事,我去哄哄他。"

邢窈把秦皓书送回家后,就去了秦谨之工作的医院。

住院部的一楼有一家咖啡厅,邢窈没有去医生办公室里找秦谨之,而是在咖啡厅里等他。她从两点半等到六点,其间看完了三篇文献。

秦谨之写好交班记录后,洗手、换衣服,乘电梯到一楼。他的车被送去保养了,陈沉算着他下班的时间来医院里接他。

他们的一个共同的朋友今天结婚,几个伴郎是发小儿。秦谨之因为工作只能参加晚上的酒宴。

两人边走边聊,秦谨之突然停下脚步。陈沉察觉他的情绪转变之后,顺着他的视线往咖啡厅里看。

美女。

大美女。

她穿得太简单了,头发松散地绾在脑后,一只手托着下巴,另一只手轻轻地点着平板电脑的键盘,眼角处浅浅的笑意不知是有意的还是无意的,但给人的感觉是她有十足的把握——即使她一动不动,一句话都不说,被她含笑注视着的人,也一定会在人来人往的大厅里看到她。

她看似只是一杯白开水,喝下去才知道是烧心烧肺的烈酒。

陈沉虽然认识秦谨之二十多年了,但也一直不清楚他会喜欢什么类型的女生。

陈沉的目光在秦谨之和邢窈之间来回打转,他问秦谨之:"她在等你?"

秦谨之没说话。

"她不会就是老爷子给你选的相亲对象吧?都追到医院里来

了？！"陈沉笑着感叹道,"这么漂亮,还这么黏人。"

秦谨之不承认也不否认,道:"你先走,我晚点儿到。"

"真是啊?看来你是真的有情况了。算我白跑一趟,你赶紧的,千万别迟到了。"

陈沉还得去帮新娘接一个朋友,就不继续在这儿碍事了。如果时间允许,他肯定要认识一下邢窈。

病人家属、医生和护士都在电梯口进进出出,秦谨之并没有站在特别显眼的位置,但邢窈一眼就看到了他。邢窈的目光从他走出电梯的那一刻开始,就没从他的身上移开过。

秦谨之家里的门锁里存了她的指纹,她要找他,其实可以直接去他家里等。但她没有。

送衣服的那次也是这样,她有他的手机号码,但并没有联系他。

邢窈往咖啡厅外面走。里面的店员都看着她,因为她还没有付钱。

她站在秦谨之的面前,笑盈盈地跟他说话:"秦医生,帮我结一下账吧,我没带钱,手机也被摔坏了。"

"没钱是怎么做到在这里蹭吃蹭喝的?"

"因为我说我是骨科一病区秦谨之医生的女朋友。"

"她们信了?"

"应该没信,所以……秦医生如果不去帮我结账,我会很丢脸。"

咖啡厅里还有骨科的一个年轻护士,秦谨之很清楚,如果他现在进去付钱,用不了多久,连打扫病房的阿姨都会打听邢窈这个所谓的"骨科一病区秦谨之医生的女朋友",但也很清楚自己心里并不排斥这件事。

护士点了一杯果汁,店员还没做好。

秦谨之先开口:"一起付?"

"不用不用,我刷员工卡,谢谢秦医生。"护士一边有礼貌地向他道谢,一边用余光悄悄地打量邢窈。

邢窈等秦谨之扫码付款,学着护士说了一句:"谢谢秦医生。"

"不客气。"秦谨之面不改色地道,转身去帮她收拾平板电脑和纸、笔。

医院门前的斑马线那里没有红绿灯,要多往前走两百多米才到十字路口。秦谨之习惯了直接走近道,邢窈则跟在他的身后。他回头时,她还站在路边,看着左右的车。

秦谨之忽然想起,中午她和秦皓书离开火锅店后,秦皓书把手塞到她的手里,被她牵着过马路的画面。

枯黄的树叶随风飘落,风里的凉意顺着邢窈的袖口往衣服里钻。

手腕一紧,邢窈本能地低头。他已将她的手包裹起来,与她十指紧扣。

她被他带着往前走,落后了半步,抬头时刚好看到他的侧脸。

无论是秋天还是冬天,他的手总是很暖和。

医院离他家很近,十几分钟就走到了。

客厅里多了一双女款的拖鞋,拖鞋里有一层柔软的绒毛,穿着很舒服,邢窈之前都是穿他的拖鞋。

秦谨之问她:"开车了吗?"

"开了,停在医院的停车场里了。"邢窈不认识陈沉,刚才也只是远远地看着,觉得像是他的朋友,可能他今晚本来有饭局,于是问他,"你不会是想让我给你当司机吧?"

发小儿结婚,秦谨之今天晚上免不了要喝几杯酒,喜宴结束后还能不能回来都不好说。新郎肯定安排了司机接送宾客,如果司机实在忙不过来,他们在酒店里住一晚也没什么。

看到邢窈之前,他确实是这样想的,看到她后就改了主意。

一个人住什么酒店?

"你给我当司机,我请你喝酒。"

"什么酒?"

秦谨之:"喜酒。"

邢窈:"……"

这听起来似乎不亏。

邢窈从 A 市带回来的行李箱还在这里,那些衣服可以满足基本场合的需求。她只是去喝喜酒,不用穿得太正式。

裙子有些单薄,她就配了一件米色的大衣,既不会显得失礼,也不会抢主角的风头。邢窈照着镜子,把头发拢到一侧编了起来,又补涂了口红。

男人换衣服的动作很快,秦谨之早就换好了西装。

邢窈转过身,他在看她。

更准确地说,他的视线聚焦在她露在空气里的,那截细且白的脚踝上,她穿了一双高跟鞋。

"放心,我开车很稳的,"她拿着车钥匙晃了晃,道,"保证安全。"

秦谨之倒不是怀疑她的车技,只是觉得她穿得这么少会冷。

"晚上风大,换条长裤?"他道。

邢窈提着裙摆转了一圈,问他:"这样不好看吗?"

秦谨之想都不想就回答道:"好看。"

他想说,女孩子身体娇贵,秋冬时节更要注意保暖。

邢窈两步走近他,挽住他的胳膊,道:"好看就行了。你是新郎的朋友,还是新娘的朋友?"

秦谨之就这样被她半抱半挽地推着出了门,一边走一边回答道:"新郎是我的发小儿。"

"刚才在医院里的那个也是吗?"

"嗯,都是一起长大的。"

"有几个一起长大的朋友真好,我只有陆听棉,薛扬……也算吧,但他小时候有点儿招人烦,我不爱跟他玩。"

"薛扬是谁?"

"爷爷朋友的孙子,我和他当了几年的邻居,他也考到 N 大了,今天正好在学校里遇到了,就和他出来吃了一顿饭。你不会误会了吧?"

秦谨之当然还记得和她吃饭的那个男生。幸好她提起薛扬的时候并没有异样的表情,否则他可能维持不了体面。

电梯里没有其他人,邢窈就直说了。她不是喜欢拐弯抹角的人。

"虽然我谈过几个男朋友,但不会同时和多个男生保持这种关系。"

"我没有这么想你。"秦谨之低声道。

他没能做她的第一个男朋友,那就做最后一个。

邢窈跟他开玩笑道:"秦皓书说你生气了。"

"他懂什么?"秦谨之说,"换一个词更合适。"

换什么……

吃醋吗?

电梯在四楼停下,进来一个人,秦谨之依然旁若无人地牵着邢窈的手。

去酒店的时候是秦谨之开车。白天的婚礼很盛大,晚上是婚宴,宾客多,各行各业的客人都有,新郎包下了整家酒店。

秦谨之刚到就被叫走了。邢窈去了洗手间,回来后在大厅里找不到他,就逛到了一个安静的地方,不经意间一瞥,才发现这里也有她认识的人。

苏恒站在楼下的草坪上,应该没少喝酒,脖子上的皮肤有些红。

苏恒先注意到邢窈的。她在二楼的露台上,他在一楼的后院里,在她看向他之前,他的目光已经在她的身上停留了许久。她看了两次手表,抬头看星星,看湖边的彩色小夜灯,最后才看向他。

即使他忍着与她不见面、不联系,情绪也会不由自主地被她牵着走。苏恒准备上楼的时候,才想起来自己的身边还有一个女伴。这几分钟里,他所有的注意力在二楼的露台上,无论女伴说什么他都无心应付,这会儿终于回过神。女伴挽着他的胳膊,脸色不太好看。

草坪上的那对男女拉拉扯扯，可能是在吵架。

邢窈无心窥探别人的隐私，正准备回屋时，身后传来了脚步声。

熟悉的气息离自己越来越近，邢窈刚转过身，就被对方逼得往后退，后腰碰到栏杆上，她的一只手搭上去扶住栏杆。她感到凉意顺着指尖往皮肤里钻的同时，他也抬起一只手撑在栏杆上。

秦谨之表面不动声色，只是把衬衣的扣子解开了两颗。邢窈看不出他醉没醉，他的余光扫向楼下，他的脸上没有任何的情绪波动。

邢窈意识到自己被诱惑了，但并不抗拒。

她轻声问："喜酒好喝吗？"

"尝尝就知道了。"秦谨之脱下外套披在她的身上，把压在衣服里的头发拨出来，顺势低头吻她。

她往后仰，他也没有立刻追上去。他将身体退开一点儿，撑在栏杆上的那只手抚上她的腰，将她带到墙角那边，阻隔外人的视线后再次靠近。

这一次，她没有躲，甚至给了回应。

他问："好喝吗？"

阳台的门开着，宴会厅里浓郁的酒气被空气带出来，也可能是秦谨之喝的酒太烈了，邢窈的脑袋里晕乎乎的。他又问了一遍，她才慢慢摇头。

秦谨之也不深究她摇头的意思是尝不出什么酒，还是觉得酒很一般。

"那多尝尝。"他加深了这个吻。

有墙壁的遮挡，楼下的苏恒只能看到邢窈抓着栏杆的手，细、白的手指在慢慢收紧，就像攥着他的心。

他越是看不清，心里的那只恶鬼就会越想窥探墙角处正发生着什么。

他们是在接吻，还是在做更亲密的事？

苏恒握紧拳头，紧紧地盯着那堵墙。身体的本能反应先于理智，然而，他刚迈出一步就被女伴拽住了。

"苏恒，你把我当什么了？"女伴气愤地道。

"你不要多想。"苏恒背过身，掩饰眼中的情绪。

"我多想？我看你是昏头了吧？一遇见邢窈就浑身不对劲儿！你是她的第一任男朋友吗？你不是，也绝对不会是最后一个！你们早就分手了，她跟谁在一起都跟你没关系！你若再管不住自己，就别怪我翻脸。"

苏恒不耐烦地甩开她，道："行了，别说了，这是别人的婚礼。"

"呵，你还知道这是别人的婚礼……"

她的话提醒了苏恒，他没有资格干涉邢窈的事。

苏恒强忍住往露台上看的冲动，低着头往大厅里走，女伴不依不饶地追着他进屋。

喜宴还没有结束，伴郎们醉得差不多了，新郎也没有好到哪里去。

"谨之呢？谁看见他了？"新郎问。

陈沉说："他刚才找我拿了房卡，应该是上楼休息去了。他一下班就过来了，一口菜也没吃就上了酒桌，胃可能有点儿不舒服。"

新郎不放心，道："哪个房间？找个人上去看看。"

"你忙你的，不用操心这些。他啊，今天晚上有人照顾。"陈沉笑着挑了一下眉，意味深长地道，"肯定比咱们这些大老爷们儿照顾得好。"

邢窈没有和秦谨之一起到场。大厅里人多，几乎每桌都坐满了，新郎顾不周全，其他几个伴郎也没多注意，但陈沉是见过她的。

她看秦谨之的眼神，很难不让人心动。

有朋友好奇地问陈沉："谨之最近被女人缠上了？"

"别问，别好奇，也别去打扰，反正迟早能见到。"陈沉不是爱多嘴的人。

如果秦谨之想把邢窈介绍给他们认识,早晚会把人带出来与他们见面。

"看你这副表情,我更好奇了。老周说他有点儿情况,我还以为老周是在开玩笑呢,原来是真的。那姑娘到底是哪位神仙啊?我们认识吗?"

"不认识,但特漂亮。"

"你真肤浅!"

陈沉点燃一根烟,笑着说:"我也就是今天碰巧见着了,连一句话都没跟她说,第一眼不看外表看什么?我如果只是见她一面就发现了她的内在美,谨之肯定饶不了我。"

"听你的意思,他认真了?"

"不好说,他挺会装的。"

邢窈不确定秦谨之到底是不是真的喝醉了。在电梯里,他的身体要靠在她的身上才能站稳,然而走出电梯后,他又步伐沉稳,一点儿都看不出喝了酒。

房卡在她的手里,她刷卡开门。她把房卡插进卡槽,灯还没开,就被推到了门后。

房间里的暖气过于热了。

她滴酒未沾,却还是觉得昏头涨脑,问他:"新郎找不到你,会不会不太好?"

秦谨之靠在她的颈窝里,道:"我喝醉了。他即使找到了我,我也帮不上忙。"

邢窈戳穿他的谎言:"你装醉。"

秦谨之低声笑了笑,道:"不信就来检查。"

他又在蛊惑人心,就像十分钟前在露台上吻她时那样。

尝尝吧,尝尝是什么酒,你会喜欢的。

喝过酒的秦谨之让邢窈更难招架。上次那一巴掌让他清楚地看到了她情动时真实的反应,他就不会再满足于浅尝辄止。

邢窈还记得在秦家见到秦谨之的那天,他的眼睛像是长在了头顶上,即使再好的皮囊也显得有点儿讨厌。然而相处之后她才发现,他和她认识的那些富家公子都不太一样,正经但不死板,贪婪但不轻浮。

她不习惯被人抱着,会睡不着,但事后累得连抬一下胳膊都没力气了,也就没有精力再纠结这些。

第二天早上,秦谨之先醒,去浴室里洗了个澡,出来的时候邢窈还在睡觉。他叫醒她的方式很简单,她也就睡了两个多小时,被吻醒后,拎起枕头直接砸在了他的脸上。

他被砸了个正着,也不生气,好脾气地把她从被窝里抱出来。

邢窈睡眼惺忪地去洗漱,换衣服的时候才发现脖子上有个红印。秦谨之此前从不在她的身上留下太过明显的痕迹,昨天晚上却像变了个人。

他们下楼时,酒店的工作人员还在打扫,大概昨晚闹到了很晚。

秦谨之先去开车。天气预报显示今天要下雪,外面冷,邢窈留在大厅里等他,身上穿的还是昨天穿着的衣服。秦谨之的好几个发小儿还在睡觉,陈沉和新郎起床了,三个人站在酒店外说话,时不时回头看过来。

邢窈看见新郎给秦谨之递烟,他没接。

她是见过他抽烟的,但平时他的身上没有烟味,他应该很少抽。

"窈窈。"

一道沙哑的声音在她的身后响起。邢窈回头,看到了满脸倦色的苏恒。

苏恒身上的烟酒味很重。他像是一夜没睡,太早进入生意场,早已没有初见时的少年气。邢窈想起了薛扬,卫衣搭配一件潮牌外套,随意地坐在火锅店里大口地吃肉。

邢窈跟他打招呼："苏恒，好久不见，你是男方的朋友？"

"不算朋友，只是认识，两家有合作，我父母在外地，让我过来送份礼。"苏恒勉强地笑了笑，道，"听说你保研到 D 大了，恭喜啊。你那么想家，我一直以为你毕业之后会回去。"

她只是说："南城有南城的好。"

苏恒下意识地想要追问，她决定留在南城是不是因为昨晚出现在露台上的那个男人。他突然发现她虽然在和他说话，却是看着另一个方向的，眼里还有浅浅的笑意。他顺着她的视线望出去，和站在酒店外的秦谨之目光相撞了。

她披在肩上的西装外套、裙摆处明显的褶皱、藏在颈部发丝间的吻痕、夜幕下洁白的脚踝和扶在栏杆上越抓越紧的手指，这些画面混乱地在苏恒的脑海里闪现。

一瞬间，所有的不甘心哽在喉咙口，像一团被浸了水的棉花，让苏恒喘不过气来。

他艰难地开口："窈窈。"

"嗯？你说什么？"邢窈回过神，道，"不好意思，我没听清。"

"陈凡的事……我一直没有正式地跟你道歉。虽然知道你没有放在心上，但这声'对不起'我一定要当面对你说。"苏恒低着头，道，"窈窈，对不起，无论是什么理由，我都不应该在酒后口无遮拦地伤害你。这几年我喜欢你都是真心的，即使分开了，也希望你能幸福。窈窈……别糟蹋自己。"

他们和平分手，尽管生活在同一座城市里，但只要不联系，见面的机会就很渺茫。

邢窈神色茫然地道："糟蹋自己？这话太严重了吧？我只是来喝喜酒的。"

"你知道我在说什么，"苏恒顿了片刻，低声道，"勉强自己不会真的开心。"

邢窈想说，她和秦谨之在一起时挺开心的。

秦谨之的生活比她以为的简单太多，朋友圈也很干净——但她没有必要跟苏恒解释这些。

"苏恒，分手是你提的，当然，这里面有我的原因，但这不代表我们在一起的那段时间里没有美好的回忆。你选择更合适的交往对象，我遇到了一个有趣的男人，这两件事并不冲突，只是我们各自都开始了新的生活。至于你说的'勉强'，我刚才琢磨了一下，你可能是误会了。我和他之间是我主动，并不是他勉强我。"

苏恒看着她的眼睛，道："我的意思是，若忘不了心里的人，则跟谁在一起都不会真正开心。"

邢窈沉默了，脸上的那点儿笑意也消失得干干净净。

苏恒花了那么多心思都没能走进她的心，时间久了，自然会猜到她心里有人——一个不可能和她相爱的人。

大概是"所爱隔山海，山海不可平"。

许久之后，苏恒叹了一口气，转身往外走，和从大门口进来的秦谨之面对面地遇上。

前任和现任见面，实在没有打招呼的必要。

有趣的男人……

苏恒在这几秒钟里把秦谨之从头到脚地打量了一遍，怎么看秦谨之都是一个无趣至极的男人。男人不苟言笑、表情冷漠，大概只有那张脸符合邢窈的审美，她不喜欢性格冷冰冰的人。

鬼使神差地，苏恒在离开酒店之前突然停了下来，回头往休息区看。

工作人员送过去一杯热茶，秦谨之接过去之后自然地尝了一口，觉得温度合适才递给邢窈。和昨晚在露台光明正大地宣示主权的行为不同，他这会儿和邢窈说话的时候没有任何亲密的举动，却和邢窈用同一个杯子喝水。

这种很普通但无形中透着亲密感的小动作的杀伤力并不比藏在墙角接吻小，他仿佛在告诉对她有所企图的男人：别妄想了，死心吧。

苏恒收回视线之前看到的是秦谨之在帮邢窈整理头发。她没睡好,即使被秦谨之拉着站起身,也还是靠在他的肩上打着哈欠。

苏恒的身影消失在大门口,秦谨之低头看着怀里的邢窈,摸了摸她的脸蛋,问她:"他说了什么,让你这么失魂落魄?"

"只是简单的叙旧啊。我这是失魂落魄吗?我这是没睡好!你还敢倒打一耙?"

"简单的叙旧你就想起了他的好,后悔和他分手了?"

"我从不吃回头草,"邢窈仰头笑了笑,道,"而且和他比,明显还是你更好。"

秦谨之的神色没变,他问:"认真地比较过?"

邢窈脸上的笑意更明显了,她说:"秦医生,你也太爱吃醋了吧?昨天吃薛扬的醋,今天吃苏恒的醋。我身边的男人多得数都数不过来,你如果全部要计较,那每天可能没时间做其他的事了,连洗澡都得泡在醋缸里。"

他低声重复她的话:"多得数都数不过来……"

"是呀,虽然我的女性朋友不太多,但喜欢我的男生不少,有的还挺长情的,追了我很久呢。"

"挑衅我?"

"不不不,这是别人的婚礼,好端端地,我挑衅你干吗?"

秦谨之在她的脸上亲了一下,语气依然很温和,问她:"那你告诉我这些是想表达什么?"

邢窈无辜地眨眨眼,道:"当然是气你啊!谁让你昨天晚上不让我睡觉,今天一大早就把我叫醒呢?"她说完,有些苦恼地又道,"奇怪了,我以前没有起床气的,认识我的人都说我的脾气特别好。除非有人作死作到我面前了,一般情况下,我是不生气的。"

秦谨之认识她的这段时间,也就是从A市"私奔"回来的那天,她发了点儿脾气,但那是因为被他欺负了,恼羞成怒后的本能反应。

"如果有人真的惹到你了,你怎么处理?"

"扇他一巴掌。"

这是陆听棉的行事风格,邢窈算是将它学来了。给对方一巴掌这种方式虽然不文明但是简单有效,再说了,对方都已经把她惹生气了,她还讲什么文明?

"怎么用这种眼神看着我?"邢窈笑了笑,问他,"不相信吗?"

秦谨之只是有点儿意外,于是回答道:"相信,毕竟领教过。"

上次那一巴掌,邢窈当然还记得。

"这么一想,你好像是第二个被我扇巴掌的人。"她说。

他挑了下眉,问她:"第一个是谁?"

"第一个……嗯……第一个是赵祁白的同学,打球的时候故意害赵祁白受伤。"

这是邢窈第一次在秦谨之面前提起赵祁白,但他没有发现任何端倪。她没化妆,五官干干净净,看他的眼神也很温柔。

"很生气?"秦谨之以为男生打球时发生肢体碰撞很正常。

"嗯,我特别生气,当着几百个人的面给了他一个响亮的耳光。我还拿爷爷和姑父的身份威胁他,说如果赵祁白的手因为他愚蠢的行为留下一丁点儿后遗症,我会让他后半生活在悔恨之中。除了他,这些年没人让我那么生气了。"

秦谨之心想:能被她这样维护的,大概就是她的家人和陆听棉了。

"你们隔壁学校体育系的那个男生,你也不生他的气吗?"

"不啊,没什么好生气的,只是觉得有点儿恶心。"邢窈狐疑地看了他一眼,问他,"你怎么知道?"

她是在睡梦中被秦谨之从床上抱起来的,脑袋还不是特别清醒,反应了一会儿才恍然大悟地道:"哦,是陆听棉告诉你的。"

秦谨之只知道那个体育生是她的第一个男朋友。

"我不知道他做了什么,陆听棉也没有说太多。她只是拿这个人举例子，警告我，让我不要伤害你。"

"她对我身边的男人都是这个路数。你有那么多发小儿，应该能理解女生之间的这种友谊吧？"

"哪种？"

"就是无论对与错她都会站在我这一边，无条件地维护我，百分之百地相信我——我这么漂亮、有钱、脾气这么好，一段恋爱走到了分手这一步，一定是对方的错。"

秦谨之被逗笑，凑过去吻了她一下，才牵着她的手往外走。

上车后，邢窈在储物格里翻了好一会儿，才找到一瓶没开过的矿泉水。

车在停车场里停了一晚上，矿泉水凉得冰手，她的生理期就快到了，秦谨之看她喝了好几口矿泉水，眉头越皱越紧。

她很不爱惜自己的身体。

"哪儿不舒服？"他问。

"牙疼。"

红灯亮了，秦谨之把车停下来，一只手伸过去捏住她的脸，让她张嘴。

"是智齿，发炎了，牙龈有点儿肿，"他说，"拔掉就不会疼了。"

邢窈没太在意，只闷闷地应了一声。一定是昨晚房间里的暖气太热，她上火了才导致智齿发炎的。

秦谨之问她："什么时候长的？"

"好久了，"刚开始是一颗，后来又长了一颗，去年冬天才开始隐隐作痛，她说，"痛的时候想着拔掉，但不痛的时候又忘记了，就拖到了现在。"

"生理期结束后告诉我，我给你在牙科挂个号。"

邢窈随口答应："嗯。"

秦谨之以为她是害怕，网上有很多拔智齿的视频，看着是有点儿不适，但其实没那么可怕。

"打麻药的时候会疼一下,拔牙的过程中一般没有太明显的痛感,十分钟的事。那天如果我在上班,也会抽空去陪你。"他道。

邢窈开玩笑地道:"不会有病人投诉你吗?"

秦谨之摸摸她的脸,道:"这点儿自由还是有的。"

虽然昨天邢窈陪秦谨之去参加婚礼的理由是给他当司机,但来回都是秦谨之开车。她本来想在车上睡一会儿,然而身体疲倦、精神清醒,她的目光聚焦在秦谨之的侧脸上。她看了两分钟,在他看回来之前扭头看向窗外。

他们先去店里取她已被修好的手机,再去秦谨之的家里拿她的平板电脑。

到学校后,邢窈把车钥匙丢给他,道:"别打车了,你开回去吧。我最近都在学校里,用不上。"

她有几缕头发被压在大衣里面了,秦谨之向她走近半步,帮她整理好头发后,手还放在她大衣的领口处,指腹处压着一处痕迹轻轻摩挲着。

"你们是不是要放寒假了?"

"你今天有好多问题。"她虽然兴致缺缺,没睡好,看起来病恹恹的,但并没有不耐烦,"还有一科考试,元旦节过后应该就放假了,我回家陪爷爷。"

南城各大高校的寒假格外长,最长的足足有两个月,N大的寒假也有将近五十天。

陪秦谨之不在她的计划之内。

他只能自己争取,于是问道:"那我呢?"

邢窈愣了一下。

秦谨之低头亲她,她弯唇浅笑,顺势靠到他的怀里。

"你几岁啊?还要人陪?"

"几岁都不影响我需要你陪着我。"

"嗯……那我两边匀一匀,反正假期长,总待在一个地方也没什么意思。宿舍门口车不能停太久，一会儿阿姨就要出来骂人了，你快开走吧。"

"考完给我打电话，我把车给你送回来。"

"好。"

秦谨之看着邢窈进了宿舍大楼之后才回到车上。他赶着去医院上班，也不能多待。

旁边也有两个刚被男朋友送回来的女生，和男朋友吻了又抱，抱了又吻，不到五十米的距离，恋恋不舍地回了好几次头。

邢窈却说走就走，没有半点儿恋爱中少女和男朋友分开时的不舍。

秦谨之试着回想他因为一句"想你"，而从南城飞到 A 市见她的那天，她站在楼梯口，茫然地看着他时的所有反应里有没有惊喜。

没有。

当时他心中热烈的火焰被浇灭，很快又因为她的一句"私奔"重新燃烧起来。

比起那一瞬间的失落，她带给他的刺激感更强烈，以至让他忽略了那点儿潜藏着的情绪。

秦谨之想：不是所有的女孩子谈恋爱非得是一个样子，可能这就是让她最舒服的相处方式。

她有时冷淡，有时黏人，他得慢慢习惯。

秦谨之刚查完房就有同事问他，关于那个咖啡厅里的"女朋友"的事。他不否认就等于默认了。

周维的嘴很严，在今天早上之前，整个科室只有他知道秦谨之和邢窈的事。虽然他很懂在职场言多必失的道理，但这段时间真的憋死他了。有同学找他要秦谨之的联系方式，秦谨之是骨科的招牌，男未婚女未嫁，凭什么不能追？他当然不敢随便给，可是又不能说原因。现在，他解脱了。

"秦医生，以后再有人问我要您的电话号码，我就直接告诉她，您有女朋友了。"周维向来想到什么就说什么，"如果您经常去我们学校，陪邢窈上课、吃饭和自习，或者送她回宿舍，估计就用不着我多说了。"

邢窈的前任都是学生，他们平时有大把的时间。

医生很忙，秦谨之陪她吃一顿饭都不太容易。

秦谨之滑动鼠标的动作停顿了几秒钟，他问："她的前男友都是这么做的？"

周维点头，道："是啊，所以她一谈恋爱就全校人知道。邢窈是我们学校的校花，而且是学神。那些男生追上她了，就会向全校同学宣告'邢窈是我的女朋友'，当然也是在警告那些贼心不死的人。比如她的前男友苏恒，也是个有点儿脾气的'富二代'，但追她的时候特别殷勤。我和她不是同一个系的，都知道进度。"

周维又举了一个例子。

秦谨之听着，觉得和别人相比，他确实做得太少了。但他转念一想，又觉得没有必要和别人比。

另一个实习生开玩笑道："秦医生，恭喜你脱单！"

刘菁很少来医院里，今天从附近路过，就想着来看看秦谨之。她刚到办公室里，就听见有个实习生开玩笑，让秦谨之请客吃饭。她还记得秦皓书在秦谨之家的沙发缝里发现的那支口红。

难道谨之是真的谈恋爱了？

他既然有女朋友了，那么家里人就不应该再撮合他和邢窈。他不是一个毫无主见全听长辈做主的人，这桩亲事不成就算了，别破坏了两家人的关系。

这么想着，刘菁就准备回家之后跟秦老爷子商量商量。

当着秦谨之的面，她没说什么，还是装作不知情的样子。她知道，如果他们的感情稳定了，他会把人带回家的。

周末休息时，刘菁给秦老爷子打了一通电话。

秦成兵嘴上说着不关心、无所谓，经过上一次的观察，也看出邢窈和秦谨之都没那个意思，再加上刘菁的劝说，心里也彻底打消了撮合秦谨之和邢窈的念头。他叮嘱刘菁，找机会让秦谨之把女朋友带回来见见。

刘菁把这件事放在心上了，想着等秦谨之过生日的时候提一提。

秦皓书在客厅里用平板电脑玩游戏，听他们聊天儿的时候悄悄地找到了邢窈的微信，邀请她来家里玩。

邢窈当初只是帮朋友的忙才会给秦皓书补课，至于爷爷这层关系，也只是长辈之间的情谊，觉得自己没有理由再去秦家。

不等她找借口拒绝，秦皓书又发来了一条消息："明天是谨之哥哥的生日。"

秦谨之的生日？

明天……

也就是12月30日。

第六章

我们到此为止吧

邢窈忙完手边的事，才想起手机里的那条消息。

秦皓书说明天是秦谨之的生日。

邢窈想起秦谨之送她回学校的那天，问她什么时候放假，又问她放假前后有没有时间，像是要说什么，但最后又没说出口。

原来他是想说他过生日的事。

宿舍里很安静，邢窈看着这条消息，过了一会儿才回复秦皓书，说自己明天有事，去不了，但转头就订了个生日蛋糕。

林林考研结束，陆听棉也确定了出国深造的学校，两个人在宿舍里睡了三天。

薛扬忙着期末考试，总是错过抢票的时间。邢窈上个星期就买好了她和陆听棉回A市的票，刚才看到还有票，就问薛扬要身份证号码帮他也买了一张。薛扬乘机问她，什么时候补上那顿饭。

邢窈想了想，这个寒假应该很清闲，就答应回A市后请他吃大餐。

薛扬在意的当然不是一顿饭，吃饭不是必要条件，但是一个桥梁。等他回到A市，住在爷爷家，和邢窈见面的机会就多了。

林林和她的男朋友分分合合无数次，这次终于彻底结束了。她没哭没闹，能吃能睡。对她来说，分手只是一个结果，而且还是提前知道的结果。只是他有一件外套还在她的宿舍里，她洗好叠好，准备找时间还给他。

陆听棉看着林林叠衣服，想起了沈烬。

有一次，她躲陆听蓝，藏在了沈烬房间的衣柜里，把衣柜里的东西弄得乱七八糟。后来她被沈烬关在卧室里，给他叠了一个多小时的衣服。

陆听棉心想：都分手了，还想他干什么？想了也是白想。

陆听棉两眼一闭，拉起被子把自己盖得严严实实，睡着了就不会胡思乱想，更不会难过了。

男人嘛，下一个更好。

"昨天晚上吃了什么？"林林捧着水杯发呆。她一个星期没洗头发了，也没回家。她这几天醒了吃，吃了睡，一日三餐都是邢窈从食堂里给她带回来的，"窈窈，明天吃什么？"

邢窈看她又准备往床上爬，就扔了个橙子给她，道："明天可以去临安路的那家日式料理店吃日式料理，顺便出门透透气。陆听棉也是，你俩都快发霉了。"

"行，就吃这个，那我打电话预约一下。"林林道。

"你们俩去吧，我明天晚上可能回不来。"邢窈道。

陆听棉突然坐了起来，直勾勾地盯着邢窈，道："你不对劲儿！"

邢窈："……"

"又夜不归宿，"陆听棉趴在枕头上，神色复杂地看着邢窈，问，"你跟秦医生到底怎么回事？"

邢窈只是说："我不讨厌他。"

她连想都没想就说出了这句话。

"讨厌"这个词太极端了，她讨厌的人少之又少，更何况是秦谨之？她不仅不讨厌他，甚至越来越习惯和他在一起。

这并不是一个好兆头。

陆听棉说："那就跟他谈一场恋爱。"

林林在旁边帮腔："秦医生挺好的，长得帅，人品也不错。上次在机场时，我看他的家人也都很喜欢你。窈窈，你考虑考虑呗。反正你还要在南城待三年，不会跟他谈异地恋。"

陆听棉对秦谨之的第一印象比较好，也道："林林去外地，等我出国了，平时都没人陪你，你一个人多无聊啊？你现在不讨厌他，以后可能就会慢慢喜欢他，先试试嘛。"

邢窈的每一段恋爱都是从"不讨厌"对方开始的，她也没有经历过陆听棉和林林正在经历的失恋阵痛期，分手了就是跟过去和与那个人有关的记忆彻底告别，丝毫不会让"分手"这件事影响自己的正常生活。

她很酷，但有点儿薄情寡义。

"我只是去给他过个生日而已。"

"明天是秦医生的生日啊？"陆听棉恍然大悟，笑盈盈地对着邢窈眨眼，道，"过生日好，生日这天挺有意义的，你就去陪他过一个让他毕生难忘的生日……"

她的话还没说完，邢窈的手机就响了。

那是沈烬打来的电话。

他直接找邢窈并不是没有原因的。陆听棉向他提了分手之后，就再也没有理过他。

"什么事？"邢窈接通电话后，抬头看了陆听棉一眼，见陆听棉还在兴致勃勃地给她出谋划策。

沈烬一开口就问："在学校的宿舍里吗？"

"嗯。"

"下楼一趟。"

这儿是女生宿舍，宿管阿姨不可能随便让男生进来。

邢窈自然地穿上外套出门，下楼后，刚拐过转角，就看见了站在宿舍门口的沈烬。陆听棉这段时间做什么都提不起劲儿，他却像个没事人一样，神情悠闲，丝毫看不出是在和陆听棉闹分手，和在宿舍外面等女朋友的男生没什么区别。

沈烬在邢窈走近之前就把手里的烟灭了，问道："她这段时间怎么样？"

邢窈照实说:"茶不思饭不想,除了睡觉就是发呆。"

陆听棉平时比谁都会玩,和沈烬吵架之后反而玩得更开心。她最近的反常行为不仅是因为对妹妹愧疚,也因为舍不得沈烬。

沈烬听了邢窈的话,只道:"带我进去吧。"

沈烬把身份证放到宿管阿姨那里,在记录表上签了个字,然后跟着邢窈上楼。

他只能待十分钟,进了宿舍就直接把陆听棉从床上抱了下来。等她反应过来时,手已经被绑住了。她气得骂人,用脚踹他,喊着要报警。

沈烬随便陆听棉怎么折腾,打不还手,骂不还口,给她披上一件很保暖的羽绒服,连鞋都没让她穿,就这样把她抱走了。

两分钟足够了。

陆听棉的胳膊被袖子紧紧地缠住,她越挣扎缠得越紧。她从一开始就落了下风,毫无反抗的余地,只能在嘴上占点儿便宜,但沈烬根本不听她的。

沈烬打开抽屉,在里面找陆听棉的证件。

桌子旁边挂着一个包,邢窈"不经意"地往上面瞟了一眼。沈烬立刻心领神会,直接把包拿下来,挂在脖子上,弯腰抱起被气得火冒三丈的陆听棉。

沈烬:"走了。"

邢窈点点头。

"邢窈!你这个叛徒!"陆听棉瞪着邢窈,大声说道。

邢窈朝她挥了挥手,气定神闲地关上门。

林林不是第一次目睹这种场面,全程很淡定。

邢窈更是早就习惯了。陆听棉和沈烬没那么容易分手,之前分了那么多次都没有真正断掉。陆听棉面冷心热,沈烬很不好甩,他们两家人的关系也比外人以为的更加亲密。

林林感慨道:"还是看别人谈恋爱有意思啊,自己谈的时候真没劲儿。"

她现在是彻底想开了,好的爱情是锦上添花,烂透了的感情就是人生的羁绊,越留恋越走不出去。

"窈窈,他俩还能和好吗?"林林问邢窈。

"不知道,"邢窈也说不准,"无论结果如何,都要面对。"

林林闭上眼睛,道:"嗯,顺其自然吧。陆听棉去吵架,你去约会,至于我呢,就继续睡觉吧。睡觉最好了,人什么都不用想,就算天塌下来也不用管。"

一个人去外面吃饭没意思,林林就把在日式料理店订好的位置取消了,明天还是打算点外卖。

她又准备往床上爬,一只脚已经踩在梯子上了。邢窈见状,无奈地叹了一口气,道:"别睡了,我陪你去操场上散步。"

"散步?"林林茫然地往窗外看,天快黑了,"外面好像很冷。"

"所以要多穿一点儿。"邢窈把衣服递给她。

林林被动地出门,凉风迎面吹来,糨糊似的脑袋清醒了很多。

邢窈买了一杯热奶茶给她。她喝了几口奶茶,看着在篮球场上打篮球的几个男同学,心情也轻松了。

林林低着头,小声说:"窈窈,我挺伤心的。"

邢窈当然看得出来,道:"我知道。"

"但我也只是伤心。这几年,我和他每次分手都断不干净,我总是在怀念他的好。我们之间每一个心动的瞬间,我都记得很清楚,拽着一只即将断线的风筝,实在太累了。我已经在这里混混沌沌地沉迷太久了,要往前走了。"

"想忘就能忘掉吗?"

"有些人有些事是一辈子都忘不掉的,真正的放下是对过去释怀,而不是遗忘过去。"

道理谁都懂,说起来很简单。

释怀,又谈何容易?

"你呢？"林林看向邢窈，问道，"决定了吗？是选择苏恒还是秦医生？苏恒是过去时，秦医生是进行时，两个人各有各的好。苏恒年轻，秦医生稳重。"

邢窈回过神，模糊的视线渐渐变得清晰，许久没说话。

林林突然凑到她的面前，问她："你是不是在想秦医生？"

邢窈面不改色地道："从哪儿看出来的？"

"女人的第六感。"林林神秘地眨了一下眼，道，"刚才我提起苏恒的时候，你什么反应都没有，但提起秦医生的时候，你就回魂了，而且眼睛特别有神。"

邢窈看向远处，问："有吗？"

林林问得更直接了："你是在想明天怎么给他过生日，还是在想他此时此刻在干什么？"

"他没有告诉我，明天是他的生日。"

如果秦皓书不提，邢窈根本不知道这件事。

"那你生气吗？"

"这有什么好生气的？"

"看吧，还不承认？他不告诉你明天是他的生日，你不仅不生气，还准备给他一个惊喜，不是喜欢是什么？"

邢窈沉默。

她确实是在想秦谨之。

她甚至连那天他欲言又止的样子都记得很清楚，想着明天他见到她的时候会是什么反应。

有一年，赵祁白过生日的时候也是这样。他在学校里太忙了，没时间回家。她瞒着他买好了机票，准备突然出现在他的面前给他一个惊喜。出发的前一天晚上，她翻来覆去睡不着，一直在想，赵祁白看到她的时候，是会生气，还是会开心。她已经不是小孩子了，但赵祁白总说女孩子一个人出远门不安全，不让她去找他。她读高一那年，偷偷跑去见他，下飞机后随便上了一辆出租车，结果司机走错了路。她的手机没电关机了,家里人联系不到她,他也没有在学校里见到她。那次他被吓得不轻,此后就更不放心了,每次给她打电话都要强调一句:"不许一个人来找我。"

可是她很想他。

即使他一次比一次严肃,她还是会偷偷地跑去他所在的城市。

因为她确定,等他教训完她,一定会走过来抱抱她。

"我很想你。"

"哥哥知道。"

"你总是不回家。"

"这段时间在实习,太忙了。"

"她们是你的同学吗?她们在说,我是你的小女朋友。"

"你听错了,她们是在夸你漂亮。"

凉风吹过,旁边的林林打了个喷嚏。

邢窈却依然有些恍惚,脑海里的两道影子像是重叠在一起了。

她要去见的人是赵祁白还是秦谨之?

她要去陪谁过生日?

他们身上的相似点并不多,她以为自己分得清。

她不应该这样。

这一生太漫长了,她只是需要一个人陪在她的身边,现在这个人刚好是秦谨之而已。

本质上,他和苏恒没什么区别。如果到了需要分开的时候,她不会留恋。

她不应该这么频繁地想起他。

她更不可能喜欢他。

她为什么会想他?

她为什么会出现这种念头?

这一晚,邢窈睡得并不好。

第二天，陆听棉还是没有和邢窈联系。她不是生气了，而是压根儿就没有联系邢窈的机会。别人看不住她，沈烬就亲自看着她。解决问题的办法有很多，唯独不可能是分手，陆听棉甩不掉他。

林林计划去旅行，开始在网上搜索攻略，整个人变得生动了很多，不再像之前那么颓废。

人往前迈一步，只是一瞬间的事。

只要自己想清楚了，视野开阔了，就不会被回忆拽着寸步难行。

邢窈出门的时间不算晚，她半路绕到甜品店取蛋糕，耽误了一点儿时间。医生的上班时间不固定，如果病人有情况，即使是凌晨，责任医生也得赶回医院。她其实不确定秦谨之到底在不在家，生日蛋糕也是随便选的。

车开进小区的时候，邢窈给秦谨之打了一通电话，他没有接。

天气实在太冷了，她突然想起他家的门锁里保存了她的指纹。她低头看了看手里提着的蛋糕，觉得不吃一点儿会很浪费，这才开门进屋，反正来都来了。

屋里的暖气很热，秦谨之可能在几分钟之前出门了。

邢窈刚把蛋糕放进冰箱，准备给他留一张便条，然而一转身就看到了站在客厅里的男人。

他刚睡醒，身上穿着的深灰色的家居服看起来很柔软，短发有些乱，鼻梁上架着一副银框眼镜，但遮不住惺忪的睡眼。他手上的手机的屏幕亮着，她能看到上面显示的是通话界面。

邢窈本来是准备一放下蛋糕就走的，所以进屋后连外套都没脱。

"你在家啊？吓我一跳。"邢窈道。

"电话被调成静音模式了，我刚才在睡觉，没听见。"秦谨之看到未接电话的时候准备拨回去，紧接着听到了开门的声音，就拿着手机从卧室里出来了，"怎么不提前说一声？"

"想来就来了。"邢窈脱下大衣，挂在门口的衣架上，道，"吵醒你了吗？抱歉，我应该晚点儿再过来的。"

她瘦了一点儿，身上还有从外面带进来的凉意。

秦谨之喝完水，靠在桌边抱着她，问："智齿还疼吗？"

"不疼了，我不能肿着脸回家，所以暂时不想拔。"邢窈不想在今天这种特殊的日子被他带去医院，"你睡了多久？饿不饿？"

"下夜班后一回到家就睡了，有点儿饿，"秦谨之的声音哑哑的，呼吸落在她的颈间，他说，"但是想先吻你。"

他的声音里透出一丝喜悦。

就算他半威胁半引诱地把联系方式保存在了她的手机里，她也从不主动联系他，而是直接毫无预兆地出现在他的面前，上次在医院里是这样，这次也是。

在他以为她其实并不需要他的时候，她又给了他一点儿甜头。

"来给我过生日？"

"不是，顺路而已。"

秦谨之低声笑了笑，道："我看到蛋糕了。"

邢窈："……"

被戳穿后，她连一句"生日快乐"都说不出口。

秦谨之却没有见好就收的意思。邢窈刚推开他，下一秒钟就被他轻而易举地拉到了怀里。

"你怎么知道今天是我的生日？"

邢窈偏过头，道："猜的啊。"

"这么会猜？"秦谨之眼里的笑意越来越浓，又问，"那你再猜猜，此时此刻，我在想什么？"

他看着她，目光深沉，眼里仿佛藏着千丝万缕的情愫。温和的笑意是他抛出的诱饵，诱惑着她去探索，像一张网，等她走进去，然后将她捕获。

邢窈还未开口，秦谨之就吻了下来。

他想听好听的话，但看她的样子，她大概是一句好听的话都不会说了。

他不着急。

她能来陪他过生日,他就已经很高兴了。

二人离得很近,他的呼吸灼烧着她,属于他的气息从四面八方包围过来,似乎要将她吞没。

屋里的暖气真的太热了,邢窈渐渐失去理智。

不解风情的门铃声搅散了空气中的旖旎之气。门铃一声接着一声地响,外面的人大概是知道家里有人,催促着秦谨之赶紧开门。

秦谨之叹了一口气,闭着眼靠在邢窈的肩膀上,手也还在她的腰上。

"有人来了。"邢窈推开他,打趣道,"我要藏起来吗?"

"没有地方可以让你藏。"秦谨之拉起她滑落至肩头的毛衣,顺势又亲了她一下。

"不会是你的家人过来给你过生日了吧?"邢窈并不想让秦家的人知道她和秦谨之之间的关系——如果解释不清楚,会让她觉得很烦。

如果被两家的长辈知道了,就没那么简单了。

秦谨之说:"应该不是,他们想让我回家,我已经提前跟他们说过了,今天不回去。"

门铃又响了一遍,秦谨之才去开门。

门外的人都是他的发小儿,大家闹哄哄地往客厅里走,看到邢窈后,话音停止。走在最前面的人,一条腿刚迈进屋就尴尬地停住了,一时也不知道是该进去还是该识趣地快速消失。

他们这群朋友是从小一起长大的,彼此知根知底。

秦谨之一般不会在家里过生日。

上学那会儿,秦谨之过生日时就是找个地方与朋友们简单地聚一聚,这几年也差不多,与朋友们喝点儿酒,吃顿饭。

谁都没有想到,秦谨之的家里会有一个女人。

还是陈沉最先开口了:"谨之,不介绍一下?"

这些人,邢窈看着都不陌生,好几个是那天婚礼上的伴郎。

"邢窈。"秦谨之面不改色地对他们介绍道。他又挨个儿给邢窈介绍了几个朋友的名字后,道:"进来后把门关上。"

陈沉见过邢窈,先进屋跟她打招呼。后面的几个人跟着,都是熟人,也没谁觉得尴尬。他们虽然没有当着邢窈的面开玩笑,但眼神总是不经意地落在她的身上。

秦谨之平时也是这副不冷不热的样子,但毕竟都是发小儿,大家了解他,多多少少能看出一丝不寻常的气氛。

他不太高兴。

陈沉联想到,他们敲门之前,秦谨之和邢窈在做什么。

难得的二人世界被破坏,即使是被与自己从小一起长大的好哥们儿破坏,大概也没有哪个男人会给对方好脸色看。秦谨之没直接开口让他们滚蛋,就已经是给他们面子了。

陈沉笑着说:"今年大家都在,刚好谨之过生日,我们几个就想着来蹭顿饭吃,没有打扰你们吧?"

邢窈面对他们时并不拘谨,大大方方地道:"当然不会。你们聊,我去给你们倒一点儿喝的。"

"待会儿还要来一个人。"

"好呀,人多热闹。"

"那我们就不客气了,谢谢嫂子!"

这声"嫂子"让秦谨之脸上冷漠的表情有所松动,但并未被任何人发现。

邢窈去厨房里给他们泡茶。她来都来了,如果这个时候走,怎么都说不过去。

熟悉的朋友们在一起东聊一句西聊一句,客厅里就变得热闹起来了。

"什么情况,同居了?"

"看着不像，沙发上连一根长头发都看不见。"

"估计是应付家里的长辈，你们一个个都结婚了，只有谨之还单着。秦老爷子催得紧，相亲都安排上了，这个不行马上就会安排下一个，还不如先稳住秦老爷子，这样起码能清静半年。"

"也是……"

"刚才你们都看见了吧？我们进门的时候，谨之还挺不乐意。不管是真嫂子还是假嫂子，谨之的表情至少说明了他并不讨厌她。"

"搞不好能成！"

他们说话时将声音压得很低，邢窈在厨房里，只听着几个男人在聊天儿。她听不清他们到底说了些什么，也不感兴趣。

邢窈没有把秦谨之带进自己的朋友圈，秦谨之也从未提过要带她去认识他的朋友。上次陪他去参加婚礼也只是一个台阶而已，他往下走一步，她往上走一步，之前的那一点点不愉快，自然会在彼此的默契中烟消云散。他们这种关系，计较太多反而没有意思。

今天她和他的几个好朋友面对面地碰上了。这很突然，让邢窈猝不及防。

今天过后，这件事大概也瞒不了太久了。

如果秦家的长辈知道了这件事，就会很麻烦。

邢窈最讨厌麻烦。

人多热闹，肯定要喝点儿酒，秦谨之打电话叫外卖。如果只有邢窈在这儿，晚饭他会负责，甚至还会拉着邢窈出门，一起去超市里买食材。他平时其实不常下厨。虽然邢窈嘴上说着自己不挑食，但这也不爱吃那也不爱吃。

他做的菜，她是喜欢吃的。

"他们吃完饭就会走。"秦谨之从邢窈的手里接过茶杯，随手放在台子上，问她，"是不是觉得太吵了？"

"过生日就应该热闹一点儿啊。你不回家，如果再不和朋友们聚一聚，那这个生日多无聊？"邢窈笑道，"茶都泡好了，你端出去吧，我顺便把水果洗了。"

"用温水。"

"嗯。"

秦谨之确定她没有不开心之后才往外走。

饭菜送过来需要时间,他们坐在一起打牌,因为邢窈在,所以没有人抽烟。秦谨之在他们进屋后就明确表过态,不要多问,他不希望邢窈不自在。

陈沉平时最爱带头起哄,但因为知道秦谨之的脾气,所以今天也没有开邢窈的玩笑。

邢窈在旁边看了一会儿,发现秦谨之其实很会玩。

她没有见过学生时代的秦谨之,不知道那个时候的他是两耳不闻窗外事的书呆子,还是天天在学校里打架、闹事的痞子。他长着这样一张帅气的脸,学生时代注定不平凡。

听着他们说笑,邢窈才知道秦谨之以前没少干缺德事。爷爷以前总说,所有的男孩子在性格变得沉稳之前,就连猫狗都嫌弃他们,他们很会气人。

秦谨之和他的这几个朋友被人追着往前跑,她仿佛也跟在后面。

滚烫的晚风迎面吹来,喉咙都快被烧干了,她跑不动了。

"赵祁白,等等我。"

送餐的小哥按门铃的声音让邢窈猛地回过神,脑海里的画面渐渐变得模糊。

她眼前的人是秦谨之。

秦谨之察觉了邢窈的视线,朝她看过去。她像是睡了个午觉刚醒,有些茫然,有些恍惚,看谁都很温柔。

他没有去开门,而是走到了邢窈的面前。

陈沉看得很清楚,秦谨之像是要把自己的宝贝藏起来。

有人去开门,有人去拿碗筷,邢家过年时都没有这么热闹。

秦谨之的一只手撑在沙发的靠背上,他把身后的几道目光完全挡住了，弯着腰低着头和邢窈说话。

"是不是饿了？都是你喜欢吃的菜，待会儿多吃点儿。"

"是你过生日，怎么都点我喜欢吃的菜？而且还有这么多朋友在呢。"她的声音也很低。

两个人像是在众目睽睽之下凑在一起说悄悄话，举止很亲密。

"不管他们，他们爱吃不吃。如果他们让你喝酒，也别理他们。"

"我可以喝两杯……"

"不行。"

话没说完就被打断，邢窈却一点儿都不生气，依然是笑盈盈的。

被她这样看着，谁受得了？

秦谨之只坚持了几秒钟就败下阵来，抬手捂住她的眼睛，亲了她一下。

秦谨之的家里最不缺的就是酒，红酒和白酒都有，摆满了一个酒架。陈沉挑了几瓶酒，说今天如果灌不醉秦谨之，他们几个从这里走出去了就是笑话。

邢窈不太了解秦谨之的酒量，只记得他们一起参加婚礼的那天，晚上住在酒店里，他挺过分的。后来好几天她的身体都不太舒服。

可今天看着、听着，她才发现他的酒量很好，至少是这群朋友当中最好的。陈沉也就是仗着人多才敢大放厥词。

其间，邢窈接了一通电话，顺便给自己倒了一杯热水。她刚离开两分钟，秦谨之就跟着进了厨房。

她忽然转过身，盯着他，道："原来上次你是装醉的，我竟然相信了。"

灯光照在她的脸上，她眉眼弯弯，表情格外生动。

秦谨之回想起那晚自己借酒逞凶，趁着酒劲儿欺负她，也觉得有些可笑，前男友而已，有什么好介意的？就算那段恋情再刻骨铭心，就算他们有再多的回忆，也只是一段过去，他不至于那么小气，又不是初恋男友。

"初恋男友"这四个字毫无预兆地跳出来,让秦谨之把刚才说服自己的话术都抛到了脑后。

喜欢一个人,如何大度?

谁是她的初恋男友呢?

如果下次出现在她面前的人是她的初恋男友,对方和她谈笑风生,聊着他未曾参与的过去,他会怎样?

他会被气死。

"我向你道歉。"秦谨之关上门,从身后圈住邢窈的腰,道,"是我不对,以后不会了。"

餐厅里,那些人正喝得起劲儿,闹哄哄的笑声就在耳边,即使邢窈有心情跟秦谨之算那晚的账,也不会现在就和他闹,只是把他推开了。

她的这点儿脾气,连撒娇都算不上。

"口头道歉不算,先记账。你平时也不喝酒,酒量怎么这么好?"她问。

"我刚会走路的时候,老爷子吃饭时就用筷子蘸着酒喂我。"

"爷爷以前也是,赵祁白他……"

她原本是笑着的,秦谨之站在旁边都能看到她脸上的笑意。可提起赵祁白后,她就没再说话了。

她低着头,碎发遮住了她的眉眼,秦谨之看不到她眼里的失落。

他从邢国台的口中听过一些她和赵祁白小时候的事,她很依赖这个哥哥。

她依赖到什么程度呢?

赵祁白换衣服,她要在房间门口等着。

赵祁白没回家,她就连饭都不吃。

赵祁白没有时间去学校里接她,她就一直等。

诸如此类,很多很多。

医生见惯了生死,她不是他的病人,也不是他的病人家属,秦谨之想安慰她，却无从开口。这么多年，她大概也听够了安慰的话。

亲近的家人走得那么突然，而且还是久别之后，在她最期待与他见面的时候，他永远地离开了她。这种绵长、持久的伤痛，旁人无法真正感同身受，时间抚不平她的伤疤。

他若是在她的面前提起赵祁白，只会让她伤心。

"他们叫你呢，"邢窈再看向秦谨之的时候，眼里已经没有了刚才的情绪，脸上笑意浅浅，表情温柔如初，"应该是你的朋友到了，快去开门吧。"

陈沉刚才说还有一个朋友要晚到一会儿。

邢窈晃了晃手机，神色如常，道："我回个消息就来。"

她转移话题，秦谨之也就当没听到，抬手摸了摸她的脸。

秦谨之转身往外走，邢窈看着他的背影，有些恍惚，脑海里的画面时而模糊时而清晰。

赵祁白，他有很多像你的瞬间，很多很多，不胜枚举。

我好像快要分不清他是不是你了。

邢窈的手机振动了一下，被外面吵闹的声音掩盖，但是邢窈感觉到了。

窗外，天色渐渐变暗，雾蒙蒙的，明天说不定会下雪。

杯子被邢窈碰倒了，幸好没有滚到地上，只是里面的水都洒在了台子上。邢窈把水渍擦干净了才出去。

男人之间拳脚交加的打招呼方式，邢窈已经见怪不怪了。才到的人被压在最下面，他们好久没见了。大家都在等他，闹腾了好一会儿才放过他。

邢窈看清对方的长相后，明显愣了一下。

"我都没来得及换衣服，请完假，脱了白大褂就过来了，够意思吧？"男人熟络地往秦谨之的肩上不轻不重地捶了一拳，扭头对上邢窈的目光时，有礼貌地笑了笑，道："你好，我是周济，西部总院的骨科医生，擅长粉碎性骨折的微创治疗。以后如果有需要帮忙的地方，可以联系我。"

"有你什么事？"陈沉大笑，道，"她就算真的需要帮忙，找谨之不比找你方便？"

周济配合地看了秦谨之一眼，道："也是。"

邢窈跟他打招呼："你好。"

"不好意思，来晚了。"周济很自觉地往自己的杯子里倒满酒，对秦谨之道，"谨之，生日快乐，我先干三杯。"

他爽快地喝完三杯酒之后，又把酒杯倒满，扭头看向邢窈，道："第一次见面，你吃点儿菜，我喝两杯。"

邢窈的目光一直在他的身上，她问："刚才没听清，你说你在哪家医院工作？"

周济笑了笑，道："西部总院。"

邢窈的位置在秦谨之的旁边，酒杯早就已经被撤掉了。饭桌边都是男人，她如果喝了第一杯就会有第二杯，秦谨之没让她碰酒。

大家没怎么吃菜，先喝光了两瓶酒。

大家都穿着休闲服饰，周济的这身衣服就格外显眼了。

话题从小时候谁打掉谁的牙，跳跃到前几天秦谨之放陈沉鸽子的原因，又说起赵祁白的牺牲。

其他人不知道邢窈是赵祁白的妹妹，但秦谨之知道。他不动声色地岔开了话题。

邢窈其实见过周济。

赵祁白的遗体被送回国的那天，西部总院的员工都在，是周济往赵祁白的身上盖的国旗。

那天，邢窈站得很远。周济没有注意到她，但她清晰地记得每一个场景。和那天相比，周济成熟、稳重了很多，大概是因为工作太忙，眉宇间有几分疲惫感，然而赵祁白依然还是照片上的模样。

从得知赵祁白牺牲的那一刻开始，邢窈就仿佛被困在了梦里。

外界的一切被隔绝，她不愿意相信，也拒绝接受赵祁白已经不在了的事实。他们说好了要一起去看极光的，他不能爽约。

她宁愿相信赵祁白是在躲着她，找各种理由不回来见她。

可当她看到赵祁白的遗体时，所有自我欺骗的借口被撕碎。她有很多话想跟他说，可是再也没有机会了，他听不到，就没有任何意义。

死亡意味着什么，她在很小的时候就已经明白了。

父母离世的那年，她用了很长的时间才慢慢接受，爸爸妈妈永远不会再来接她回家的事实。赵祁白跟她说，赵家就是她的家，爸爸妈妈也没有丢下她，而是变成了两颗星星，她一抬头就能看到。他还在院子里给她种了两棵苹果树，告诉她，如果她想爸爸妈妈了，但是那天晚上没有星星的话，就可以去给那两棵苹果树浇水。

天上的星星又多了一颗。

那两棵枝繁叶茂的苹果树旁边，也多了一棵小苹果树。

一只手落在了邢窈的腿上，邢窈回过神时，发现坐在她对面的周济脸红得很不正常。不知道他是酒喝多了，还是被她看得浑身不自在。

就连陈沉都能察觉出邢窈看周济的眼神不同寻常，更何况是秦谨之？他跟旁边的人说着话，喜怒未露，只是在桌子底下握住了邢窈的手，不轻不重地捏了捏，余光偶尔扫过去，有几分警告的意味。

这大概是男人的占有欲，或是自尊心。

邢窈不禁失笑，之后便没再看周济一眼。

周济这才松了一口气。虽然还没有搞清楚邢窈和秦谨之到底发展到了哪一步，但无论他们未来如何，他都不可以插一脚。

这种缺德事他想都不能想。

然而他越想淡定，就表现得越不自然，又差点儿拿错酒杯，找了个借口去阳台上吹了一会儿冷风，心才静下来。

有人开玩笑道："老周，你是不是不行，这酒到底还能不能喝了？"

"怎么不行啊，我哪儿不行了？"周济笑着回到餐厅里，目光下意识地回避邢窈坐着的位置，继续和旁边的人吹牛，"我喝不过谨之，难道还喝不过你吗？今天谁先倒下谁就是孙子。"

"我看你就是不行了，刚才偷偷去吐了吧？来，叫一声'爷爷'听听。"说话者显然已经醉了。

"去你的。"周济懒得跟那人扯，扭头跟秦谨之说话："听说李臻快要出狱了，大概还有两个月。谨之，你多留点儿心，他肯定会来找你。"

秦谨之点点头，神色如常地道："我会注意的。"

"当年那事怪谁怪不到谨之的身上，是李臻他自己……"陈沉说到这里，脸色就变了，"算了，不提了，喝酒！"

秦谨之给邢窈盛了一碗汤。

她心不在焉的，不知道在想什么。

大家都喝了酒，餐厅里一片狼藉。

已经十一点多了，他们该给秦谨之和邢窈留下过二人世界的时间了。陈沉拉着周济起身，说要下楼抽烟，另外几个人也识趣，热热闹闹地来，热热闹闹地走。

秦谨之和邢窈送走朋友们，关上门后，家里突然就安静了。

现在太晚了，秦谨之就没有找阿姨来家里打扫，只是简单地收拾了一下。

关于李臻的事，他以为邢窈会问几句，但她只字不提，就像没有听到他们说的话一样，不关心，也不好奇。

她没吃什么东西，也很少搭话，唯一不对劲儿的地方就是周济。

他看周济的反应，他们之前应该没有见过。

邢窈想起了那个蛋糕，赶在零点之前从冰箱里将它拿了出来，找到打火机点燃了蜡烛。

秦谨之刚好走过来。

邢窈扭头朝他笑了笑,道:"生日快乐。"

"可以拆礼物了吗?"秦谨之倾身亲吻她的额头。

"我……我没买,蛋糕算礼物吗?嗯……如果不算的话,我改天给你补上。你有没有喜欢的东西?钱包?手表?领带?或者……"

邢窈跪倒在沙发上,吃痛地咬住手背,话都没说完。

她眼角泛红,有些潮湿,过了好久才小声地抱怨道:"你欺负人。"

秦谨之的确是在欺负她。

他今天真是被气到了。

她怎么能看谁都用那样眷恋的眼神?

刚才周济被她看得极为尴尬、窘迫,耳朵通红,几次拿错身边人的酒杯,只能用咳嗽声来掩饰自己的窘态。

直到他忍不住把手放到她的腿上,是提醒,也是警告,她才回过神。

她原本很听话,滴酒未沾,但注意力被他从周济的身上强行拉回来之后,再也没有说过一句话,只低着头喝闷酒。

等周济走了,她低落的情绪就又消失了。她准备蛋糕、点蜡烛、关灯,营造了一种很温暖的氛围,还笑着跟他说"生日快乐"。

"就欺负你。"秦谨之一口咬在她的肩上。

家里没开窗,酒精和饭菜的味道被封闭在了客厅里,蛋糕表层细腻的奶油的香味也飘散在空气里,邢窈却还能从混杂的味道里辨别出独属于他的气息。那气息丝丝缕缕,将她仅剩的清晰感官占据。

他在生气,但又憋着一股劲儿,不肯说自己在生气。

他想让她发现,想让她主动问他为什么生气,甚至想让她哄哄他。

他的这点儿情绪,邢窈并不陌生。

以前苏恒偶尔也会闹情绪,尤其在遇到曾经追过她的男生的场合。她和对方多说了几句话,苏恒都会不高兴,简单来说,就是吃醋,但碍于面子憋着不说,生闷气,越想越气,气得要命,然而她该干什么就干什么。有一次苏恒自己忍不住了跑去找她,她却不在学校里,和陆听棉去外地滑雪了。苏恒又气又想笑,想到自己每天吃不下也睡不好,一听到手机响就以为是她发来了消息,可她不仅没有联系他,还像个没事人似的,直接去了外地。

最后的结果当然是苏恒放下所谓的自尊心,追着她去了。

她见到他的时候,眼里有笑意,问他:"不生气了?"

苏恒叹着气,走过去抱她,幽怨地在她的耳边说:"你就不能说几句好听的话哄哄我吗?我快被气死了。"

过了一会儿,他又自言自语地道:"但还是很爱你。"

没有得到她的回应,他又有些不甘心地道:"窈窈,哄哄我这个小心眼儿的男朋友吧。"

在旁边看戏的陆听棉,慢悠悠地道:"小心变成前男友。"

苏恒立刻变脸,对陆听棉道:"不会说话就闭嘴。"

陆听棉小声哼哼,道:"得罪了我,是没有任何好处的。"

女朋友的闺密确实不能得罪,她们从小一起长大,友谊是无法撼动的。

苏恒敢怒不敢言,脸色一阵青一阵红,仿佛要被气出内伤。

邢窈这才主动往他的怀里靠,并对他说道:"别生气了,晚上请你吃饭。"

虽然她只说了这么一句话,但苏恒已经知足了。

上次秦谨之看到邢窈和薛扬一起吃饭后,那反常的行为显然也是生气了。后来她去医院里找他,他的态度也是不冷不热的。当晚,她陪他去参加婚礼,又很巧地遇到了苏恒。在酒店的房间里,他借着酒劲儿欺负她。她叫了两声"谨之哥哥",他就不生气了。

男人其实很好哄。

她心情好的时候,可以哄哄他们。

秦谨之察觉邢窈在走神,握住她的手腕的力道悄无声息地加重,问她:"在想谁?"

邢窈说:"想你啊。"

他低声呢喃:"是我吗?"

"不是你。"她停顿了几秒钟,声音里也多了几分笑意,"不是你,还能是谁?"

邢窈每次在他身边的时候,入睡就不是一件困难的事。即使还在沙发上,她也很快就睡着了。

秦谨之却没有丝毫的睡意。

她在家里是集万千宠爱于一身的千金大小姐。爱她的人有很多,邢老爷子就是她最坚不可摧的底气,她自然是有点儿脾气的。

她第一次见到他的那天是在秦家。他让她不高兴了,她表面不动声色,然而一转过身就开始谋划怎么报复他了。

那才是真正的邢窈,会生气,会高兴,会自然地流露出真实的情绪。

今天的邢窈虽然是笑盈盈的,但对什么事都提不起兴致。她不喜欢沙发,因为膝盖会很疼。他故意在这里欺负她,她也没有一点儿脾气,不仅没有恼羞成怒地打他一巴掌,也没有冷冰冰地不理他,甚至说了一句情话。

可为什么,即使她就在他的身边,他却觉得他们隔着千万里的距离?

秦谨之看着邢窈安静的睡颜,心里莫名地生出了一股空虚感。他不想弄醒她,却极为迫切地想得到她的回应。

哪怕她只是跟他说说话,或者是被吵醒后不耐烦地朝他发脾气。

"窈窈。"

他将轻轻的吻落在她的脸上。

她翻了个身,大概是想睡得安稳一点儿。秦谨之又把她揽到怀里。

"你喜欢周济吗?

"你不能喜欢他。"

他低声道:"我不好吗?"

客厅里很安静,她始终没有回应他。

邢窈喝了酒,睡得很沉,再醒来时,躺在秦谨之家主卧的床上。

秦谨之过分精致的五官在熟睡时少了攻击性,看起来温和多了。

她在睡着后毫无防备,甚至对他有依赖感,被子下,两人的距离很近,他的体温传过来,暖融融的。

醉酒后的清晨,她的身体格外疲惫,脑袋也晕乎乎的。

已经快八点了,按照平时的作息习惯,秦谨之应该早就醒了。

果然,邢窈翻了个身就看到旁边的柜子上放着一杯水,还是温热的,有淡淡的甜味,像是蜂蜜的味道。

秦谨之总是这样细心。

昨天之前,她在犹豫,也在考虑她和秦谨之之间的这段关系,是还能往前走一步还是到此为止。

她想了很长时间。

林林说的那些话,她也全听进去了,却始终没有一个确定的答案。昨晚醉得迷迷糊糊的时候,她反而有了决定。

秦谨之的好,包括他每一次出现在她的面前,都是在提醒她,她忘不掉赵祁白。

回忆越来越多,她甚至能清晰地在脑海里描绘出和赵祁白相处时的每一分每一秒。然而他们的过去只能停在那一年,她最想念他的那一年。

赵祁白说,他会永远信守承诺。那些年,他答应她的每一件事他都做到了。

但是一起去看极光的约定,他失约了。

她甚至开始幻想,如果赵祁白还在,会是什么样。

他一定是西部总院里一名很厉害的医生,患者叫他"赵医生",

实习医生们叫他"赵师兄",长辈们叫他"小赵",家人、好朋友们叫他"祁白",而她依然和以前一样,连名带姓地叫他。

赵祁白。

赵祁白。

于是她更加笃定,没有人能和他相比。

"醒了?"男人温热的胸膛从她的后背贴近,一只手落在她的身上,轻轻地揉着她的腰,如同恋人般亲昵。

邢窈闭上眼睛,含混地应了一声:"嗯。"

"是不是不舒服?"

"还好。"

秦谨之昨天睡得很晚,即使没有得到任何回应,也自言自语地说了很多话。她睡着了也有睡着的好处,不会用轻佻的言语戏弄他,也不会用一种空洞的眼神看着他。每一次她沉默地看着他的时候,他都猜不透她到底在想什么。

他要公开他们的关系,第一步就是带她回家。

"晚上如果有空,跟我回家吃顿饭?"

"没空。"

邢窈拒绝得太干脆,秦谨之分不清她是在跟他闹别扭还是太过冷淡。他们的关系明明很亲密,她却像是拉了一条警戒线,把他隔离在外。

虽然秦谨之在开口之前就已经做好了会被拒绝的心理准备,但亲耳听到后,脸上的表情还是难免有些僵硬。

他承认,他是耍了点儿心机。邢窈在半睡半醒时最好说话,所以他选了一个她没有对他设防的时刻,尽量用一种轻松的语气,让她觉得他可能只是随口提起而已,并不是正式见家长,想降低她对这件事的排斥程度。然而结果还是一样,她连多考虑一秒钟的想法都没有,直接拒绝了。

她都懒得用"下次吧"这种话来敷衍他。

秦谨之不甘心，又问："那明天呢？"

"明天也没空。"

"学校已经放假了，怎么还这么忙？"

"不是忙，是我不想。"

邢窈掀开被子，捡起床边的浴巾裹在身上，进了浴室。

她如果没有去洗澡，秦谨之大概还会用秦皓书当借口。如果他一开始就说是秦皓书想她了，或许胜算更大。

她既然不愿意，秦谨之就不打算继续说这个话题了。

他们难得在一起，何必因为一顿饭而惹她厌烦呢？虽然他心里很清楚，他想要的不仅仅是那一顿饭。

邢窈洗了很久，换好衣服出来的时候，秦谨之在收拾客厅和餐厅。锅里煮着粥，邢窈能闻到米的香味。

桌上又有一杯蜂蜜水，她喝了几口，喉咙里舒服多了。

蛋糕还在原来的位置上，边缘的奶油化了一些，邢窈蹲下去闻了闻。

"暖气太热，奶油都变质了。"她低声叹气，道，"好可惜，昨晚应该在吃饭前就切一块让你尝尝的。"

如果不是因为他过生日，她昨天晚上就走了。

"秦谨之，生日快乐。我们到此为止吧。"

两句话之间的间隔时间不够秦谨之说一句软话。

空气仿佛凝滞了。

秦谨之是何等敏锐的人？他又怎会察觉不出邢窈的异常？她这么平静地说出"到此为止"四个字，连看都不看他一眼，就绝对不是轻易能挽回的。在他提出想带她回家吃饭之前，她就已经很不对劲儿了，昨晚没有开口大概也只是维持着体面。

她谈的每一段恋爱都是和平分手，这一次她也不想闹得太难看。

邢窈用纸巾把桌上的奶油擦干净，再把蛋糕重新包装好，打算带下楼扔掉，身后才传来秦谨之的声音："理由。"

理由？

那可太多了。

"因为我对男人的新鲜感只能维持这么久，你不是第一个也不会是最后一个。因为你过界了……"

"过什么界？"秦谨之冷漠地打断她的话。

"别搞错了，我没有确认在谈恋爱，哪次见面的最终目的不是那点儿事？"邢窈轻声嗤笑，道。

她站起身，回头含笑对上男人冰冷的目光，模样慵懒，似是觉得十分烦恼。

"秦谨之，你是不是玩不起啊？"她表情冷淡地道，"早知道没谈过恋爱的男人这么难甩，我就不招惹你了。没有让你把昨天那个军医帅哥介绍给我，就已经是对你的尊重了。别缠着我，对人死缠烂打的男人既没品又会让人心生厌恶。我们无冤无仇，这段时间的相处也挺开心的，就好聚好散吧。"

今天是阴天，天空灰沉沉的。

不知道过了多久，厨房里的器具响起报警声后，秦谨之才说出她的名字："邢窈。"

他神色淡漠，似乎没什么情绪起伏。

"你今天走出了这个家，就永远别再回来。"

"放心，我不吃回头草。"邢窈走得很干脆。

她穿上大衣，提着坏掉的蛋糕，开门时还提醒他："把我的指纹删掉吧，反正以后也用不上了。"

邢窈关上门的那一刻，是真的确定自己永远不会再回来。

她以为秦谨之和苏恒没什么区别。

陆听棉被沈烬带走了，和邢窈一起回A市的人就只剩下薛扬了。他没带行李，只背了一个包。邢窈也一样，从秦谨之的家里出来后就直接去了机场。

她精神不佳，飞机起飞后就睡着了。薛扬看她睡得不舒服，就轻轻地托着她的脸，让她将脑袋靠在他的肩上。

就是在这个时候，他清楚地看到了邢窈的脖子上有一处红痕。

那是吻痕。

她的皮肤很白，头发是黑色的，所以那一抹红色的痕迹特别明显。

薛扬顿时脸红耳热，不敢再去看它，然而一分钟后脸色就变了。

这也是他下飞机后一直沉默的原因。

飞行时间不长，薛扬的情绪却十分复杂。

他在学校里听说过很多关于邢窈的事，即使她已经快要毕业了，他的几个室友在宿舍里聊得最多的话题也还是与她有关的。

但听别人说和他自己看到，心情是不一样的。

他看到了，就没有办法再忘记。

她昨天晚上不在学校里，或许就是和那个男人在一起。

薛扬想到这里，一颗心就不断地往下坠。

他记得他和邢窈一起吃火锅的那天，有个小男孩跑到店里，叫她"嫂子"。

难道就是那个小男孩的哥哥？他们已经确定关系了吗？

又或者另有其人。

薛扬越发焦躁。邢窈家里的司机早就在机场外面等着了，他连送她回家的机会都没有。

如果不问清楚，他大概会寝食难安。

邢窈准备上车的时候，薛扬突然拉住了她的手。

她愣了一下才反应过来，问他："先送你回去？"

"我爸的车被堵在路上了，一会儿就到。"薛扬的目光又一次落在那枚吻痕上，他说，"我有事想问你。"

邢窈自然地把手抽出来，问他："什么事？"

薛扬这会儿没有拐弯抹角的心思，直接问："你昨天是和男朋友在一起吗？"

"不算。"邢窈没有否认。

薛扬表情僵硬地问："什么意思？"

邢窈神色不变地道："在今天之前，他算不上我的男朋友，分开了，就更不算了。"

也就是说，那个男人没有名分，而且已经和她分开了。薛扬一时说不出话，但心情至少比在飞机上的时候好。

薛扬目不转睛地盯着邢窈，她的样子不像是哭过。

或许，她没那么喜欢那个男人。

一阵凉风吹过来，邢窈拢了拢外套，问他："怎么突然问这个？"

薛扬挠挠头发，别扭地看向别处，道："没怎么，就是想知道。早上我给你打电话，你没接。我在你的宿舍楼下等了你好久，结果你根本就不在宿舍里。"

邢窈笑了笑，道："大人的事，小朋友不要好奇。"

薛扬像是被点燃的炮仗，激动地道："再强调一次，我已经成年了！"

"姐姐先走了。"邢窈坐上车。

姐姐就姐姐吧，薛扬这会儿也不纠结她对自己的称呼的问题了，稍稍弯腰，一只手撑在车门上和邢窈说话。

"别忘了，你还欠我一顿饭。"

邢窈点了点头。

薛扬又说："我过几天去找你。"

邢窈朝他挥了挥手，闭上眼睛继续睡觉。

都说近水楼台先得月，但薛扬和邢窈认识得太早，她从来没有把他当成一个男人来看。他要迈出这一步，这个寒假就是一个机会。

薛扬站在原地目送邢窈的车离开，想着她说过的话，心里有了决定。

停在路边的车打着双闪，是薛父来了。

薛扬一上车，父亲就笑着打趣他，说他刚才像"望妻石"，恋恋不舍，依依惜别，就差厚着脸皮跟人家回家了。

薛扬平时百无禁忌，是薛家的小少爷，肆无忌惮惯了。但如果有人在他的面前提起邢窈，他就说什么、做什么都不自然。

父亲看到他的耳朵都红了，笑得更开心了，又问他这半年和邢窈在同一所学校里上学，有没有什么进展。

他那么努力地学习，不就是想离邢窈近一点儿吗？

薛扬搪塞了两句，戴上耳机，故作轻松地看向窗外。

他不聊邢窈，心里想的却是邢窈。

他想着想着，脑海里突然跳出一个足以让他瞬间心梗的念头。

他身边的朋友和家人都知道他的心思，这么多年，邢窈为什么看不出来？

或许，她不是不知道，而是装作不知道。

"把安全带系上。"薛父看着儿子的神情，觉得有些好笑，道，"你这是想到什么了？突然对我甩脸色。"

薛扬心不在焉地道："没什么。"

薛父又问："因为窈窈？"

薛扬没说话，但眼神出卖了他。

如果真的是他想的那样，那这半年里自己的那些幼稚的行为，未免也太可笑了，等她发现他，等她想起他……

难怪她总是觉得他还是一个小孩。

薛父说："喜欢就大胆地去追，就算被拒绝了，也没什么。"

薛扬心里憋屈，艰难地开口："她可能……不喜欢我。"

薛父笑笑，道："你妈当年一开始也看不上我，总是嫌弃我，后来还不是成了我的老婆？"

"这不一样。"薛扬叹气，道。

薛扬已经是大学生了，薛父不反对他谈恋爱。

"各花入各眼，没有入她的眼，不代表你不是一朵花。无论结果如何，都要试一试。青春很短暂，把你对她的感情告诉她，以后再回想起来，不至于太遗憾。"薛父道。

遗憾……

薛扬早就体会过这种心酸的感觉了。

小时候，爷爷家种了一棵橘子树，那棵树只长了一个橘子出来，他没舍得吃，想送给邢窈。他等啊等，橘子都烂了，也没等到邢窈回来。

到现在，他也不知道那段时间邢窈去了哪里。

每次看见橘子，他就会不由自主地想起曾经的那个橘子，白天随身带着，晚上就放在床头，睡梦里都是橘子的香味。

对他来说，这就是遗憾。

第七章

邢窈的秘密

邢窈回到 A 市后，生活极其简单，每天陪着邢国台逛公园、钓鱼、遛狗，或者是下棋，有时候一天能做很多事，有时候又好像什么都没做，天就又黑了。

这些年，家里冷冷清清的，她也习惯了。

今年家里多了一个赵燃，稍微热闹了一些。邢国台给他买了很多烟花鞭炮，他一直留到除夕夜才拿到院子里玩。

薛扬和他的父母一起回来过年。吃完年夜饭后，他偷偷溜过来。本来想叫邢窈去外面看烟花，但邢窈感冒了，他只好作罢。

这场雪断断续续地下了好几天，整个小区里白茫茫一片。

邢窈家的人有守岁的习惯。即使是春节，姑父也很忙，电话基本没停过。姑姑在厨房里准备茶水、果盘，时不时唠叨几句，姑父也不介意。

那一大箱鞭炮足够赵燃玩一整晚，时不时从窗户外面传来一声响，像是壁炉里炸开的火花的声音。

春晚的节目走怀旧风，邢老爷子被小品逗乐，笑得眼睛眯成细缝。邢窈陪着他看了一会儿，就靠在沙发上打起了瞌睡，可能是饭后多吃了两片感冒药的原因。

邢国台与秦成兵还是像往年一样，零点准时开始视频通话。

秦皓书穿得像个年画娃娃。他这个年纪的小男生都有自己的审美，平时穿得很时尚，这身打扮大概是为了逗爷爷开心。

他挤到镜头前有模有样地给邢国台拜年，邢窈远远地看着，不禁失笑。

"哥哥！"秦皓书兴奋地喊，"哥哥快过来看，嫂子家有一个这么大的雪人，还戴着帽子呢！"

除夕夜这种阖家团圆的日子，被他叫作"哥哥"的人，只会是秦谨之。

电话那边，秦成兵板着脸呵斥秦皓书，说秦皓书没有礼貌。他做了个鬼脸，很快就捂着耳朵跑开了。

邢窈神色自然地靠近手机镜头，有礼貌地跟长辈打完招呼才上楼。

秦谨之走了，邢窈也不在场，秦成兵有意无意地开了句玩笑："窈窈这孩子，我真是越看越喜欢，不知道谨之有没有这个福气。"

邢国台笑着摆手，道："什么话？我们家窈窈还小，不着急。"

"你是不着急，可我着急啊！窈窈这么优秀，万一被别人抢了先，我怎么能不着急？"

"哈哈哈！那也不行，窈窈有自己的想法，我这个当爷爷的不能干涉她。"

"儿孙自有儿孙福，孩子的事我也不想管。你帮谨之说两句好话，帮他在窈窈的心里留个好印象就行了。"

两个老战友聊得热闹，另一边，秦皓书拿着刘菁的手机和赵燃联系上了。

邢窈洗完澡，看到了薛扬给她发的消息："去楼顶。"

他是五分钟之前发的。

邢窈披了一件厚厚的外套，一边上楼一边给薛扬回消息。她刚到阳台，绚烂的烟花就在夜空里炸开了。

薛扬也在下一秒钟打了电话过来。

邢窈接通电话，伴随着烟花炸开的声音，隐约听到薛扬说了句："新年快乐。"

也是在这一刻，她才后知后觉地意识到，薛扬可能有点儿喜欢她。

正月里，每天都有不同的人来给邢国台拜年。邢国台不喜欢这一套，索性带着邢窈回了老宅，眼不见心不烦。

老宅虽然旧了点儿，但在这里没人打扰他们。

邢窈以前住过的房间里没有丝毫改变，就连床头的相框摆放的位置都没有变，书架上还有她读高中时用过的课本。

她整理柜子里的东西时，翻出了一台旧的照相机，就试着给它充上电，但没什么反应。这台照相机是好多年前买的，上门的工作人员说不一定能修好，只能先带回去修修看。

修不好也没关系，那些回忆都存在她的脑海里了，她想忘都忘不掉。

大学的最后一个学期，邢窈申请不回学校，在家里完成论文。薛扬知道后，闷闷不乐地退了提前帮她买好的机票。

三岁的年龄差，让他永远追不上她。

等他好不容易考上N大时，她马上又要毕业了。

幸好，幸好她还在那座城市。

薛扬表面看似平静，内心却始终静不下来。等他进行了一番自我安慰后，朝着在旁边靠着摇椅晒太阳的邢窈身上看了一会儿，才发现她好像睡着了。

他试探着叫了一声："姐姐？"

她没有反应。

他走近，提高音量又叫了一声："邢窈？"

她还是没反应。

"真的睡着了啊？"薛扬自言自语地道。

赵燃在客厅里认认真真地写作业，周围没有其他人，薛扬的目光不自觉地落在邢窈的唇上，温暖的阳光下，他的心跳如擂鼓，他魔怔般向邢窈越靠越近。

"薛扬，你挡着太阳了。"

她突然出声,薛扬被吓了一跳,脚底失去重心,直接跌坐在了地上。

"对……对……对不起!你的电脑马上就要摔下去了,我想着帮你拿进屋。我……我……"他结结巴巴地说着话,试图掩饰自己出格的行为,却又不甘心只是这样,突然抓住了邢窈的手,紧紧地盯着她,深吸一口气,仿佛下了某种决心,道,"我喜……"

他的嘴里被塞进了一颗冰凉的葡萄,他未说出口的话被堵住了。

"起风了,有点儿冷,我上楼睡个午觉。"邢窈保存好文档,抱着电脑准备进屋,边走边说道,"留下吃饭吗?赵燃想让你教他骑自行车。"

"我说我喜欢你!邢窈,我没把你当成姐姐!我喜欢你!我很早就开始喜欢你了!"薛扬大声吼出来。

他终于说出口了。

这一刻,薛扬觉得心情轻松了很多,却也预料到了结果。

邢窈回头看着他,眼里毫无波澜,伸手摸了一下薛扬的头顶翘着的几根头发,道,"果然还是个小朋友呢,回家加件衣服了再过来吃晚饭,别感冒了。"

薛扬的脸色由红变白,他久久地僵在原地。

她拒绝他,也给他留了面子。

他的父亲说,把爱意告诉对方,就不会有遗憾。

可是为什么,他这样看着邢窈渐渐走远的背影,心里像是空出了一个洞,里面满是橘子的酸涩味?

赵燃很听话,写作业的时候不需要家里人操心。邢窈看了看时间,邢老爷子午睡该起了。她泡好茶端上楼敲门,里面好一会儿没声音。

等她推开门时,昏倒在地上的邢国台已经没了知觉。

薛扬不知道邢窈在这种情况下是如何保持理智的。他听到救护车的声音时才知道邢老爷子出事了。邢窈从他的面前经过,他本能地想跟上去，但是已经来不及了。

这个晚上，赵家没有亮起一盏灯。

秦成兵得知邢国台住院的消息后心急如焚，当天就准备动身赶往 A 市。

刘菁拦不住了才给秦谨之打电话："谨之，我和你爸都走不开，你能不能请假，陪老爷子去一趟 A 市？"

"什么事这么急？"

"邢老爷子四天前突发脑梗，人到现在都没醒，情况不太乐观。"

秦成兵担心老战友，一直叹气，眼眶也湿湿的。秦谨之订了最早班的机票，到 A 市时天都没亮，就直接去了医院。

邢家人都在医院里守着，一天只有一个人被允许进去探视五分钟。护士把秦成兵从重症监护室带出来的时候，秦谨之和刚从洗手间里走出来的邢窈擦肩而过。她目不斜视，几步走上前扶住秦老爷子。

医院里连倒杯热茶都不方便，虽然担心秦成兵的身体撑不住，但邢佳情现在没有精力给这祖孙俩安排酒店。

"窈窈，你带秦老先回家休息。你也两天没睡觉了，听话，医院这边有我和你姑父在，不会有事的。"

邢窈呆呆地点了下头，道："那我晚上过来换您。"

"多睡一会儿。"邢佳情说罢，送他们下楼。

楼下有司机，秦谨之先扶着秦老爷子坐上副驾驶座，自己坐在后面。邢窈上车后闭着眼靠着车窗，和秦谨之之间隔了很宽的距离，她的脸上没有半点儿血色，眼中的倦意很明显，额头几次撞到玻璃。秦谨之眉头紧皱，抬起的手又放下，沉默地别开眼，不再看她。

到家后，邢窈勉强陪着他们吃了一顿饭，随后安排秦老爷子在客房里休息，便上了楼。

赵燃放学回来后，乖乖地写作业，自己吃饭。

秦谨之没睡，把邢国台的详细病历发给了国外的医生，在等回信。

有人上门找邢窈，她刚睡，秦谨之就没让赵燃上楼叫她。

对方把维修单递给秦谨之，说道："没关系，可以代签。邢小姐的照相机被修好了，您检查一下。如果没问题的话，就在维修单上签个字。"

秦谨之试了试照相机的基础功能，被工作人员提醒后，又检查了一下照相机里存储着的照片和视频是否还完整。

赵燃站在旁边，不知道秦谨之看到了什么，只是觉得他好像很不高兴。

秦谨之盯着一张照片，脸色渐渐沉了下来。

工作人员小心地问："先生，有什么问题吗？"

"没问题。"秦谨之回过神，抬头前，眼中的情绪被藏起。

邢窈这一觉睡得很沉，醒来时，窗外一片漆黑。

她的头痛得厉害，洗完澡她才清醒了一些。

秦成兵和赵燃在楼下的客厅里，秦谨之不见了踪影。见邢窈往窗外看，赵燃小声说道："在后院里。"

晚上的A市还是有些冷，后院里没开灯，邢窈不知道秦谨之在外面待了多久。虽然隔得远，但她还是能感觉到他一身凉意。他颀长的身形立在黑暗中，散发出来的气息让她觉得很陌生。

他来赵家就是客人。

邢窈总要尽尽地主之谊的。

"秦谨之，外面太冷了，进屋吧。"她道。

男人转过身，邢窈这才看到他手里拿着的照相机。

"是我吗？"秦谨之静静地凝视着她，问，"没有叫错名字？"

他为什么会这么问？

因为他知道了邢窈的秘密。

那些无法解释但又合情合理的巧合,都有了理由。

秦谨之看到的第一张照片,是邢家祖孙三人的合照。邢老爷子坐着,邢窈站在后面,怀里抱了一条狗,站在她旁边的人是赵祁白,一只手搭在她的肩膀上,低头看着她。照片里,她穿着校服,十三四岁的模样,笑容干干净净的。

照相机里有一些旧照片,中间偶尔会跳出一段视频。秦谨之良好的教养不允许自己未经允许就窥探别人的隐私,但心里有一股莫名的情绪,牵引着他不自觉地越看越多。

秦谨之想:这台照相机的主人应该是赵祁白——视频里只有他的声音,他很少出现在画面里。

照相机很旧,照片不太清晰,视频里也有一些杂音,她像是刚从果园里回来,身边放了一大筐黄灿灿的橘子。她虽然戴了一顶草帽,但遮不住被晒得通红的小脸上的笑意。

"你别拍我!"她往沙发上的靠垫里藏,躲不开镜头,就恼羞成怒地搬救兵,对邢老爷子道:"爷爷,你看他!他老是拿着照相机拍我!"

赵祁白把镜头推得更近了,道:"就拍你。"

她捂着脸,拿起抱枕往赵祁白的身上砸,并说道:"你讨厌死了!"

"谁讨厌?"

"你!你!你!"

"再说一遍!"赵祁白佯装生气,要过去揍她。

邢老爷子大笑,道:"赵祁白,你以后八十岁了估计还在欺负妹妹!"

这段视频是在房间里的床上,她被缠在了一大团纱网里,画面之外的赵祁白笑得喘不上气。听他的意思大概是邢窈卧室里的蚊帐绑绳松了,他来帮忙,结果却弄巧成拙。

等她好不容易从纱网里爬出来的时候,已经听不到赵祁白的笑声了。镜头偏到墙角,画面里静悄悄的,旁观者也能察觉那几秒钟里赵祁白在走神。

直到她重新进入画面,秦谨之似乎明白了,那几秒钟里赵祁白在想些什么。

还有一层白纱罩在邢窈的头上,被发夹缠住了。

赵祁白朝她走近,用一只手掀开白纱,笑着逗她:"窈窈是新娘子吗?"

"你才是。"她差点儿扑进镜头。

照相机里又跳出了一段视频:

下着雨,她浑身湿透了,头发也是乱糟糟的,头发中间还有几片树叶。

她抱着衣服,衣服里面像是裹着一团什么东西。

赵祁白用衣角擦去镜头前的水珠,才看清她抱着的是一条被冻得瑟瑟发抖的土狗。

"窈窈,这狗哪儿来的?"

"在山里捡到的。"

"你是不是想将它带回去?"

她喜欢这条狗,看了又看,小声地问:"姑姑会同意吗?"

"可能不行,我妈对猫毛和狗毛过敏。"

赵祁白刚说完,她眼里期待的光就被浇灭了,表情也变得失落。

她舍不得把小狗丢在这里,赵祁白舍不得她伤心。

虽然赵祁白在她抱起小狗的时候就已经有了决定,但还是会逗逗她,故作为难地叹气,道:"唉,不太好办。"

她都要哭了。

赵祁白摸了摸她的脸,道:"怎么说它都是咱俩费了好大的劲儿才救上来的,走吧,先抱回家,哥哥想办法。"

照相机里又跳出了一段视频:

窗外大雪纷飞,邢窈趴在书桌上睡着了,厚厚一摞书本中间贴了一张便利贴，上面写着：距离高考137天。

坐在旁边沙发上的赵祁白举起照相机，露出了半张脸，虽然是背对着邢窈的，但目光始终看着照相机里的她，许久没声音。

时间仿佛停在了这一幕。

"窈窈，我得提前出发，三个小时后就要登机，就不叫醒你了。对不起，今年不能陪你过年，也不一定能去参加你的毕业典礼，但是毕业礼物绝对不会少。礼物被我藏起来了，你慢慢找，找到了就是你的。窈窈，等我回来之后……叫我一声'哥哥'吧。你总是没大没小，直接叫我的名字，我有时候……有时候都忘了你是我的妹妹……对了，你一直想去看极光，我之前太忙了，总是没办法陪你去看，等这次结束了，就带你去，应该……应该会很漂亮。"

赵祁白的心里装得太满，他越是想藏起来，就越容易露出端倪。

赵祁白一边隐忍、后退，一边渴望、挣扎，即使她就在眼前，依然会发了疯般想念她，无论什么场合，都会不由自主地看向她。

比如，全家福里所有的人看着镜头，但赵祁白只被拍出了侧脸。

再比如，那些一闪而过的视频里，赵祁白的目光总是在她的身上。

照相机的电量耗尽，屏幕上的光暗了下来，秦谨之整个人仿佛融在了夜色里。他摸了摸自己冰凉的脸，无声自问：很像吗？

她看向他的眼神里总是盛满了柔情。其实只有三分新鲜感，却被她演出了十分爱意。直到现在他才明白，就连那三分随时都可能被消耗殆尽的新鲜感，也都是源于另一个男人。

难怪很多次他突然转身时，她神思恍惚，不知道在想些什么，过了好一会儿才回过神。

原来，她是在回忆里寻找赵祁白。

那些之前不能深究的细节，在此刻都有了解释。

吱呀一声，后院的门被推开。夜灯亮起，秦谨之听到邢窈在叫他。

她想见的人是他吗？

所以他问："没有叫错名字吗？"

邢窈怔住，目光从他手里的照相机上移开，顺着纽扣往上看，对上他冷漠的眼神后问："什么意思，你还有第二个名字？"

"没叫错就好。"秦谨之自嘲地笑了笑，道，"大概是我想多了，睡着了都没有叫错过，醒着的时候又怎么会分不清？"

她小心翼翼地藏了一年又一年的糖罐被人打碎了。

疼痛感向她袭来。

邢窈恍惚地别开眼，嗓音干涩、沙哑地道："听不懂你在说什么。家里没人能照顾你们，不太方便，秦爷爷年纪大了，从南城过来也很辛苦。我订好了酒店，离这里不远，环境也不比家里差，一会儿司机就开车送你们过去……"

她逃离般往回走，下一秒钟，手腕就被秦谨之从后面攥紧了。

他用一只手将半开着的门关上，另一只手困着邢窈。邢窈的后背抵着墙，她感到浓烈的压迫感在侵近。男人的五官被掩藏在了阴影里，他的眼神里带着一股强烈的探究的意味，让她喘不过气来。

"这个家里到处都有你们的回忆对吗？我只是待在这里，什么都不做，你都觉得碍眼。几个月前我第一次来时，你宁愿连夜开车回南城……"

那天，他为一句"私奔"而心动，她想的却只有赵祁白。

那些回忆太珍贵了，她不想被其他人破坏。

秦谨之终于明白了，那天，她看到他的时候愣住了，其实并不是开心，而是烦恼。

"秦谨之，爷爷还在医院里，我没心情跟你谈这些。"邢窈一个字都不想多听，挣扎着把秦谨之往外推，"松开。"

秦谨之捏着她的下巴，逼她抬起头，道："连一句狡辩的话都不说，你到底是问心无愧，还是不屑跟我解释？或者，在你的心里我根本不配和他相提并论？"

邢窈沉默了。

她只是没有精力去思考应该怎么处理而已,索性不回应,却不知道,此时此刻最伤人的利器就是沉默。

秦谨之强行把她的注意力拽回来,问她:"你是不是又在想他?"

赵燃和秦老都在客厅里,与此处只隔着一扇门。

他低头靠近她,在她的耳边说:"我们睡在同一张床上的时候,你是不是也在想他?"

"秦谨之,你闭嘴!"邢窈抬手扇了秦谨之一巴掌。

赵祁白的故事,要从哪里开始说起呢?

邢窈被邢国台接回来之后,有很长一段时间不太愿意去学校。

好几次班主任直接将电话打到了家里,说她经常旷课、早退。

邢国台觉得奇怪,但更担心孙女和新同学相处得不融洽,受委屈。他们都是学生,再坏也坏不到哪里去,也许偶尔说话直接,伤人而不自知,但十来岁的孩子脆弱、敏感。上个月开家长会时,其他同学的父母就算再忙,也总能有一个到场参加,可他的窈窈……只有爷爷。讲台上的那张签到表,他将名字签在哪里都不合适。

老爷子的腿以前在部队里时受过伤,留下了病根,一到湿冷的冬天就痛得走不了路。赵祁白在 A 市,接了一个电话就回家了。

等赵祁白赶到邢窈的学校时,天都黑了。

班主任让邢窈写检讨,她一个字都不写,就一直站在办公室门口,寒冬腊月,她的双手都被冻得没有一点儿热气了。

尽管老师的态度不算太差,但在赵祁白看来,老师依然面目可憎。

邢窈站了一下午,两条腿僵硬、麻木。赵祁白背着她回家,一路上都在想着要不要跟家里人商量给她换个班,或者索性换个学校。

"怎么了?"赵祁白察觉出异样,停下脚步,问她,"窈窈?"

"他们总是看我。"邢窈抱紧他的脖子，想把自己藏起来。

赵祁白这一路上都在想给她转学的事，没多注意。现在正是下班时间，从小区外到家门口的这段路上有很多人，邢窈不喜欢别人的注意力过度地集中在她的身上，偏偏有些人总是一次一次地向她投来怜悯的目光，像是在说"真可怜，才这么小就没了爸妈"。

"因为你是咱们小区里最漂亮的小姑娘，就像商场橱窗里的漂亮衣服，经过的人都会忍不住多看几眼。"

"不是这样的。"

"就是这样，不信的话，我们随便找个人问问。"

赵祁白扭头，朝着隔壁院子里的人问："薛扬，你窈窈姐姐是不是最漂亮的？"

薛扬立马伸长脖子大声喊："是！"

邢窈相信了赵祁白的话。

后来，虽然她在学校里依然会被同学们围观，但不会再因为这件事而闹别扭了。

邢窈平时不怎么爱哭。她哭得最厉害的一次，是在读初二时。

早晨上课的时候，她的肚子就隐隐作痛，她以为是着凉了，到了下午又好些了。直到放学回家时，一个阿姨提醒她裤子脏了，她才知道是生理期到了。

她那天没穿校服，穿了一条白色的裤子，屁股后面血迹斑斑。

赵祁白刚好在 A 市，接到邢窈的电话的时候还在实验室里，连衣服都没来得及换就往外跑，手机一直保持着通话状态，直到电量耗尽。商场一楼的女洗手间里永远有人在排队，他向她们一个个地道歉，等最后一个陌生女生出来后才走到门口，确定了邢窈还在里面。

少女初潮。

赵祁白跑去买卫生巾，好言好语地请保洁阿姨进去教邢窈怎么用，又买了干净的内裤和上衣、下裤。

他将一捧又一捧的冷水浇在自己的脸上，镜子里，他的脸颊依然红得像是要渗出血。

他应该戴上一顶帽子，这样就可以遮住通红的脸颊了。

邢窈没有比他强到哪里去。她不好意思，在洗手间里躲了很久。

她从里面出来后，赵祁白自然地接过她的包，对她说道："难受吧？这几天都会有点儿疼，大概一个星期就没事了。你记好日期，以后每个月差不多都是这个时候。"

她还是不说话，有些窘迫，有些害羞，鼻尖通红，眼睛都肿了。

赵祁白耐心地安抚她："窈窈，这很正常，女孩子都会经历。有的人早经历，有的人晚经历。"

"对不起，我不知道……"邢窈不知道月经会突然到来，觉得很丢脸。

邢佳倩工作忙，一个月里有十几天在出差，没人教她这些。

"没关系，不是什么大不了的事，不丢人。"赵祁白揉揉她的头发，道，"我们家窈窈长大了。"

因为这句话，邢窈脸上羞赧的红晕更加明显了。

原来，这样就算长大了。

她终于长大了。

可是，赵祁白要去外地工作了。

赵祁白是在A市读的大学，毕业前在南城的医院里实习，读研的时候也去了南城。

邢窈得知他又要去南城时，整个假期里闷闷不乐的。工作会比读书更忙、更辛苦，以后，他回家肯定就不再像以前那么方便了。

她会有很长的时间见不到他。

她忽然觉得，长大没有那么好了。

还没等她接受赵祁白要离开A市的事实，又偶然听到了爷爷和姑姑聊赵祁白的女朋友，对方好像是他的高中同学。

她这才意识到，赵祁白已经不属于她了。他会有自己的新家庭，有自己的爱人，未来还会有自己的孩子。

她脸色泛白，失手打碎了平时最喜欢用的杯子。

"赵祁白有女朋友了？什么时候……？"她问。

"你这孩子，一惊一乍的，吓了我一跳。"邢国台拍拍胸口，边擦桌上的茶水边笑着说，"你哥哥这根木头总算是开窍了，谈了个女朋友。学医的人是不是一天到晚只知道待在学校的图书馆和实验室里？一起去医院实习的学生里，有那么多与他同龄的女孩，他都不知道发展发展……"

邢老爷子的话没说完，邢窕就跑了出去。

赵祁白刚把车开出来，看见邢窕站在路口，便降下车窗跟她说话："反悔了？又想一起去了？"

那天晚上，他要参加高中同学聚会。

邢窕既然追出来了，就一定要听到答案，于是问他："爷爷说你交女朋友了。"

"没错，是交了。"赵祁白点头，道，"上车，哥哥带你去见嫂子。"

邢窕低着头，垂在身侧的手紧紧地攥着袖子。

既然他让她去见，她就见。

她闷声闷气地上了车。赵祁白递给她一瓶水，但是谁都没有看对方。

等红灯的时候，赵祁白趁邢窕不注意，发了一条短信。

几分钟后，对方回复："好，这个忙我帮了。"

赵祁白去得晚，聚会已经进行到后半场了。餐厅里的音乐声震得人头痛，酒味混着烟味很难闻，邢窕坐在角落里，和这些成年人格格不入。看着赵祁白帮一个长得很漂亮的女生挡了一杯又一杯酒，依然不知道自己为什么要来，她明明已经听到答案了。

那个女生走了过来，跟邢窈打招呼："小妹妹，你好呀。听你哥说，你中考考了全市第三名，真厉害！"

"他说的？"

"是啊。"

"他怎么说的？"

"他可骄傲了，见谁都说'我妹妹的学习成绩特别好，我好不容易才考上的学校，我妹妹闭着眼睛都能考上'。"

邢窈全程心不在焉，都没有记住对方的名字，只记得她是赵祁白的女朋友。

赵祁白喝了很多酒，但邢窈知道他的酒量好。他踉跄着走过来，红红绿绿的灯光闪得邢窈的眼睛不太舒服。

她还是没有抬头看他。

包间里换了一首很有节奏感的音乐，他们身边的人都站起来跳舞了。

有人不小心撞了赵祁白一下。因他整个人倒向沙发，邢窈下意识地想要扶住他，不想他恰巧偏过头。

温热的触感贴在她的唇上。

时间仿佛静止了。

他们都没有再提起那晚意外的吻。

邢窈甚至不知道那到底算不算吻。

但这个意外让她大半年没有见到赵祁白。

后来，他每次打电话回家，都是匆匆忙忙地说几句话就挂了，好像自己是全世界最忙的人。

A市的冬天又湿又冷，很少下雪。

这是她高中时代最后一个完整的寒假，等升到高三，就会有补不完的课和考不完的试。

陆听棉说，一定要珍惜最后的自由。期末考试还没结束时，她就一天三遍地到邢窈的面前晃悠。她想去北海道看雪,但邢窈想在家里等赵祁白回来。

春节时他能休息几天,可以回家过年。

除夕前的一个星期,他打电话回来说,今年过年时回不来了。邢国台开着免提,过了很久他才终于问起邢窈,但邢窈没去接电话。她闷闷不乐地上了楼,趴在被窝里给陆听棉发消息,让陆听棉多订一张去北海道的票。

同行的有七八个人,都是同学,路上很顺利,但他们运气不好,连续几天起大雾,整座城市灰蒙蒙的。

陆听棉看不到雪就不会死心,又在酒店里住了一周。

除夕当天,沈烬飞过来了。

他带来了好运,当天晚上,雪花飘飘扬扬地落了满城。

陆听棉见色忘友,邢窈不认识路,一个人也不知道能去哪里,只好跟着其他同学。

邢窈刚去北海道,原本说工作太忙不能回家过年的赵祁白却突然回家了。邢佳倩又惊又喜,邢老爷子也很高兴,吩咐阿姨准备年夜饭时多加几道菜,把酒也备上。

"窈窈怎么不在?"赵祁白在楼上楼下各转了一圈,都没有找到她。

邢佳倩说:"她和朋友一起去北海道玩了。"

"什么朋友?男的女的?"

"既有男生也有女生,好像就是经常和窈窈在一起玩的那几个同学吧,还有棉棉。"

陆听棉是靠不住的,赵祁白看着邢窈空荡荡的房间,半个小时后,开始查飞机票。

他提着行李箱下楼,一看就是要出门。邢佳倩有点儿生气了,他好不容易回一趟家,话还没说几句就又要离开。

"赵祁白,你刚到家,又要去哪儿?"

"去北海道。"

"你妹妹又不是小孩,和朋友一起出去旅行多正常啊?她都已经这么大了,你瞎操什么心?"

"我赶飞机,不跟你多说了。"

"什么?机票都买好了?行啊,滚滚滚,赶紧滚!赵祁白,你以后都别回来了!也别叫我'妈'!"

他连年夜饭都没吃,邢佳倩发完脾气又开始后悔,背过身擦眼泪。

邢国台笑了笑,道:"由他去吧。窈窈跟她哥哥赌气呢,哄哄就好了。"

邢佳倩还在后悔自己刚才的脾气太大,低着头没说话。她也心疼邢窈,早就把邢窈当作自己的女儿,就算再想儿子,也不至于吃女儿的醋。她是在想,如果邢窈决定去旅行的那天,她拦住邢窈就好了,这样一家人也能团团圆圆地过个年。孩子们小的时候,她盼着孩子们快快长大,可孩子们都长大了,有的忙工作,有的忙学习,天南地北,想吃一顿团圆饭都不容易。

邢窈的手机关机了。

陆听棉在被窝里接到了赵祁白的电话,刚听到赵祁白的声音时,就猛地坐了起来,说话时结结巴巴的,显然是开始紧张了。

赵祁白在她的心里一直是大哥哥,以前每次她和邢窈闯了祸,最后大部分情况是赵祁白给她们擦屁股。

她当然知道同行的一个朋友喜欢邢窈很长时间了。虽然并没有刻意给他制造和邢窈单独相处的机会,但她心里其实是希望邢窈能慢慢接受,除了赵祁白以外的男生友好地接近自己的。所以沈烬来了之后,她就没有再和邢窈一起出去看雪。

赵祁白生气了。

陆听棉意识到这个问题后,才后知后觉地发现他已经追到北海道了。

挂断电话后,她连忙问其他人在哪儿,问完了又迅速把地址发给赵祁白,然后长叹了一口气,觉得大事不妙。

"一大早就垮着脸,"沈烬凑过去挠她,道,"给爷笑一个。"

"你有病!"陆听棉一巴掌拍开他,越想越发愁。

这到底是福还是祸?

北海道下了一夜的雪,整座城市浪漫又温柔。天时、地利、人和,陆听棉的那个朋友计划今天向邢窈表达心意,赵祁白却突然杀了过来。

"我完蛋了,闯了大祸。"陆听棉用双手捂着脸。

沈烬没当一回事,但看着她努力地挤眼泪的样子又觉得好笑。

"干吗呢?"他问。

陆听棉又拿起手机,说道:"打电话给沈叔叔,告诉他你偷偷跑来北海道了,让你先挨一顿骂。"

沈烬:"……"

从A市飞到北海道需要将近三十个小时。落地后,赵祁白又花了一天的时间才找到邢窈。

她双手合十,闭着眼睛在许愿,站在她身边的男生在背后藏了一束玫瑰花。周围白雪皑皑,灯光照在鲜艳的玫瑰花上,画面美得像童话世界。

"窈窈。"赵祁白在那个男生鼓足勇气准备说话之前开口叫了她。

他甚至没有多余的时间去想,如果他再晚来几分钟,她是会点头,还是会拒绝。

或者,早在他不知道的时候,她就已经有过很多次类似的经历。

邢窈听到赵祁白声音的那一刻,第一反应是自己因为太过想念赵祁白而产生了幻觉。她才许的愿,不可能这么快就实现。

她回过头时,却真真切切地看见了头发和肩膀上都落满白雪的赵祁白。

她许了个愿,他就出现在她的面前了。

她怔了半晌,慢慢回过神,眼里的欢喜藏都藏不住,但想起什么后,又别开眼没理他。

男生手里的那束玫瑰花在雪地的映衬之下红得艳丽,她却没有发现丝毫端倪,只听见赵祁白故作老成,冷言冷语地教训对方,说对方现在应该好好学习,不应该胡思乱想。

这种老套的话,爷爷都不会说。

那个男生被训得脸色青一阵白一阵,几次想反驳,都被赵祁白有理有据的说辞堵了回去。已经没有表白的氛围了,他只好先回去。

赵祁白看着他给邢窈递眼色,大概是在约下一次,忍了又忍才没有动手。等赵祁白转过身,邢窈已经走远了。

赵祁白不确定她是在生上次的气,还是气他今天破坏了她的约会。

一直到进了酒店,邢窈都没跟他说过一句话,好像他不存在一样。无论他问什么,她都当听不见。

她要去泡温泉,回房间换了一身衣服,出来的时候,身上裹着一件浴袍。

"生气了?"赵祁白慢悠悠地跟在她的身后,问她。

他开口叫她之前,那个男同学分明就是想偷亲她,年纪轻轻,什么德行!

"窈窈,你还小,以后会遇到更好的男生,现在先好好学习。"他又在用那些老套的说辞。

"我不用你管,你去管你的女朋友……"邢窈的话音未落,脚下突然踩空,她整个人失去重心,往楼梯下倒去。

赵祁白反应快,三步并作两步地跑了过去。

"小心,看路。"他把人抱到怀里。

隔着一层薄薄的布料,他的掌心是一片他始料未及的柔软触感。

邢窈先反应过来，推开他，往后退，站远一些，再抬头看向他时，他脸上的红晕已经从耳根蔓延到了脖子，刚才抱她的那只手还僵在半空中。

窗外大雪纷飞，谁都没有说话。

赵祁白刚到医院里工作，前几年假期都很少，就连春节也是靠平时调休攒下的假期才能回一趟家，大概有一周的休息时间，这对医生来说已经很难得了。

高三课程紧，邢窈也不能去南城看他。

邢佳倩每次和赵祁白通电话都会问起他的女朋友，问他什么时候把女朋友带回家，让家里人见见。他总是说太忙了，以后有机会再与女朋友商量。

可能是被催烦了，今年他连年夜饭都没吃，就跟着援外医疗队的人出国了。

去年除夕，他刚到家就又飞去了北海道。后来，她听姑姑说，去年他也没有在家里吃年夜饭。

除夕家人团圆，万家灯火璀璨。

邢窈睡前还在想：不知道他今天的晚餐有没有饺子呢？

又过去了两个多月，她看了照相机，才知道赵祁白给她留了毕业礼物。这么长时间了，他打电话回家报平安，一次都没提过毕业礼物的事。

他在等她自己发现。

房子里有很多能藏东西的地方，这是小时候他们经常玩的游戏。邢窈找了好多天，才在一个下着雨的晚上，在老宅阁楼里的柜子里发现了赵祁白送给她的毕业礼物。

墨绿色的盒子包装得很简单，表面只用一根丝带系着，她打开后，里面是一双高跟鞋。

"棉棉，如果……如果一个男生给一个女生的毕业礼物是高跟鞋……"她的话还没说完,就被陆听棉打断了。

"谁?谁送你高跟鞋了?"陆听棉激动地道,"咱们学校竟然还有这种情商了得的可造之材!不过,你们家的人都是'老古董',肯定不允许你现在谈恋爱吧?你哥如果知道了,会不会飞回来打断他的腿?要不就先按兵不动,再等几个月,到时候名正言顺,谁都拦不住你。"

邢窈读小学时从外地转学来 A 市,耽误了一年,虽然和陆听棉是同一级的学生,但比陆听棉大一岁。

"不是我。我只是随便问问。"邢窈红着脸,含糊其词地道。

她小心翼翼地珍藏着那双高跟鞋,以为只要没人知道,就不是错。

后来,她第一次穿它,是在赵祁白的葬礼上。

第八章

跟我在一起

窗外,天色隐隐泛白。

邢老爷子昨天晚上才脱离危险。他从不搞特殊,于是要求医生把他转到了普通病房里。

邢窈在病床边坐了一夜,起身时,手腕上露出了一圈红痕,可想而知秦谨之当时用了多大的力气。

他是应该生气。

她好像一直是错的。

邢国台虚弱地叫了她一声:"窈窈。"

"爷爷醒了?"邢窈在转身前唇角就已经扬起笑意,不想让爷爷担心自己。

"是啊,醒了。爷爷做了一个梦,在梦里见到了祁白。他说妹妹又躲起来哭了,让我快回来哄哄你。"邢国台笑了笑,因为刚醒,所以说话还很吃力,"果然,我们家窈窈都哭成泪人儿了。"

邢窈这才落下一滴泪,走过去,把脸埋进老人的手心,哽咽地说:"爷爷,你吓死我了。"

她以为爷爷这一睡就再也醒不过来了。

邢国台的双眼也有些潮湿,他说:"窈窈别怕,爷爷还在。"

邢窈这才想起来叫医生。

医生给邢国台做了检查,表示虽然现在情况稳定了,但后续仍要好好休养。等医生和护士都走了,祖孙俩才能说说话。

"秦爷爷来看你了,现在住在姑姑家里。他如果知道爷爷醒了,一定很高兴。"

"那个老伙计也被吓坏了吧?他一个人从南城赶来的?"

"不是,秦谨之送他过来的。秦爷爷放心不下你,一定要等你醒来。秦谨之工作忙,就先回去了。"

邢国台了解自己的孙女,她从学校里回来后情绪就不太好,提起秦谨之的时候,眼神逃避,不想多谈。

"窈窈,你和谨之是不是吵架了?"

邢窈背过身,语气很平淡地道:"我和他有什么好吵的?"

过了一会儿,她听到邢国台苍老的声音从身后传来:"别的事爷爷管不了,也不想管,只希望我们家窈窈开心。"

邢国台担心邢窈受了委屈。

秦谨之和邢窈起争执的那天晚上,赵燃站在远处,看见了一些,但看得不清楚,只觉得虽然咄咄逼人的人是秦谨之,可是更委屈、伤心的人似乎也是秦谨之。

有一天下午放学后,邢佳倩带赵燃来医院里看邢国台。他坐在病房里写作业,邢佳倩去了医生办公室。邢国台问起邢窈和秦谨之是不是吵架了,他就把自己看到的都悄悄地告诉了邢国台。他说姐姐也很不开心,但姐姐是因为担心外公。

邢国台想了又想,真正受委屈的人大概是秦谨之。

这就有些麻烦了。

自己的宝贝孙女儿,他可舍不得骂。

秦成兵几乎每天都来医院,邢窈负责接送他。他第一次见邢窈就很喜欢这个姑娘,现在住在赵家,与她天天见面,就更喜欢她了。他希望秦谨之能常来,不求两人之间的关系能有突破性进展,至少能在邢窈的面前刷刷好感度。

但秦谨之自从回南城后,就再也没来过 A 市,连电话都很少打给秦成兵。

秦成兵不禁叹气,真是孺子不可教也。

邢国台在医院里住了两个多月，出院后，身体虽然不如从前那般硬朗，但也算恢复得不错。

秦成兵打算回家了。他来的时候A市特别冷，准备回南城时A市都已经快入夏了。南城那边有人过来接他，走之前，他问邢窈准备哪天回学校，如果是最近几天，不如就和他一起回去，这样也方便。

邢窈说："谢谢秦爷爷，我暂时不回学校，在家里陪陪爷爷。"

秦成兵提醒她："还有毕业答辩呢，这可不能耽误，会影响你毕业的。"

邢窈说："答辩的时间晚，我来回两天就够了，毕业手续的事可以请同学帮忙。"

她都已经决定了，秦成兵只能作罢。

邢国台听完后心里有些难受。他这个年纪了，身体虽然一直不怎么样，但都是一些小病小痛，这次肯定是把她吓坏了。

"窈窈，毕业典礼只有一次，如果错过了，以后就不会再有了。你的那些同学、老师、朋友来自全国各地，你和他们很有可能就是这辈子最后一次见面了。窈窈，回学校吧，去忙你自己的事。爷爷在家里养好身体，等你放暑假回来了，咱们去果园玩。"

她还是摇头。

这些日子里，她一天比一天沉默，瘦得下巴都尖了。

"窈窈，"邢国台把她的手握在掌心，对她说道，"世间好物不长久，你要学会珍惜，我和你姑姑都不能永远陪着你。"

傍晚，夕阳从玻璃窗外照射进来。

邢窈低着头，眼泪掉落的一瞬间没人察觉，只有袖口处的那一圈湿痕暴露在阳光下。

她的声音含混："我不想知道这些。"

"人活着，就要往前走。"邢国台望向窗外，双眼有些潮湿，长叹一声，依然温和地笑着说道，"这个世界上没人是完美的，祁白也不是最好的，也有一身坏毛病。他小时候，我可没少揍他。窈窈，如果把自己的眼睛捂住了，再美的夕阳也都无心欣赏。你看，外面的天空多漂亮！"

邢窈像是被困在了一条死胡同里，总也出不去，是因为她的脑子里想的不是寻找出口，而是逃避。

这天，她毫无顾忌地哭了很久。

夕阳如火，染红了半边天。

虽然邢窈的心里反复翻涌，但邢窈依然分不清让她止不住地流泪的人到底是留在记忆里的赵祁白，还是转身离开头也不回的秦谨之。

晚上，她做了一个梦。

赵祁白毫无预兆地出现在了她的梦里。她说她要忘了他，他也不生气，看她的眼神和以前一样，温柔又无奈。他说，她早就该往前走了。

她面前的男人突然变成了秦谨之。她什么话都没说，他就已经很生气了，冷着脸问她这段时间为什么不联系他，发完脾气又走过来抱她、吻她，委屈地问她，是不是根本就不爱他。

她很无奈，一个大男人怎么会有这么多怨气？

她醒后，天刚亮，在阳台上看了一次日出。

太阳东升西落，是亘古不变的定律，就像人只能往前走。

邢窈心想：我似乎分得清了。

"老秦，晚上一起喝两杯？"陈沉在电话的那一端问秦谨之。

"我没空，你们去。"

得到的回答是拒绝，陈沉丝毫不觉得意外。秦医生这几个月基本没什么人性，也不知道是真忙还是假忙，除了工作，陈沉在其他的场合根本见不到他。

"你不去没什么意思。等你下班后再聚，不耽误你上班。"

"如果闲得没事做就去扫大街。"

他显然是不想跟陈沉啰唆。

"我哪儿闲？我忙得要死，是柯腾！他老婆铁了心要跟他离婚，他烦得很，最近天天往我家躲。老孙给咱们留了个包间，你记得来啊。"

陈沉这次学聪明了，不等秦谨之说话就挂了电话，不给他拒绝的机会。

秦谨之今天休息，陈沉到包间后没有见到人，又打电话过去催了一遍，确定秦谨之拿着车钥匙出门了才消停。

现在正值毕业季，"渡口"每天爆满，连大厅里都显得有些拥挤，秦谨之被堵在门口，人群里阵阵尖叫声震耳欲聋。

这个场景他很熟悉。

去年差不多也是这个时候，秦谨之才回国，就在这里遇到了邢窈。

他现在回想起来，一见钟情不过是鬼迷心窍的借口罢了。

陈沉提前开好了酒，在场的都是自己人，来得早的就先开始，来晚了的自觉罚酒。

牌桌边坐满了人，陈沉把位置让给另一个朋友之后，拿着酒杯坐到秦谨之的对面，给他递了一根烟。

"得，又来一个喝闷酒的。"陈沉笑着跟秦谨之碰杯，喝完再给他倒满，问他，"李臻这段时间都没来找过你？"

秦谨之淡淡地道："没有。"

"说真的，你多留点儿心。"当年那件事，陈沉也算半个知情人，"李臻性格偏执，其实挺可怕的。"

"嗯。"秦谨之仰头灌了半杯酒，道。

有些事，避不开。

"就怕他来阴的，反正你平时上下班时小心点儿准没错。你的黑眼圈怎么比我的还严重，你没睡好？"陈沉开玩笑道，"老爷子不会又给你安排相亲了吧？"

他当然记得邢窈，又漂亮又黏人的姑娘不常见，可是她竟然在秦谨之生日那天看上了周济！说实话，那天真有点儿尴尬，但好像又没什么后续了。

"要我说，也确实该考虑了，过去的事就过去了。"

"你准备改行开婚姻介绍所？"秦谨之嫌他聒噪，问他。

陈沉识趣地闭了嘴。

他们几个发小儿聚在一起喝酒，总要灌醉一个。

但今天秦谨之根本不需要被人灌。他自己喝，一杯接着一杯地喝，烟也抽，只是话很少。虽说酒后吐真言，但陈沉一件事都没能从他的嘴里套出来，真是见了鬼了。也不知道是酒劲儿还没有上来，还是他这个人自制力太强，即使喝醉了也保留着几分理智，不想让别人知道的事，连半句都不会透露。

同是天涯沦落人，破罐破摔的柯腾走过去给秦谨之倒酒，问秦谨之："谨之，你怎么回事？也被老婆甩了？"

陈沉笑着说："他又没结婚，哪儿来的老婆？"

"倒也是。"柯腾这会儿脑袋里也迷糊。

他无数次把手机拿起来看，他老婆始终没有给他打一通电话。以前，他就算晚回家半个小时，他老婆都会打电话催他。

现在，哪怕他醉死在外面，他老婆也不会管了。

和柯腾一样，秦谨之也一直把手机放在身边，隔几分钟看一次，不知道在等谁的电话。

他等久了，失望的次数多了，就没那么期待了。

秦谨之接完一通工作电话后就把手机丢在了沙发上，起身去了洗手间。

陈沉看到了一条同城新闻，N大今天为毕业生举办了毕业典礼，新闻上有几张现场照片。邢窈既是优秀毕业生代表，又是校花，编辑选她的照片很正常。

"难怪谨之今天格外反常。"陈沉看着邢窈的照片自言自语。

她在南城,却不联系秦谨之,是挺扎心的。

估计秦谨之的五脏六腑都被扎穿了。

陈沉琢磨着,秦谨之的后遗症这么持久,可能不只是男人的自尊心作祟那么简单。

邢佳倩带赵燃来南城参加邢窈的毕业典礼,心里却一直记着上次父亲病重的时候秦家人帮了很大的忙——秦老爷子年纪那么大了,身体也不太好,还亲自去A市探望父亲。所以,她这次来南城之前,就有去秦家拜访的想法,还专门托人买了一套手工制作的象棋,准备送给秦老爷子。

于情于理,邢窈都应该去一趟秦家。

秦家的厨房里,用人在准备晚饭。刘菁给秦谨之打电话,想叫他回家一起吃顿饭,但打了好几遍没人接。她知道秦谨之今天休息,他休息时间不接电话……她难免有些担心,好在最后电话被接通了。

"谨之啊,你……"

"刘姨,是我,陈沉。"

"陈沉?这不是谨之的手机号码吗?你们在一起?小陈,你那边怎么这么吵?"

"没打错,没打错,谨之喝了点儿酒,去洗手间了。我怕您有急事,就自作主张替他接了电话。"

"又去喝酒?小陈,谨之上周还在吃药。"

"没喝多,您别担心,我马上就送他回去。"

"你让他给我回个电话。"

邢窈就在刘菁的旁边,只听了个大概。秦谨之的那些朋友她都见过,酒量都不小。

没有等到秦谨之的电话,刘菁就猜到他肯定是喝醉了。她不放心,想着一会儿去看看。

"这么晚了,打车不安全。"秦成兵看向邢窈,问:"窈窈,你会开车吧?"

去年国庆节期间,邢窈开车接送过他和爷爷。

邢窈只能老实地回答道:"会的。"

"家里的司机请假了,你刘姨不会开车,能不能麻烦你送她去一趟?没多远,就半个多小时的车程。"

"好。"

秦皓书也上了车。

刘菁注意到邢窈没开导航,直接将车开到了秦谨之住的小区里。她怎么看邢窈都不像是第一次来,而且进电梯后她还没说话,邢窈就按了楼层键。

刘菁一开门,众人就闻到了很重的酒味,门口的鞋横一只竖一只。

男人没那么细心,陈沉把人送到家就算完成了任务。秦谨之倒在卧室的床上昏睡,连衣服都没脱。秦皓书蹲在床边小声地叫了好几遍"哥哥",他都没有反应。

刘菁是又气又心疼,让秦皓书在旁边看着,自己则去厨房里熬醒酒汤。

邢窈没走得太近,只听见秦谨之迷迷糊糊地在说话,但听不清。

"他在说什么?"她问秦皓书。

秦皓书又轻轻地走到床边,把耳朵凑到哥哥的嘴边听了一会儿。

"哥哥说渴了!我去倒水。"

他跑出去,房间里瞬间便安静下来了。秦谨之沉沉的呼吸声仿佛就在她的耳边,一下一下地敲击着她的心脏。

她将房间里的窗户打开了,风吹进来,这股让人喘不过气的闷热感才有所缓解。

秦谨之翻了个身,眼看着就要滚下床,邢窈本能地几步跑到床边。

她的目光终于落在了他的脸上。

他眼眶周围的皮肤有些红，眉头紧皱，他应该是睡得不舒服。邢窈给他垫了个枕头，看他烦躁地扯着衬衣领口处的扣子，才又坐到床边，帮他把手表摘下来。

他永远要把扣子扣到最上面的一颗。

扣子被扣得有些紧，邢窈费了好大的劲儿才解开两颗。想着这样他应该能睡得舒服点儿，她准备起身，无意识地抬起头时僵住了。

原本毫无意识地昏睡在床上的人正看着她。

他眼眸黝黑，像是在酝酿一场狂风骤雨，让她莫名紧张。

"我……"

她应该解释，但秦谨之似乎并不想听。

她的手腕被攥紧，身体失去重心倒在了他的身上，她不知道撞到了他身体的哪个部位，他的呼吸明显加重了。

秦皓书就在门外，很快就要进来了。邢窈无法解释她和秦谨之为什么会抱在一起，双手撑着枕头想站起来，下一秒钟，腰就被秦谨之紧紧地箍住了。

"你很烦，知道吗？"他的语气确实很不耐烦。

邢窈试图推开横在自己后腰上的手。

"别再出现在我的梦里了。"男人沙哑的嗓音在她的耳畔响起。

他虽然说着让她走，双手却将她抱得更紧了。

梦里？

他还没醒？

他到底喝了多少酒？

被他的皮带上的金属扣硌得很疼，邢窈轻轻地动了一下，对他说道："秦谨之，你先松开……"

"很想你。"他的手臂越发收紧，呼吸粗重。

这一句，邢窈听得很清楚。

如果没有站在门口张大嘴巴——一脸震惊地看着他们的秦皓

书，邢窈大概会告诉秦谨之，她其实也有一点儿想他。

"我不想认输，不想就这么算了，可你要我怎么跟一个已经不在人世的人争？

"为什么不留我？

"为什么不解释？

"为什么不反驳我？

"为什么不试试喜欢我？"

他的怨气好像还挺大。

她的颈间一片潮湿，秦谨之毫无章法的吻落了下来。燥热的呼吸像是烧了起来，邢窈很少有觉得尴尬的时候，但此时此刻脸红得不正常，挣扎着想要推开秦谨之，却被他抱着翻了个身。

两个人位置互换，喝醉了的男人身体沉重，邢窈更是使不出劲儿。

秦谨之以为只是梦而已，自己可以肆意妄为。

他咬她、吻她，他们像两条缠在一起的藤蔓，越勒越紧，纠缠不清。

邢窈喘不过气来，唇角疼得麻木了。他像是有所感知，攻势渐渐变得缓慢，下颌蹭着她的脸颊，头埋在她的颈间轻轻拱动，像一个小动物，唇贴着她耳后的皮肤反复亲吻，那一片皮肤慢慢变得湿热、潮红。

"他好……但我也不差……你至少……至少试一试……"

她心里的某一个角落塌陷——没有人知道，却又声势浩大，让她来不及躲避。

"邢窈……"他含混不清地喊她。

端着醒酒汤的刘菁愣在卧室门口，思维一时整理不清楚，心里也是一团乱麻。

"妈妈，哥哥是不是哭了？"秦皓书小声嘀咕，"哥哥好伤心。"

刘菁捂住秦皓书的眼睛，退出卧室，轻轻关上门，对他说道：

"小孩子不能看这些。"

她的心情有点儿复杂。

虽然谨之平时做任何事都有分寸,不是会胡来的人,但现在醉得一塌糊涂,酒后容易犯错……她都不知道邢窈对他是什么态度。

万一……

家里有客人,她晚上不回去不太合适。

"把你留这里?"刘菁摸了摸秦皓书的头喃喃自语,又看了卧室门一眼。

她拿不定主意。

"妈,哥哥之前让我叫邢老师'嫂子'。"秦皓书叫"邢老师"叫习惯了。

刘菁再次震惊了,问儿子:"什么?"

"真的,有一次邢老师和别的男生吃饭,哥哥不开心,让我去当电灯泡。还有,过年的时候,爷爷和邢爷爷视频通话,哥哥本来都要去医院值班了,但听到邢老师的声音后,就没马上走,说要找车钥匙。其实车钥匙就在他的兜儿里,我看见他放进去的。"秦皓书郁闷地叹气,道,"可是邢老师没有问起哥哥。她都跟我们家的狗打招呼了,就是没问起哥哥。"

刘菁的心情变得更复杂了。

卧室里始终没什么动静,刘菁不知道自己该不该进去。

她问秦皓书:"儿子,你觉得邢老师喜欢哥哥吗?"

秦皓书点头,道:"喜欢。"

"理由呢?"

"老师教过我们,如果遇到了危险、被人欺负了,就要大声呼救。邢老师知道我们在这里,哥哥对她又抱又亲,如果不喜欢哥哥,肯定会喊'救命'的。"

刘菁刚才确实是太震惊了,受到了冲击。否则这么简单的道理秦皓书都知道,她又怎么会想不明白?

她把凉了的醒酒汤又热了一遍,家里依然静悄悄的。

她用手机叫了网约车,还是决定让秦皓书今晚住在这里。

"窈窈?"刘菁轻轻地敲了一下门,叫邢窈。

敲门声响起,邢窈顿时清醒过来,连忙应了一声:"刘姨。"

"醒酒汤煮好了,我把它放在客厅的桌上了。家里有事,我得先回去,那……今晚就麻烦你照顾谨之了。他这段时间饮食不规律,胃不太舒服,你可能会辛苦点儿。"

"好。"她答应得很快。

网约车在楼下等刘菁。现在确实已经很晚了,刘菁走之前叮嘱哈欠连连的秦皓书,让他别睡得太沉。

可他还是个孩子,睡着后就都忘记了。

卧室里,气氛暧昧,空气灼烤着邢窈裸露在外的皮肤。

她快要化在秦谨之灼热的呼吸里了。

她躲到左边,他的唇便沿着她的下颌轮廓一寸寸地寻过来;她躲到右边,他又顺着她仰高的颈线厮磨。

醉酒后的男人变得笨拙,也越发没有耐心。

邢窈应付得很吃力。

"疼?"他闷声喘息,嘲弄地道,"你也知道疼?"

"我怎么不知道?"邢窈低声反驳道,"你太重了。"

她的双手抵在他的肩上,她用力地推他,下一秒钟就被他不耐烦地反扣住手腕,压到了枕头里。

他好像听见了,又像因为酒醉而什么都没听清。邢窈不再试图跟他讲道理,讲不清。她挣扎着爬起来,还未松一口气就又被拽了回去,身上的裙子早就皱皱巴巴的不能看了。

"你明明很喜欢。"他又说道。

她想:我喜欢什么?

"你明明只喜欢跟我在一起……"他含混不清地抱怨道,"为什么不说话……"

邢窈无奈地看着天花板。

他更委屈了，道："你总不说话，每次到这里就停了，这一次我偏不。"

理智被吞噬，耳边只剩下彼此的呼吸声，卧室里的零散物件被灯光将影子印在天花板上，窗帘被风吹得轻轻晃动。夜色朦胧，稀薄的氧气让她出神，只看到一片模糊的光影。

她好像也疯魔了。

但秦谨之今天是真的醉了，和在酒店里的那一次不一样。

他耗尽力气后，就沉沉地睡了过去

"醉得连衣服都不知道脱，难怪觉得是梦。"邢窈轻声笑了出来，道，"原来，你梦到我的时候，我们都是在做这些事。"

本来以为自己要花点儿心思才能把他追回来，看来是她把这件事想得太难了。

等他的酒醒了，他肯定是不会承认的。

但是没关系，她有证人。

早上七点，闹钟响起，秦谨之猛地惊醒。

初夏的清晨，空气很凉爽，窗外的亮光落进卧室后有些刺眼。

房间里的酒味散干净了，秦谨之依然头痛得厉害，喉咙也很难受。他抹了一把脸，掀开被子准备下床的时候，发现衣服被换过了，身体干净、清爽，只是床单皱得不像话。

梦里旖旎的画面零零散散地回到他的脑海里，这明明都是错觉，是他心里的恶鬼在作祟，却又真实得可怕。

直到他看到悠闲地坐在餐厅里吃早餐的秦皓书。

"你怎么来的？"秦谨之还没有意识到家里还有第三个人。

"我坐车来的啊。"秦皓书咬了一大口包子，对他说道，"哥哥快去洗漱，上班要迟到了。"

邢窈毫无预兆地端着一盘吐司从厨房里出来了。

秦谨之怔了几秒钟，想到了什么，脸上淡漠的表情终于出现了一丝变化。

"我也是坐车来的。"邢窈摆好碗筷，动作很自然，说道，"煎饺有点儿油腻，你还是喝粥比较好。"

秦谨之的下颌紧绷。

邢窈抬头看过来时，露出了锁骨周围的痕迹。二人对视的一刹那，秦谨之便回过神，错开了视线。

他没说话，转身进了卧室。

他将几捧冷水浇在自己的脸上，透骨的凉意让他困倦乏力的神经清醒过来。

昨晚的一切不是梦。

秦皓书不敢笑出声，憋得眼泪都快出来了。邢窈让秦皓书给秦谨之留点儿面子。等秦谨之洗漱完，换好衣服走出来时粥也凉了，她又进厨房给他换了一碗粥。

在这之前，秦谨之花了很长的时间才把她存在过的痕迹抹去，她只在这里待了一个晚上，那些记忆却卷土重来。

她刚把碗筷递过来，秦谨之就本能地接住了。他试图打破这虚假的和谐，秦皓书却先他一步开口了："哥哥，你昨天为什么哭？"

秦谨之："……"

秦皓书继续问："你还抱着邢老师使劲儿地亲，她是你的女朋友吗？"

秦谨之："……"

两分钟后，秦皓书被他无情地丢到了门外。

客厅里，只有邢窈吃饭时偶尔发出的一点儿声响。她的气色本就很好，她又坐在满是阳光的位置上，整个人像是被笼罩上了一层薄薄的光晕。她在笑，笑得极美。秦谨之从来没有见过她笑得这么开心，一时竟然分不清是她在发光，还是阳光太过夺目。

邢窈抬头迎上他的目光，笑盈盈地问他："你在看什么呀？"

秦谨之回过神，阳光照在他的脸上，他的皮肤有轻微的灼热感。

这桌丰盛的早饭秦谨之一口也没吃。他看着邢窈，面无表情地道："我那天说得很清楚，走出这个家，就永远别回来，你答应了。邢小姐失忆了？"

邢小姐……

邢窈打了个喷嚏。

也不知道到底是谁失忆了。

"我答应了？"她眨了眨眼，语气无辜又嚣张地道，"不记得了，你就当我没答应吧。"

只有粥是她自己煮的，面包片仅稍微烤了一下，其他几样都是从外面买回来的。秦皓书吃了两碗小馄饨，被丢出门之前，手里还抓了一个包子。

"你不吃吗？还剩这么多，倒掉很浪费，即使难吃也将就一下吧，你又不是没吃过。"

邢窈不会做饭，只能勉强煮一锅粥。秦谨之上班早，以前她只要晚上住在这里，第二天早晨就会简单地给他弄点儿吃的。他吃得最多的早餐就是她煮的粥。

秦谨之想起在邢家后院的那个晚上，邢窈的沉默比那一巴掌更伤人，觉得纠缠不清只会让自己更加难堪，眼中的那一点儿柔和的光渐渐消失，只剩下冷漠。

"我不是他，也不会再被你骗，你的体贴、温柔用错地方了，请你离开这里。"

"你让我滚？"

"可以这么理解。"

"滚就滚。"

邢窈走得干脆，关上门后，和蹲在门口的秦皓书对视一眼，同时扑哧一声笑了出来。

秦皓书一步三回头,想看看秦谨之会不会追出来。

"哥哥现在肯定后悔了,觉得不应该凶你。"他说。

本来邢窈吃完早饭就打算走的。

"让他后悔去吧,我今天还有别的事要忙,没空哄他。"

秦皓书小声说:"哥哥不会又在哭吧?"

"那我回去安慰安慰他?"

"嗯!"

邢窈其实是忘了拿手机,走到门口时习惯性地直接开门。

秦谨之还坐在她走之前他坐着的位置上,连低头的角度都没变,不知道在想什么。

"我的手机落下了。"邢窈拿起沙发上的手机晃了晃,说道。

她含笑看着他,又道:"我的指纹还没被删呢,秦医生?"

秦谨之被她轻而易举地打败了,他的那些故作冷漠的行为都成了笑话,她却潇洒自如、来去自由。

秦皓书今天还要上学,邢窈先送他回家拿书包。刘菁一晚上没睡好,几次想问些什么,但不想彼此尴尬,最后什么都没问。

毕业典礼结束后,邢窈的大学生活也就结束了。

邢窈还要继续在南城读书,行李来回寄很麻烦,就先租了一间房子,用来放她的东西。

她还有很多书和资料,给薛扬发了微信,让他来找她拿。

隔了好几个小时她才收到薛扬的消息,但邢窈还没来得及看,他就将消息撤回了,过了好一会儿,她的微信里又没动静了。邢窈要回 A 市一趟,没时间等他,就先将资料全部放在了宿管阿姨那里,又在微信上跟他说了一声。

秦皓书也想去 A 市玩,但还没有放暑假。

赵燃得回学校参加考试,不能耽误太多天,邢佳倩工作也很忙,二人只在秦家住了一晚。

秦谨之回去得不算太晚,但家里空荡荡的。

秦皓书告诉他:"妈妈去机场了。"

"她要去哪里出差?"

"不是出差,是送佳倩阿姨和燃燃回家。"

"他们走了?"

"走了啊。哥哥你看,这是邢老师送给我的礼物。"秦皓书举着一套乐高炫耀,又假模假样地叹气,道,"可是邢老师回家了,以后都不来了。"

他小声嘀咕:"谁让你那天没让她吃饱,我也没吃饱。"

"骗谁!"秦谨之一下就戳穿了他。

邢窈还要继续读研,只是不在N大而已。

秦皓书拔腿就想跑,但被秦谨之揪了回去,只能老老实实地坐在沙发上。

"你到底是哪边的?"秦谨之忘了,从一开始秦皓书就很喜欢邢窈,她根本不需要做什么。

"当然是咱们家这边的啊。"秦皓书的眼睛转个不停,他说,"妈妈也看见了,我没瞎说!"

秦谨之当然知道他没有瞎说。

"爸,你回来了?"秦皓书像是看到了救星。

"出去玩一会儿吧,我跟你哥有事要谈。"秦父温和地笑了笑,随后看向秦谨之,道:"上楼聊聊。"

如果不是很重要的事,秦父就不会临时推掉应酬,提前回家。

秦谨之接到父亲电话的时候,就预料到了要面对什么。始作俑者一走了之,却把事情全扔给了他。

"你刘姨昨天跟我说了点儿事。你别怪她多嘴,她也是关心你。"

"明白。"

"所以你这是承认了?谨之,你到底怎么回事?之前老爷子有心撮合你和邢窈的时候,你连和她一起吃顿饭都不愿意,就算见了面,互相认识了，也没那个意思。我想着，你们没有缘分就算了，感情的事你自己做主，我不勉强你，也别委屈了人家。现在倒好，你原来是背着我们在搞地下情！"秦父越说越生气。

秦谨之自嘲地笑了笑。

得先有情才能搞地下情啊，邢窈对他哪儿有半分情意？

"没这回事。"他否认了。

"什么没有？没有什么？"秦父拍着桌子道，"你知不知道邢窈是谁的孙女？又是谁的侄女？知道你还乱来？我们这些长辈以后还要见面的！秦谨之，我明确地告诉你，你和邢窈如果是认真的，那就是好事，我们都支持，想谈恋爱就谈恋爱，想结婚就结婚，都随你们；如果只是想玩一玩，你就趁早死了这条心，她不是你能随便招惹的人。"

秦谨之怀疑邢窈给秦家的人下蛊了，老的少的都喜欢她，都偏向她。

当然，中蛊最深的人还是他。

"没谈，刘姨误会了。"

"皓书也误会了？"

"他才几岁？他懂什么？"

秦父被气笑了。他已经默认秦谨之和邢窈是在瞒着家里人谈恋爱，但无论怎么问，秦谨之都不承认。从刘菁和秦皓书的说辞来看，是秦谨之死缠烂打，非人家不可，所以不太可能是秦谨之不想公开。

"是邢窈不想让我们知道？"

"你问她。"

秦谨之油盐不进，秦父也很头痛。

这段感情如果处理得不好，肯定会影响他们和邢老爷子的关系。首先，秦成兵那一关就过不了。

秦父怎么都不可能直接去问邢窈，如果邢窈也否认了，他的面子更加没处搁。

他想了好几天，决定装作不知情。他提醒刘菁，暂时不要告诉秦老爷子，等两个孩子的感情稳定了，再正式去邢家拜访。

A 市已入夏。

邢窈准备去医院，赵燃以为她生病了，邢国台也很担心，问她哪里不舒服。

"我挂了牙科医生的号，今天下午去拔智齿。"她说。

她从小就不喜欢去医院，那两颗智齿大概长了两年，每次发炎了都很疼，吃不下饭，也睡不好觉。邢国台说过好几次，她每次都糊弄过去，一直忍着不去看医生。

邢国台高兴地说："是该拔了，拔了好，免得总疼。"

赵燃也高兴地道："如果牙齿不疼了，姐姐就能多吃饭了。"

邢窈笑着摸了摸他的脸。

赵燃的脸有些红，他总觉得姐姐和以前不一样了，那些变化是慢慢发生的。虽然没有办法明确地说出到底是哪里变了，但他更喜欢现在的姐姐。

"爷爷，我下周去南城。"邢窈已经买好机票。

邢国台明白她的意思，对她说道："去吧。不要担心家里，你一个人在外面才让我们操心。有人陪着你、照顾你，爷爷也安心。"

"爷爷喜欢他吗？"

"窈窈选的，自然是不会差的，我们都喜欢。"

赵燃在旁边点头。他想说"姐姐喜欢的人我就喜欢，姐姐讨厌的人我也讨厌"。

邢窈拿起鸭舌帽扣在他的脑袋上，他笑得更开心了。

这一刻，他才无比确定自己不再是孤儿了，确定他有家人了。

口腔医院里医生很多，拔牙不算麻烦，邢窈从排队到躺在病床上打麻药，也就用了半个小时左右。至于那两颗智齿，也是两分钟就被拔掉了，没有她想象的那么可怕。

她是敏感体质，脸肿了半天，但消肿后就没事了，也没有再疼。

恢复期间，她只能吃一些清淡的食物。赵燃不知道哪儿来的胆子，故意在她的面前吃炸鸡、喝冰可乐。

邢窈回南城之前，去了墓园。

赵祁白不喜欢百合花，觉得它的味道太香了，很呛鼻。

邢窈买了一束白玫瑰。

夏季烈阳当空，墓园里很安静。

邢窈只来过这里一次，凭着记忆找到了赵祁白的墓碑。墓碑上的照片已经有些发白了，但他还是邢窈最熟悉的模样，只是笑容变得遥远。

墓碑旁放着两束花。

看，他并没有被人遗忘。

不只是她，还有很多人记得他。

"你是谁？"

"我是赵祁白。"

"你要把我送去福利院吗？"

"这里就是你的家，我就是你的家人，咱们不去什么福利院。你可以叫我'哥哥'，也可以叫我的名字。"

邢窈一点点地擦去照片上的灰尘，回忆也在脑海里闪过。

"高跟鞋买小了，不合脚，把我的脚跟都磨出血了，可是……它好漂亮。"

那是她第一次穿高跟鞋。

"对不起，那天没有来送你，没有跟你说一声'再见'。"

学校里的人都说她看起来温温和和的，对谁都没什么脾气，但其实很冷血。只有陆听棉知道，她把所有的眼泪留给了赵祁白，留在了赵祁白的葬礼上。

"这么久不来看你,对不起……我保证以后每年都来,会提醒爷爷不要买百合花。对了,我们多了一个家人,他叫'赵燃',还算可爱,但最近有点儿调皮。你以前总说我没大没小,不叫你'哥哥',只叫你的名字。"

她停顿了几秒钟,目光重新聚焦在那张发白的照片上。

"哥哥。我要去爱别人了。"

第九章

想跟你谈个恋爱

南城的梅雨季会持续一到两个月，雨水淅淅沥沥，到处很潮湿。

邢窈在机场打车，直接到秦谨之住的地方，但没能把门打开。在她"善意"的提醒之后，她的指纹就被他删掉了。

他真是幼稚！

追人总要有点儿诚意，邢窈在门外等到天黑，电梯才终于在这一层停下。电梯门向两侧打开，秦谨之从里面走出来。他眼里的倦意很浓，好像是累极了，大概是刚做完一场手术，边走边按着眉心，到了门口才注意到她。

"脚麻了，扶我一下。"邢窈朝他伸出手，道。

秦谨之站着没动，问她："你又想干什么？"

"也没什么。"邢窈是真的脚麻了，一时站不起来。她仰着头，想了一会儿才回答道："就是……想跟你谈个恋爱。"

半年前，邢窈在秦谨之的面前劣迹斑斑。现在她说的情话再动听，也没什么可信度。

开门的过程只用了几秒钟，他没有将目光在她的身上多停留片刻。

走廊里静悄悄的，邢窈依然坐在自己的行李箱上。她来的时候淋了雨，衣服从里到外透着湿气。

被偏爱的人总是有恃无恐。

靠在门后的秦谨之摘掉眼镜扔到柜子上，低垂着的眼睑下浓浓的倦色染上了晦涩的情绪，如同平静的海面在风起后卷起巨浪，极力掩饰也是徒劳。

他握着门把手的手，骨节都有些泛白。

那天晚上，陈沉送他回来，在车上旁敲侧击地问起邢窈。

他说了一些。

"跟一个已经不在世的人争，就已经输了。"他说。

陈沉："什么话，她那个时候还小吧？你想想，她的父母相继过世时，她才几岁？被接到一座陌生的城市，邢老腿脚不方便，年纪也大了,她是个女孩子,很多方面不方便。邢老是从部队里出来的,肯定也想不到那么细。她对赵家的一切又很陌生,大人忙工作,只有赵祁白陪着她,如果换成另一个人,说不定也可以替代赵祁白的角色。毫无预兆地失去一个很重要的人,才会觉得天塌了,觉得那个人是最好的,不可替代的,其实并不是这么一回事。"

"你也知道是'也许''可能'。"

"那又怎么样?你一个活生生的人,难道对自己一点儿信心都没有?既然非她不可,就抓紧她,死缠烂打,想尽办法,不要让她有怀念过去的机会。未来还有几十年,你总能赢一次,赢一次就赚了一生,不亏啊。"

秦谨之闭了闭眼,手里的力道渐渐小了。

走廊里的声控灯灭了,门突然从里面被打开一条细缝。灯光漏出来,邢窈抬起头,眼尾流露出浅浅的笑意。

她如果再坐一会儿,他肯定会出来帮她拿行李。

她还是给他留点儿面子吧。

邢窈进屋后,主动跟他说话:"你吃过晚饭了?"

"嗯。"他并不想理她。

"好吧,那我也不吃了。"邢窈自觉地把行李箱推进了客房。

她得赶紧洗个热水澡,再换一身衣服,虽然苦肉计是一条捷径,但以自身现在的处境来看,生病会被误解成演戏,搞不好会适得其反。

然而,等她洗漱完,主卧的房门已经被反锁了。

一把锁恐怕也只能防住她。

"秦谨之,你睡了吗?"

"冰箱里有速食,自己找能吃的。"

"不是,我不是问这个。我可以不吃。"邢窈趴在门上,咳嗽了两声,道,"你家的客房里没有干毛巾,吹风机借给我用一用。"

门被打开的时候,她差点儿摔进去。

一条厚实、柔软的毛巾从她的头顶盖下来，遮住了她的眼睛，秦谨之把吹风机塞到她的怀里后就往外走，去了厨房。

邢窈把头发吹到半干的时候，秦谨之端出来一碗饺子。她的手刚伸过去，就被他拍开了。

"去换一件衣服。"他说。

"这件怎么了？就是普通的睡衣，没什么不正常的啊。"她用一根手指挑了一下睡裙的肩带，那根细细的绳子就从肩头滑下去了。

从秦谨之的视角，他能看到更多。

"你喜欢啊？"她将身体越过茶几，忽然凑近他。

唇与唇之间只剩下一根手指的距离，磨人的香气丝丝缕缕进入鼻间，挑动着秦谨之的神经。

他有心理准备，不会就这样轻易被她拿捏。

秦谨之作势把饺子端回厨房里。

"不吃就倒了。"他道。

"别这么浪费嘛。"邢窈坐下来尝了一口。

酸汤口味的饺子，碗里还有肥牛卷、番茄和青菜。

"我吃我的，你如果觉得碍眼，不看就行了。"她说得理直气壮，"只要你不看，我就算光着身子也影响不到你。"

秦谨之没什么反应。

他工作很辛苦，邢窈知道他需要休息，也懂得适可而止，于是说道："你去睡觉吧，洗碗这点儿小事我还是可以做的。"她还用上了激将法，"当然，如果你想和我多待一会儿，我也不会赶你走。"

秦谨之起身就走。

邢窈忍着笑，差点儿被呛到。

客房不比主卧差，她住得也习惯。

秦谨之每天正常上班，邢窈只有晚上能见到他。他的脸上还是那副"我不想理你"的表情，但只要客房里有一丁点儿反常的动静，他就会立刻去敲门。

假期还有半个月，陆听棉出国后，邢窈也不再进行那些没有意义的社交。以前喝酒是常事，现在她回想起来，那段日子似乎一片空白。

她在秦谨之的家里待了四天，除了主卧，家里的其他地方都留下了属于她的痕迹。

地板上有她的头发，桌上摆着她翻看过的书和用过的电脑，冰箱里全是她喜欢吃的水果……

秦谨之固有的习惯再一次被她打乱，但似乎这才是生活应该有的样子。

她又在医院住院部一楼的咖啡厅里待了几个小时，不带钱也不带手机，等着他去结账。

周围人太多，她就没与他站得太近，和他保持着适当的距离，却又只对他笑，道："我来接你下班。家里的冰箱空了，我们回家之前先去逛超市吧。"

她把那套房子称为"家"。

过马路的时候，她又问："可以牵手吗？"

秦谨之没有理她。

在超市里挑完水果、蔬菜排队付款时，她在众目睽睽之下往购物车里扔了两盒安全套，大概就是对他的报复。

他有所防备，晚上她却什么都没有做。

医生是真的忙，尤其新医生，邢窈好不容易等到秦谨之能休息一天，他却只顾着为两个月后的职称考试而努力复习。除了必要的生理因素，比如吃饭、去洗手间，其他的时间他都待在书房里。

陈沉过来取点儿东西，到他家之前给秦谨之打了电话。

秦谨之先把门打开了。

陈沉进屋时，邢窈睡着了。

秦谨之蹲在沙发旁边看着她，像一个被无情抛弃的纯情痴汉。

"啧。"陈沉没忍住，笑出了声。

秦谨之回过神，没有丝毫尴尬的表现，手指贴在唇边做了个噤声的手势，让陈沉去书房里。

陈沉很识趣。

秦谨之去卧室里拿了一条毯子给邢窈盖上。等他去书房时，陈沉已经喝完了一杯茶。

陈沉接过文件袋，问他："就这些？行，我回去后慢慢看。"

陈沉碰巧逮住了机会，难免要打趣几句，于是问秦谨之："难怪一开始还不让我上楼，原来是因为家里有人。你终于想明白了，决定把人追回来？"

秦谨之面不改色地道："是她追我的。"

"呵！"陈沉一边鼓掌，一边说道，"看把你厉害的，我看你能撑多久。"

陈沉走后，秦谨之又在客厅里待了很久。

邢窈睡到自然醒。在她睡醒前，秦谨之回到了书房里。

傍晚，夕阳灼灼生辉，橙黄色的光线铺满了书房。一束光通过窗帘遮不住的缝隙照射进来，落在桌角，亮得过分，就连空气里细小的尘粒都清晰可见。

秦谨之面前的专业书被翻到了第287页。

邢窈来到书房里，一会儿看看这个，一会儿翻翻那个。这些细碎的声响仿佛都是她无意之间弄出来的。

桌上有一支毛笔，她觉得无聊，拿着笔随意地画来画去。渐渐地，她开始不安分，用柔软的毛刷轻轻扫过秦谨之的耳朵、下巴、喉结，像是在用手抚摸他。

秦谨之连呼吸都不曾乱过一拍。

直到她拉开抽屉，想从里面拿烟。

秦谨之眉头皱起，刚要开口阻止，她突然吻了上去。

"别看书了，看我吧。"她说。

邢窈终于如愿以偿地占据了秦谨之所有的注意力。

他看着她,漂亮的手抚摩着她,温热的唇吻着她。

他明知道如果让她带有目的性的小把戏得逞,那么,在这之前的一切抵抗和伪装就会变成笑话。

情愫被勾起,他有些懊恼。他怎么会这么容易投降呢?

她会怎么想?

此时此刻,她是不是又在嘲笑他?

他是不是玩不起?

她回来的那一晚,住在客房里,睡在主卧里的他是不是整夜没合眼?

她在他身边的每一分每一秒,他是不是都在想她?

他看似一条凶神恶煞的狼,要将她撕碎,是不是其实早就为了她戴上了项圈?

是。

"然后呢?"他落入了她的圈套。

她刚睡醒,多穿了一件薄外衫,里面是一条长裙,蓝色的布料上开着几朵美丽的花。

她极少穿得这样明艳。

"我要你吻我,然后……"

"看清楚。"秦谨之亲吻她潮湿的眼角,让她抬起头,睁开眼睛。

因为这双眼睛好像会说谎,多少次,明明就在他的眼前,她看着他的目光却像是隔了万水千山。等他回过神,那丝丝缕缕化不开的怀念却又消失得干干净净,似乎只是他的错觉。

那么多次,他总该有一次能看穿她的居心叵测,但一次都没有。

四目相对,他问得很直白:"看清楚,你要的人是我吗?"

邢窈很快就知道秦谨之在想什么了,他其实并不擅长伪装。

他耿耿于怀的是,她虽然叫着他的名字,心里却想着另一个人。

"无论是半年前还是现在,这种时候我都再清楚不过。我知道是你,秦谨之。"

她的话音被他吞没。

他并不算温柔,没有给她留半点儿挣扎的余地。有些疼,但她喜欢,也给了他同样热烈的回应。

她听到了他拉开抽屉的声音。他摸到了什么,拆开时发出了窸窸窣窣的声响。

空调里不断地冒着冷气,两人纠缠在一起的气息却热得快要将彼此熔化。

浅色的窗帘遮挡不住夕阳火红的光线,亮光慢慢往里蔓延,照在他们的身上。

许久之后,书房里的余晖悄无声息地消失,夜色铺散开来。

邢窈穿好衣服后,凑过去亲他,并问他:"今天晚上我可以搬进主卧了吗?秦医生。"

秦谨之回吻她,道:"客房里的床更软,更舒服,你喜欢睡软床,还是客房更适合你。"

邢窈哼哼两声,道:"主卧的床我又不是没有睡过。"

她最后还是没能搬进主卧。

秦谨之像是在证明他并没有沉迷于这段不清不楚的关系,睡完就翻脸不认人,吻完就当陌生人。甚至在某一天和陈沉通话时,他也毫不避讳地让邢窈听见了他们的对话。

陈沉很聪明,知道该说什么。

"所以,你这根回头草只是暂时忍辱负重,其实是准备等她真正沦陷之后再甩掉她?"

秦谨之面不改色地道:"对。"

邢窈心想:秦医生还真是无聊、幼稚,又有点儿可爱。

邢窈为了配合他,当天就把行李全部带走,去了学校。

刚开学,她每天有很多琐碎的事要做,要见导师,要和同门的师兄师姐们聚餐,互相认识,工作日从早到晚都被排满了课,周末也不清闲。

邢窈的新室友——正在读研三的师姐并不是很好相处。

陆听棉不习惯国外的饮食，脸上的婴儿肥消减了许多。她发在朋友圈里的照片上，沈烬第一次光明正大地站在了她的身边。

而薛扬，在将那条消息撤回的四个月后，给邢窈发来了一条消息，问她打算什么时候补上欠他的那一顿饭。

去年他俩一起吃的那顿火锅最后是薛扬结的账，她说下次请他吃饭。

下次又下次，她一直没有机会请他吃饭。

邢窈腾出了半天时间，请薛扬吃饭。

地方是薛扬选的。

还是那家火锅店，与上一次同一个位置。

邢窈看出来他瘦了一点儿，也黑了。

"留给你的书和资料都拿到了吗？"她问。

"嗯。"薛扬闷闷地应了一声。

他埋头大口吃肉，最后撑得想吐。点的是辣锅，他满头的汗，鼻头红红的，还在机械地往嘴里塞已经被煮好的食物。

他像是在生气，又像小时候那样，通过做一些奇怪的事来获得别人的关注。

邢窈也不阻止他，安静地等着他平复情绪，如果不能回应同等的感情，就不要给他希望。

薛扬闷声问："还是那个医生吗？"

邢窈点头。

"为什么不能是我？"

"薛扬，这个问题我回答不了。"

"除了年纪，我差在哪里？你明知道我喜欢你，你一直知道！我就算比不过赵……"激动的质问突然停下来，薛扬意识到自己提到了不应该被提起的人，看邢窈时，眼神里已经有了歉意，却僵着不肯道歉。

"你是想说……赵祁白？"邢窈的反应是薛扬意料之外的平静，她说，"确实，在我心里没人比得过他。如果没有爷爷，我可能某一天睡觉之前多吃几片安眠药，就那样睡过去，去找他了。薛扬，别这样看着我，我不会对你心软的。"

薛扬还是不甘心，问："既然忘不掉，为什么又能找另一个人？"

"你们怎么都有这么多'为什么'？"她低声道，"很多事情是没有原因的，我喜欢和秦谨之在一起。"

"所以，你是在告诉我，秦谨之就是你留恋这个世界的理由？"

"我希望他是。"

邢窈望向窗外，路边多了一辆车，就停在火锅店对面。她侧首看过去，下一秒钟，车里的人突然把车窗升了上去。

"你看他多可爱！"她道。

情人眼里出西施，她喜欢那个医生，就会对他无限包容。薛扬是不可能把"可爱"这个词用在一个男人身上的，气都被气饱了，也吃不下去了。

薛扬喝完一杯啤酒，也释怀了，感情的事勉强不得，在开始的时候晚了一步，后面只会步步晚。

他苦笑，道："算了，我认输了。说不出'不希望你幸福'的话，我希望你幸福。"

邢窈也笑，问他："还是朋友？"

"当然是！必须是！我们都认识多少年了？"薛扬故作潇洒地道，"没了女朋友，总不能连朋友都没了吧？"

"既然还是朋友，那就不需要我送你回去了，自己打车回去吧。"

邢窈对待薛扬的态度还是和以前一样，并没有因为他的喜欢而有意疏远他，也不会太过客气，自然相处就好。

薛扬看着她一步步走远，虽然已经接受这个结果，但看着她走向别的男人，心还是会痛。

副驾驶的车门打不开,是被秦谨之在里面锁住了,邢窈敲了两下车窗,然而车直接从她的面前被开走了。车子拐过路口,汇入车流,没有半点儿要停下来的意思。

邢窈给秦谨之打电话,快要挂断的时候,秦谨之才接。

"秦谨之,我连午饭都没吃,有你这样谈恋爱的吗?"

"菜品挺丰富的,怎么没吃?"

"我的胃不舒服,我吃不了辣的菜品。"

"辣火锅养胃,宝贝多吃点儿。"

邢窈被他气笑了,道:"你再往前开,多开几条街,说不定就不用等到下下辈子了,下辈子就能让我爱你爱到无法自拔,被你甩掉后孤独终老。"

秦谨之说:"谢谢提醒,挂了,我提一下速。"

邢窈等了几分钟之后,还是用手机叫了出租车。

一辆车停到她的面前,车窗被降下来,夜色里霓虹灯闪烁,男人立体的五官很是养眼。

"黑车便宜,走不走?"他的行为很幼稚,他说话时语气却很正经。

邢窈没忍住,扑哧笑出了声。

她坐上车,秦谨之靠过来给她系安全带。

薛扬还站在火锅店门口,车窗紧闭,看不清车里发生了什么。

越是看不清,他就越会浮想联翩。

这就像他在飞机上无意间窥探到的那枚吻痕,而后不可控制地胡思乱想。

薛扬不忍再看,转身走了。他想:那个男人宣示主权的手段也并没有多高级。

确实如他所想,秦谨之检查了一遍又一遍,确定她没有说谎,她真的什么都没吃。

有一条路是堵车的灾难区,秦谨之把车停在停车场里,两个人下车走着去提前订好的餐厅。

初秋,气温有些凉,邢窈抬了下手,秦谨之刚好握住。

路口的红灯亮了很久,邢窈的心里冒出一种很奇怪的感觉,凉飕飕的。可当她回头时,发现行人来来往往,各自忙碌,并没有谁把注意力格外集中在他们的身上。

秦谨之顺着她的视线看过去,问她:"怎么了?"

"总觉得有人跟着我们,"邢窈认真地问他,"你有没有在与哪个前女友分手时,是不太愉快的?"

"你应该反省是不是你欠下的情债找上门了。"

"那没事,被砍的人肯定是你。"

秦谨之环顾四周,并没有发现可疑之处,但邢窈的不安感并非来得毫无理由。

她今天刚好戴了一顶鸭舌帽,下车的时候不想戴了,他就戴着。

"起风了,预防感冒。"秦谨之把帽子给邢窈戴上,帮她整理好头发,又把帽檐往下压了压,挡住她的脸。

邢窈没多想,只道:"明天早上导师要找我谈话,我吃完饭回学校里住。"

这种时候,她住在学校里更好。秦谨之收回视线,应了一声:"嗯。"

绿灯亮了,他们边走边聊。

"这个周末休息吗?"她问。

"周日放假。"

"那我周日再来找你。"

"晚上不行,晚上我不在。"

"有事要忙?"邢窈是故意问的,其实知道周日是秦成兵的生日,爷爷早就提醒过她。

"爷爷过生日。"秦谨之只说了这么一句话。

他没有问邢窈去不去,邢窈也没表态。

但他知道，邢窈把这件事记在心里了。

陆听棉虽然不在南城，但也察觉出邢窈这段时间过于忙碌。有的时候，她算好了时差给邢窈打电话，邢窈都接不到。

有一天，邢窈刚接电话，她还什么都没听清呢，电话就被挂断了。

她准备再拨过去的时候，沈烬拦住了她。他说，邢窈身边有人。

陆听棉不信，然而没过几天就知道了，沈烬是对的。

邢窈慢悠悠地说："我忙着追男人呢。"

陆听棉一听就来劲儿了，问："什么样的男人还需要你亲自追？"

邢窈也不瞒她，道："还能有谁？秦医生啊。我和他跟你和沈烬不一样，我们认识的时间短，没有你们那么深的感情，还是需要追一追的。"

"哦，是秦医生啊，你俩果然又在一起了。"陆听棉对此一点儿也不意外，"窈窈，我跟你说，两个人认识的时间太长也不好，一点儿新鲜感都没有。"

邢窈笑了笑，问："沈烬不在你旁边吧？"

陆听棉在电话那边唉声叹气地道："老夫老妻的，每天腻在一起多无聊啊。不像你们，小别胜新婚，才三四天不见面，就连跟朋友聊天儿都没心思。"

邢窈站在一个柜台前，说道："我在商场里给秦老爷子挑礼物，你觉得送什么好？"

秦老爷子的寿辰，邢窈即使再忙也要去。邢国台还特意嘱咐过她，不用送太贵的东西，他们不讲究这些，尽点儿心意就行了。

"送茶叶呗。别的东西老人家也用不上。"

"还是你有经验。"

"我可没有这种经验，沈家没有年纪那么大的长辈。窈窈，你其实早就想好送什么了吧?"

"多跟你聊几句啊。"

"我又不会吃秦医生的醋。行了,挂了,你别迟到了。"

邢窈估计是沈烬突然回去了,否则陆听棉不可能挂得这么快。

茶叶是预订的,邢窈去酒店之前过来取。

秦家的大部分人是混仕途的,官员忌讳铺张浪费。这么多年,秦老爷子的寿辰向来不请宾客,只招待一些熟识的朋友。

邢窈在路上耽误了一点儿时间,晚到了半个多小时,就没能和秦谨之一起进去。

二楼的餐厅里坐了好几大桌人,其中有一桌的旁边坐的都是年轻人,很热闹,邢窈刚到,就有人过来和她说话。

陈沉远远地看着,摇着头感叹道:"这真的不能怪谨之!如果下次他喝多了再哭,谁都不准笑话他,谁笑我就跟谁急。"

柯腾终于见到了邢窈本人,怎么说呢,四个字——惊为天人。

"周济和谨之就是因为她变得生疏的?"

"小声点儿!如果被周济听见了,要揍死你!"

"不至于吧?他今天都来了,以后应该不会再躲着谨之了吧?"

陈沉两手一摊,道:"这谁知道?"

秦成兵今天高兴,多喝了几杯酒,去房间里休息了。

邢窈把礼物送过去之后,陪着秦老爷子说了一会儿话,出来的时候准备给秦谨之打电话,一下楼就遇到了陈沉——他正好在找她。

"有事?"她问。

旁边还有别人,陈沉真的一句话也说不出口,无论如何都想不到,秦谨之还会醉第二次,而且是在这么重要的场合。

这姑娘也不知道是什么妖精变的。

"自己去看吧,我不好意思说。"陈沉让她眼见为实。

邢窈跟着陈沉去了洗手间,里面的水流声都有回声。

"他在里面?"她问。

"赶紧进去吧，我帮你们在门外守着。"陈沉咳嗽了两声，道，"别磨蹭啊，时间久了，别人会乱想，我是不会帮你们解释的。"

秦老爷子不能多喝酒，秦氏夫妇要照顾大家，秦皓书负责吃，只能是秦谨之来挡酒。

"好点儿了吗？"她问秦谨之。

邢窈把水递给他漱口，却被他一把抱住。他的身体压在她的身上，她险些站不稳，脚崴了两次。

她想：若要判断秦谨之是不是真的醉了，其实很简单。

他现在根本不会去管周围有没有其他人。

邢窈看他这么难受，是有点儿心疼的。

"我又没说不来，你生什么气？"她道。

他不是在生气，而是以为自己又被她骗了。

"秦谨之？"

她又叫了几声。

"你的脸这么红，你家里的人会不会误会是我打你了？"

"你能先自己扶着墙站稳吗？"

"我尝尝是什么厉害的酒，能把你灌成这样。"

秦谨之被哄好了，就是这么简单。他毫无理智地一遍又一遍地重复着"邢窈，我好爱你"的时候，他的那些发小儿都在外面听着。

"如果下次他喝多了再哭，谁都不准笑话他"这句话，陈沉早就说过了。然而他不仅笑得最夸张，还很缺德地录了音。

"行了，都回家吧，我进去帮忙。"陈沉对大伙儿说道。

邢窈一个人扶着秦谨之确实很吃力。

陈沉让其他人先走，自己留下来，忍着笑走到秦谨之的身边，架起秦谨之的一只胳膊。刚才还醉得不省人事的秦谨之这会儿倒是清醒了，嫌弃地推开他，揽着邢窈大步往外走。

在进电梯之前，他们还遇到了一位长辈。秦谨之像个没事人一样跟人家打招呼,然而进了电梯就原形毕露了。

他是真的喝醉了。

邢窈等他睡着后,轻手轻脚地给他脱衣服,帮他擦脸,又倒了一杯水放在旁边,忙完后已经很晚了,她的房间在隔壁。

秦家的人今天晚上都住在酒店里,邢窈不可能跟他住在同一间房间里。

早晨七点,秦谨之准时被生物钟叫醒。他昨天喝了太多酒,醒来时喉咙又干又痛。

桌上放着一杯水,他坐起来,仰头喝了大半杯。

他穿着酒店里的睡袍,腰带散了,睡袍松松垮垮,水珠顺着皮肤的纹理往下淌。

衣服口袋里的手机响了,他下床去接电话的时候,才发现床边睡了一个人。

确切地说,那是一个女人。

女人坐在地毯上,靠着床沿睡着了,露出了半张脸。

秦谨之对她有点儿印象,是刘菁朋友的女儿。

"谨之,你醒了?"女人揉了揉眼睛,连忙站起来整理衣服,解释道,"抱歉,我不小心睡着了。"

"你是怎么进来的?"

"房门开着,我路过……我不是故意的,昨天晚上你醉得很厉害,应该需要人照顾。"

昨天的生日会结束得晚,没带司机的人都住在酒店里。

酒店的房间里,孤男寡女,女人满脸红晕,秦谨之"衣衫不整",锁骨处还有淡淡的吻痕。

这个画面太容易让人浮想联翩。

秦谨之听过一些很离谱儿的事,没有想到有一天会发生在自己的身上。

"因为门开着，就直接进来睡在我的床边，不知道我有女朋友？"

"我……我不知道，大家都说你现在单身。"

"我有女朋友。就算我需要人照顾，也是需要她照顾。"

"对不起。"

手机的振动声再一次响起，秦谨之看了一眼来电号码之后挂断了，在通话记录里找到邢窈的手机号码后拨出去。

"这么早就醒了？"她问。

她接电话的速度挺快。

秦谨之心情平和地问她："在哪儿呢？"

"我在你隔壁的房间里啊。"她慢悠悠地道，应该是被这通电话吵醒的，人还很迷糊，"你怎么不多睡一会儿……"

"隔壁？那辛苦邢小姐过来一趟。"

"干什么？"

"捉奸。"

邢窈："……"

站在床边的女人听得很清楚，脸色一阵青一阵白。秦皓书突然推开房门，叫了一声"哥哥"，让她更加尴尬了。

秦谨之是喝醉了，但他的那些朋友都在，扶他回房间后不会连房门都不帮他关。

他问秦皓书："你是不是来过一次？"

秦皓书点头，回答道："对呀，老妈说嫂子照顾了你一晚上，很累了，让我来帮忙。可是我的肚子饿，你还在睡觉，我就去一楼的餐厅里吃早饭了。我还要来的，就没有关门。"

他故意大声地强调了"嫂子"这两个字，下一秒钟就指着旁边的女人连环追问："她是谁？她是从哪里来的？她为什么在你的房间里？"

他还没问完，就被秦谨之赶了出去。

隔壁房间的门被打开了，邢窈扶着墙慢慢走出来。她左脚的脚踝还没有完全消肿，刚才不小心碰到了，有点儿痛。

昨天晚上她在洗手间里崴了脚。秦谨之喝醉后就像一只黏人的大型犬，抱着她又亲又啃，也不知道轻重。她为了搭配衣服，穿了一双细跟高跟鞋，好几次被他压得站不稳，等把他扶进房间了发现脚踝已经肿了。

秦家的兄弟俩并排站在门口，邢窈愣了几秒钟，很认真地说："这么大阵仗迎接我，我还是回去化个妆吧。"

她朝秦皓书看过去，道："弟弟，过来扶我一下。"

秦皓书立刻就要往她那边跑，一步都还没迈出去，就被秦谨之揪住了后脖子。

秦谨之几步走到邢窈的面前，把她抱起来，进了她的房间。随后，他用脚踢上房门，让她坐在床上。

"怎么伤的？"他一只手握着邢窈的脚，另一只手在她的脚踝处轻轻地按了按，问，"这里疼不疼？"

邢窈摇了摇头。

他又换了个位置，问："这里呢？"

"都不疼。"她笑了笑，回答道。

"等会儿跟我去医院拍片子。"秦谨之不太放心，想起了什么，又问，"是我弄的？"

"不是你。我的鞋跟太高了，下楼的时候我没注意看路，就崴了一下。"邢窈没睡好，靠着枕头打哈欠，脚往他的手心蹭，"再帮我捏捏。"

秦谨之的目光停留在她的脚踝上。

他给她捏了十多分钟，就在她昏昏欲睡时，温热的气息浮动在她的皮肤上，痒痒的。

邢窈睁开眼睛，先看到男人黑色的短发。

他的脖颈弯得很低，他正在亲吻她的小腿。

空气里有一股淡淡的药味，脚踝处微微发热，邢窈怕痒，没受伤的那条腿往被子里缩。

秦谨之吻上去，问她："我昨晚是不是说了什么？"

"说了什么？"她慵懒地道，"你喝醉后特别安静，就只睡觉。"

"我记得你说你爱我。"

"没有吧，我不会说这么肉麻的话。"

"是吗？"

"当然。"邢窈的双手攀上男人的肩，她同时转移了话题，"你房间里有人？"

"现在才问是不是有点儿晚？"

"那你怎么一直不问我，为什么回来找你？"

秦谨之专注于接吻。酒店里的水果味牙膏他不太喜欢，觉得过于甜腻，可现在又觉得不够甜。

那么，沐浴露应该也是同样的道理。

床垫柔软，多承受了一个人的重量，慢慢往下陷，窸窸窣窣的声响被呼吸声掩盖。

"这还用问？"他反问她。

"可你还是想听我说'我爱你'。"

秦谨之低声笑了笑，吻到邢窈的唇边，深入纠缠。

许久后他才回答道："谁知道，鬼迷心窍了。"

邢窈欢喜时，眼睛是藏不住笑意的。

或许那台照相机里的照片和视频，给秦谨之留下的印象太深刻。他总觉得她小时候每天都过得很开心，那种由心而发的快乐，是演不出来的。

她不太爱笑，所以偶尔笑一笑总是格外令人心动。

两人吻得难分难舍，敲门声突然响起，搅乱了情愫。

"窈窈，你起床了吗？"刘菁在外面一边敲门，一边问。

秦谨之很少发脾气，刚才却罕见地骂了一句脏话，脸埋在邢窈的颈窝里，咬着她的耳朵让她装睡。

"别说话。"他说。

"我还要回学校，不能再睡了。"邢窈忍着笑，抬手推他，并对他说道，"翻阳台太危险，要不，你先去里面躲躲？"

"又不是偷情，躲什么？"

秦家的人都知道他俩的事，只不过还没有正式地拿到明面上说而已。不是他们不想，主要是因为这两个人谁都不承认。

他们问秦谨之，得到的回答是"朋友"。

他们又问邢窈，得到的回答是"校友"。

"我是无所谓，但秦医生好像有点儿麻烦。"邢窈敷衍地给了他一个吻，道，"你还是躲躲吧。"

秦谨之："……"

邢窈已经掀开被子下床了，并对刘菁道："我起了。阿姨您稍等，我换一件衣服。"

"不着急，你慢慢来，别再扭伤了。"刘菁担心邢窈的脚，特意让服务员把早餐送上楼。

她看着邢窈吃完早餐才走，导致秦谨之在洗手间里待了半个多小时。

后来，邢窈去医院拍片子，检查扭伤的部位，见他的脸色也没有好多少。他穿着白大褂，戴着眼镜，说话时也是医生面对患者的口吻，甚至没有要送邢窈回学校的意思。

"秦医生，你再仔细看看。我真的走不了路，好痛。"

"邢小姐是在质疑我的专业能力？"

"不是啊，我是在给你台阶下。"

"谢谢，我并不需要。"

"话别说得太早。"

办公室里的另一个医生暂时出去了，邢窈找到手机里陈沉发给她的那段录音，点开播放。

即便录音的音质不太好，杂音多，他们也依然能从他的那些朋友猖狂的笑声中，听出他一遍遍地重复的几个字："邢窈，我好爱你。"

秦谨之的脸色变得很难看。

邢窈收起手机，不紧不慢地道："送我回学校，我就删。不然，我就把录音发给你认识的所有人。当然，我发给他们的是降噪版。"

秦谨之起身脱下白大褂，洗手、换衣服。

"抱还是背？"他问。

"先扶我去停车场，走一段路了再抱。"

关于秦医生有女朋友的传言，在半年前就已经没有人相信了，哪儿有人谈恋爱越谈沉默寡言的？但今天他们终于眼见为实。

邢窈今天只有两节课，但是自己导师的课，只要没有病到下不了床的地步，就绝对不能迟到。

秦谨之做了迄今为止最高调的事。

到了学校，他把邢窈抱下车后并没有放下她，而是继续抱着她从校园里穿过，上楼，走进教室，她的脚踝处贴着的膏药很显眼，故意秀恩爱的嫌疑不大，但确实过于高调。

秦谨之穿得很简单，坐在邢窈的身边并不违和。

虽然这儿不是N大，但也很有可能会有老师认识他。

离上课还有半个小时，教室里已经有三分之二的座位上坐了人。邢窈不想给他惹麻烦，拿起摊开的课本把两个人的脸挡住，小声问他："你当过老师吗？"

她看起来没有半点儿好学生的样子，但确实有一套适合自己的学习方法，否则也不可能在学霸云集的N大顺利地拿到保研的名额。秦谨之在翻看她的资料和笔记，发现她的字写得也不错。

他不冷不热地瞟了她一眼，问："想谈师生恋？"

看来他没当过老师，邢窈松了一口气。

这门课是公开课,谁都可以来听。

"再问一个问题,"她朝他靠近了一些,声音更低了,又问,"你认识我的导师吗?"

秦谨之淡淡地道:"我不认识他。"

邢窈放心了,道:"太好了。"

但下一秒钟,秦谨之又说:"但他认识我。"

邢窈:"……"

"李教授是我本科毕业论文的评审老师。我没有见过他本人,但是他和我的父母有来往,关系好像还不错。"

"那他会特别照顾我?"

"他会对你格外严格。"

邢窈:"……"

果不其然,李教授在看到秦谨之后,就一直在向她提问,像是在提醒她不要为了谈恋爱而耽误学习。

秦谨之心想:倒也不必。

邢窈的脚虽然没有被伤到骨头,但她在宿舍里住着也确实不太方便。秦谨之陪她上完课,又去她的宿舍里拿衣服。

十分钟的事,宿管阿姨看邢窈受伤了,倒是没说什么,只是邢窈的室友从头到尾没个好脸色,无论放什么东西都是使劲儿摔。椅子被她推来推去,在地上磨出刺耳的声音。

下楼后,秦谨之才开口问邢窈:她对你一直都是这样的态度?"

"这个师姐被延迟毕业了,和男朋友也分手了,有的时候心情不太好,没事。"邢窈一点儿也不在意。

不是所有的室友像陆听棉那么好相处,邢窈习惯了莫名其妙的排挤和孤立。反正她大多数时间不在宿舍里,要么在图书馆里,要么在会议室里,休息日也都在秦谨之那里,宿舍只是她晚上回来睡觉的地方而已。

228

邢窈没有把这件事放在心上，但秦谨之似乎很介意。他把她的指纹重新录入门锁，她也从客房住进了主卧。

第十章

我现在追到你了吗

邢窈从宿舍里搬出来,秦谨之负责接送她。她脚踝处的伤一周就好得差不多了,原本就不是很严重,但秦谨之每天还是准时到学校门口接她。

"你们科室最近这么闲吗?"邢窈总觉得怪怪的。

从学校去他家很方便,学校门口的出租车、公交车和地铁都能直接到他家。这几天他每次把她送到家,连家门都不进就直接回医院上班。

"还是,真的有哪个与你没断干净的前女友回来了,你觉得我应付不了?"

她又在跟他开玩笑。

"我只有你这么一个与我没断干净的前女友。"秦谨之今天还是不进屋,只靠在门口陪她说话,"哦,差点儿忘了,我们不是在谈恋爱,散伙了顶多也就是因为新鲜感过了,你算不上我的前女友。"

这人还在记仇呢。

邢窈撇了撇嘴,道:"你最好一直这么坚定,在床上和床下都宁死不屈。"

他竟然很认真地考虑了一会儿才回答道:"难说,保证不了。"

"怎么?"邢窈笑得眉眼弯弯。

秦谨之用行动给了邢窈答案。

与她对视几秒钟后,他往里迈了一步,稍稍低头吻她。

屋里没开灯,窗外夜色朦胧,暖气源源不断地往门外涌。缱绻的交颈亲吻让邢窈的心也慢慢变得柔软,与他分别前,她心中不舍的情绪也逐渐变得浓烈。

夜色中,一点点隐蔽的燥热就足以成为燎原的野火。

"我得走了。"秦谨之理智尚存,往后退了半步,道,"我这次出去学习的时间很长,不一定方便接你的电话。如果我没有接到,有空了一定给你回电话。"

"嗯,我会想你的。"这句话她自然而然地说出了口。

秦谨之打开灯,关门之前又上前捧着邢窈的脸亲了亲,有些贪心地汲取她身上好闻的气息。

他再着急也没有忘记叮嘱她一些事。

"把门反锁,一般不会有人来找我。如果有人敲门,多半是敲错了,不用理,我回来之前会给你打电话。还有,冰箱里的菜够你吃一周的,不许点外卖。"他道。

邢窈今天考完最后一科,基本就算放假了,这几天正好可以把导师推荐给她的书看完。天气这么冷,她也不愿意出门,但吃饭是个大问题。

"可是我自己做的饭菜太难吃了。"

"我都还活着,说明吃了不会死人。"

邢窈:"……"

她勉强答应了。

"一个家里有一个人会做饭就可以了。"秦谨之第三次从电梯口折回来抱邢窈,"桌上的菜都凉了,用微波炉热几分钟再吃。时间太紧,等接你回来后再做就来不及了,我只能做好了先放着。"

难怪刚才一进屋,她就闻到了饭菜香。

"你吃了吗?"

"没吃。"秦谨之低头看她,至少这一秒钟她的反应不是假的,"是不是有点儿感动?"

邢窈诚实地点头。

他乘机追问:"那今天有没有多喜欢我一点儿?"

她这才被逗笑，道："有的。快走吧，别误机了。"

秦谨之按下电梯的按钮，等电梯从一楼上来。

邢窈又忍不住叫他："秦谨之。"

"想要什么礼物吗？那边的糕点特别出名，我买几样给你带回来。"

"带一点儿回来尝尝也行。我是想说，我真的会想你的。"

秦谨之也是真的听到心里了。

他不必再纠结她为什么回来找他。

这次是她自己主动回来的，他就不会再让她有机会离开。

陈沉说得对，未来还有几十年，他有的是时间。

如果是以前，邢窈不会发现秦谨之有事情瞒着她。因为她根本不关心、不在乎，没有将他放在心上时，就算他遇到了天大的麻烦，每天魂不守舍，她也无法察觉。其实去年秦谨之过生日的那天，他的几个发小儿提过一次，但那个时候她的心思不在他的身上，即使在她的耳边说上千遍万遍，她也记不住一个字。

最近这段时间，秦谨之对邢窈过于小心了。她联想到上次在街上突然出现的那种奇怪的感觉，虽然当时秦谨之并没有什么异常的表现，还跟她开玩笑，但事后仔细想想总觉得不对劲儿，至于哪里不对劲儿，暂时只能用女人的第六感去解释。

邢窈决定找个人问问。

她可以选择的询问对象不多，有他的两三个发小儿的联系方式，陈沉无疑是最合适的人选。陈沉性格随和，好说话，而且和秦谨之来往得最密切。

陈沉接到邢窈电话的时候，嘴上虽然很爽快地答应了，但心里慌得要命。

秦谨之出差不在家，邢窈却突然约他。

他无论去不去，都会出事。

她没有具体说找他有什么事，只是让他顺路打包一份猪肚鸡带过去。

陈沉左思右想觉得不太妙。

周济到现在都不敢见秦谨之,从小一起光着屁股长大的兄弟突然有隔阂了,无非就是那点儿事。周济喜欢上了好兄弟的女朋友,心里有愧。

邢窈这个女人很不简单。

陈沉在心里告诫自己,绝不能成为下一个周济。

上楼前,他把烟灭了,然后给秦谨之打了一通电话,有备无患。

"我对天发誓!我真的是无辜的!我连她的电话号码都没存,绝对没有背着你和她见过面!你千万别多想,我叫她'嫂子',不,叫她'姑奶奶'!"

"我没多想,是你想多了,她就是单纯地觉得你好使唤。把饭趁热给她送上去吧,凉了再吃对胃不好。"

陈沉在心中将这两个人咒骂了一顿。

他又抽了一根烟。

十分钟后,他上楼敲门。

邢窈满足地吃着陈沉打包来的猪肚鸡。

陈沉有点儿想笑,这对小情侣真有意思。

"你想吃这个,叫外卖不就行了?干吗让我跑一趟?"

"秦谨之不让我叫外卖。"

"我打包送来的跟外卖有什么区别?"

"有区别啊,你不是送外卖的小哥,这就不是外卖。"

陈沉:"……"

他真的很想问候她。

邢窈指着沙发,道:"坐吧,喝茶。"

茶都泡好了……

陈沉心想:我果然猜对了,今天不只是一份猪肚鸡的事。

他两眼一闭,说道:"我不知道!我什么都不知道!"

"别紧张,我就是随便问问。"邢窈吃饱了才进入主题,"秦谨之以前谈过几次恋爱?"

如果她要聊这个,陈沉就怎么都要讲几句了。

"但凡他正经谈过一次恋爱,还能被你折磨成那副鬼样子?他如果有一点儿经验,你俩的道行谁高谁低还不一定呢。"

邢窈愣住了,低声道:"那我是他的初恋女友啊……"

"是啊!高兴了吧?得意了吧?"陈沉皮笑肉不笑地道,语气里的讽刺意味很明显。

邢窈被他吵得头痛,道:"你好暴躁。"

陈沉想的却是"看来,这个家没有我不行"。

邢窈考虑了一会儿,道:"那他就是得罪人了。"

"什么鬼话?"陈沉不解地道。

"我最近有好几次觉得有人跟着我们,而且秦谨之天天接送我,像是防备着什么人,很奇怪。"

"哦,这事啊,你还是自己问他吧,我不多嘴。"

邢窈就是因为知道秦谨之不会告诉她,才从陈沉这里下手的。

近几年,医患关系紧张,患者伤害医生的新闻几乎没有断过。秦谨之每天都要和病人接触,邢窈担心他,难免会往坏处想。

邢窈也是脾气好,又给陈沉泡了一杯热茶,道:"他如果想说,早就说了。你给我一点儿提示,让我有个心理准备。"

"他有麻烦,你就准备不要他了?"

"得看是什么样的麻烦。"

陈沉嘲讽地笑了一声,她还真是个姑奶奶。

"是以前读书的时候发生的事,给他造成了一点儿心理阴影。姑奶奶您这么有能耐,给他心理的阴影加点儿阳光呗。"陈沉只说这么多。

邢窈觉得硬问肯定是问不出来了。

原本决定留在南城过寒假的邢窈,在秦谨之到家的前一天回了

A市。秦谨之知道的时候,她已经下飞机了。

当天晚上,秦谨之忙完要紧的事之后,在酒店的房间里给她打视频电话,第一次看到她在赵家的房间。

房间里,有一面墙摆满了各种各样的玩具,全是少女喜欢的玩具。

秦谨之总是控制不住地想:这些都是她和赵祁白的回忆,谁都插不进去。

"全是小时候的东西,我现在不喜欢了。"她的脸上露出了少见的羞赧的表情。

秦谨之问:"那你现在喜欢什么?"

她好像对什么东西都没有太大的热情。他们认识这么久了,秦谨之也不知道她特别喜欢什么,特别讨厌什么。

"喜欢成年人喜欢的。"她突然靠近屏幕,用很低的声音叫他,"秦谨之。"

"嗯。"

"你猜我现在有没有穿衣服。"

秦谨之:"……"

她刚洗过澡,头发还没有被吹干,就那样湿湿地散在肩上,屏幕里只能看到她的锁骨往上的部位。

房间里的暖气太热,秦谨之有些口干舌燥。

他不动声色地道:"穿了。"

邢窈摇头,道:"不对,再猜。"

秦谨之累了一天,靠在沙发上连领带都没解开,疲惫感却因为她说的这四个字而消失了。

他的声音低了一些,他说道:"猜不到,给点儿提示。"

邢窈勉强答应了,道:"那就让你看一眼吧。"

她在调整手机的位置,导致视频画面晃来晃去,十分模糊。

秦谨之的身体往后靠,倚着沙发。

他扯松领带后,解开了衬衣上的两颗扣子。

"好了。"邢窈抱着枕头,舒服地躺在被窝里。

她给的提示一闪而过,恰到好处地给了秦谨之借口。

"没看清,猜不出。"他道。

"那换我来猜吧。"这是一场有预谋的游戏,邢窈不希望结束得太早,"你把手机再拿近一点儿。"

秦谨之拿起桌上的手机,仰拍的视角,上半身也只有一小部分在画面里。

"这样?"他问。

"可以啊。"

"你想猜什么?"

"嗯……我猜此时此刻你想干什么。如果我猜对了,你就脱一件衣服;如果我猜错了,你可以兑换一个奖励,给你五秒钟的时间决定玩不玩。"

秦谨之刚参加完一场学术会议,西装革履的,鼻梁上架着一副眼镜,眼中翻涌的热意被镜片反射出的灯光遮盖住了,还是平日冷漠的模样。

邢窈开始倒数:"五、四……"

她直接快进到最后:"一!

"时间到,默认玩家同意开始游戏。需要我闭上眼睛只听声音猜吗?但是我想看着你,因为从这个角度看,你的喉结很性感。"

秦谨之闭了闭眼。

算了,算了。

"都随你,"他妥协,"你想怎么玩就怎么玩。"

"那……开始了?"

"嗯。"

邢窈换了个舒服的姿势,趴在枕头上,将手机立起来放到面前,谁都没说话。

"我觉得你可能比较想泡温泉。"她仿佛在很认真地思考,"冬天最适合泡温泉了。"

秦谨之很配合地道:"不太想。"

"是吗?那我再猜一猜。工作这么累,你是不是想休假了?想去旅行?"

"也不太想。"

"又错了。"她沮丧地叹气。

她从一开始就是在故意糊弄他。

"没劲,不玩了,奖励先存着吧。"她道。

邢窈困倦地打着哈欠,说完就关了灯。秦谨之这边的手机画面只剩下一片漆黑,却听到了类似亲吻的声响。

"晚安,谨之哥哥。"

此时此刻,他在想什么?

他在想她。

一周后,秦谨之这次的学习结束了。算上调休和年假,他有十天的休息时间。

秦皓书总是吵着闹着要去 A 市玩,秦谨之带上他,一切合情合理,没有人会觉得他突然去赵家的目的不单纯。

邢国台肯定是欢迎他们的。秦皓书一进屋就和赵燃跑到后院玩去了,秦谨之则在客厅里陪邢老爷子聊天儿、喝茶。

吃晚饭前,邢窈打电话回来,说晚上不回家。

这通电话让秦谨之可以自然地问起邢窈。

"她不在家?"

邢国台笑了笑,道:"窈窈陪她的朋友去度假村泡温泉了。度假村是新建的,她去体验体验。"

秦谨之面色平静地问:"晚上不回来吗?"

"不回来了,就住在度假村里。"

"新建的,会不会不太安全?"

"应该没事,是她朋友的地方,我也认识她的那个朋友。窈窈放假回来之后一直在家里陪我这个老头子,年轻人总是待在家里会觉得闷,多出去玩一玩心情好。这天气泡温泉舒服,我让她多玩几天再回来。"

邢老爷子又给他添了一杯茶,问他:"谨之,你觉得我们家窈窈怎么样?"

秦谨之想了想,回答道:"很好。"

邢国台爽朗地笑了起来,道:"哈哈,你这个评价太官方了,我们都是一家人,不用拘谨。你看,皓书和燃燃这哥儿俩玩得多好!"

一家人……

秦谨之顿了几秒钟。

"谨之,我很欣赏你。说实话,当初我也确实有点儿私心,希望两家能更亲近一些,但很遗憾,你和窈窈没有缘分。感情的事也不能强求,长辈觉得合适,你们没这个意思,我们如果再乱点鸳鸯,就会给你们增加负担。所以你放宽心,我和你爷爷都不会再撮合你们了,你和窈窈当普通朋友就行。"

那个时候,秦谨之根本不知道邢窈就是爷爷老战友的孙女。

当时他把话都说死了。

后来,在邢国台回A市的前两天,秦谨之被秦成兵几轮电话轰炸叫了回去,发现开门的人是他怎么都没有想到的邢窈。她很有礼貌地跟他打招呼,然而在别人看不到的地方,眼里的笑意灵动迷人。

但已经晚了。

虽然秦成兵肯定不会把秦谨之的原话告诉邢国台,但秦谨之一直到邢国台即将回A市的时候才勉强露了个面。邢国台自然就能明白,他不接受长辈们安排的相亲。

"窈窈以前也谈过男朋友,但我看着都不太行。我已经到这个岁数了,活不了几年了,总想着还活着的时候替她把把关。谨之啊,我跟老秦有过命的交情，你也算窈窈的哥哥。正好你这几天都在 A 市，我让窈窈把对方叫回来，咱们一起吃一顿饭，你帮我看看对方靠不靠谱儿。"

邢国台的这句"你也算窈窈的哥哥"，彻底地断了秦谨之的后路。并且，他说邢窈是去朋友的度假村泡温泉了，所谓的朋友，原来也不只是"朋友"这么简单。难怪他那么放心，还希望邢窈能在那儿多玩几天。

秦谨之现在就想把他和邢窈的关系告诉邢国台。他不是来叙旧的，也不是为了秦皓书，而是以邢窈男朋友的身份专程来看邢窈的。

然而，脑海里出现这个念头的那一刻，他就已经恢复理智了。在邢窈点头之前，他不能擅自做主。

他需要考虑她的想法，更要尊重她的决定。

"去泡温泉？"秦皓书还没玩过瘾就被叫了出来，有些不高兴。

"不要。"他想都不想就拒绝了，"我不喜欢洗澡，在这里玩就可以了。哥哥你自己去泡温泉吧。"

秦谨之看着他，问："真不去？"

秦皓书很坚定地道："不去。"

很好。

秦谨之也不想带他去。

秦谨之没有留在赵家吃晚饭，总觉得邢老爷子在送他出门的时候看出了一点儿端倪，但没有戳穿他。

邢老爷子看出来了最好。

他编出那样拙劣的借口就是怕邢国台看不出来，叫车去度假村的时候也没有刻意回避。

秦谨之查过了，A 市最近半年新开业的度假村只有一家，离赵家有一个半小时的车程。

车开出市区后，天色越来越暗。

市区里下着小雨，靠近山脚下的地方已经飘起了雪花。

邢窈知道秦谨之来 A 市了。

他刚到赵家的时候，邢窈就知道了，所以才没有回去。

邢窈泡温泉的池子是半露天式的，就在房间外面，一边飘着雪，一边热气腾腾。她泡了十几分钟后，有技师进来帮她按摩，按得很舒服。虽然肩膀上只盖了一条毯子，但她没有觉得冷，就是有些困。

技师手上的动作停了一会儿，技师又开始按，手劲儿小了一点儿，但更大胆了。

"我好像没有选择这种服务。"她先开口说话。

"送的。"他也配合。

虽然是把手泡在水里暖热了才碰邢窈，但事实上，秦谨之一进来，她就已经察觉了，只是没有睁开眼。

邢窈提前跟前台的工作人员打过招呼，否则他不可能这么容易就进来了。

"送的？这里的每个人都有吗？"

"也不是。"

"原来还要分人啊。"

"最漂亮的女士才能享受这种特级服务。"

"哦……"她的声音都被泡软了，双眸轻轻闭着，她理所当然地指挥着他，"力道可以再重一点儿吗？"

"可以是可以，但要加钱。"

"我这么漂亮，不可以免费试用吗？"

他还是那句话："可以是可以，但要加钱。"

邢窈睁开眼睛，湿漉漉的手漫不经心地攀到男人的领口处，手肘处还在滴水。

她的手忽然用力，秦谨之没有设防，被她拽进了水池。

水花四溅。

她笑着吻上去，反被压在了池边。

秦谨之乘机把礼物送给她。

许久之后，邢窈才感觉到脖子上多了个东西。

她用手摸了摸，是一条项链，于是问他："这是送给我的礼物？"

"喜欢吗？"秦谨之虽然问了，但不想听她回答，很快又说，"还有一枚同系列的戒指，在我身上，你如果找到了也是你的。"

他的身上只有一件浴袍，已经湿透了。

能放东西的地方只有浴袍两侧的口袋，邢窈摸到了一个小锦盒，打开后里面就是一枚戒指。

那枚戒指万一不小心掉进水池，会很不好找。

她换了个方向，趴在池边一边试戴戒指，一边说道："喜欢，很漂亮，戴在哪根手指上更合适呢……"

秦谨之牵过邢窈的手，把戴在她食指上明显有些紧的戒指摘下来，戴在了她的无名指上，还左右各转了半圈，试试大小，这枚戒指她戴着很合适。

这算是秦谨之送给邢窈的第一份礼物。

邢窈也送过秦谨之一件衣服，那是赵祁白穿过的同一个品牌的经典系列，但那个时候秦谨之还什么都不知道，很珍惜那件衬衣。

他吻了戒指，又吻了吻邢窈的手背。

他模糊的声音从唇齿间溢出："是真的喜欢，还是可怜我？"

邢窈怕痒，笑得开怀，心里也是欢喜的。

"真的喜欢。"她搂住男人的脖子，回应他的吻。

水面荡漾，涟漪一圈圈扩开。

"秦谨之，我是真的喜欢你。"

那些谎言里，总有一句是真的。

那么，为什么不能是这一句呢？

只要他相信，就是真的。

秦谨之趁着邢窈心情还不错的时候，一鼓作气地道："是不是可以重新把我介绍给你的家人?"

邢窈很快听出了他的言外之意,叹了一口气,低头看着手上的戒指,道:"礼物果然不能随便收。是你先看不上我,也是你先说我们只是朋友的。"

两人对视,隔着热气腾腾的水雾,既显得亲密,又暗藏着硝烟。邢窈虽然知道自己理亏,但绝对不会轻易向他投降。

"我错了。"秦谨之很快败下阵来。

他想了想,往后退了一步,道:"抱歉,是我太着急了。"

旁边放着一盘切好的水果,邢窈拿了一块甜瓜喂给他吃,问他:"生气了吗?"

"没有生你的气,是气自己。"秦谨之太擅长自我消化不好的情绪。

邢窈把玩着那枚戒指,问道:"后悔开这个口?"

"不是后悔,"秦谨之笑了笑,道,"我只是气自己当初为什么没有发现,你就是爷爷口中的'朋友的孙女',气自己太较劲,跟自己的女朋友较什么劲?也气自己为什么没能让你再多喜欢我一点儿。"

邢窈有些出神。

她想起陈沉说秦谨之没有恋爱经验。

她是他的初恋女友,这事很有可能是真的。

他各方面的条件都是顶尖的,在学校里应该就已经是风云人物了,那么多年怎么会连一次恋爱都没有谈过?

要么是他洁身自好,要么就是有隐情。

可邢窈和他从接吻到睡在一张床上的过程中,没有谈过情,甚至连见面的次数都屈指可数。

显然是后者。

陈沉说的心理阴影,八成就是指那件事。

邢窈玩这么一招,等秦谨之入局,为的就是从他的嘴里撬出点儿什么。以前也许和自身无关,她也确实不关心,但现在想知道了。

她开始想了解他,包括他的过去。

她要先撬开一条裂缝,阳光才照得进去。

"秦谨之。"

他靠在池边,眼眸轻轻地闭着,低声应道:"嗯。"

"上次的游戏你还想不想玩?我们换一种玩法,比如……互相问对方一个问题。"

"谁先?"

"你先吧。"她大方让步。

"玩是可以玩,但要先把拖欠的奖励兑现了,再玩下一局。"

"哦,你在想这个啊……"邢窈抬头往四周看,"只有房间门口安装了摄像头,里面应该安全。"

秦谨之没有听清她说了些什么。不等他反应,她就潜到了水里。温泉周围热气氤氲,邢窈被吻得有些缺氧。

下雪天,晚上气温降得快,起风后就不适合长时间待在外面了。

"好冷,"邢窈一边往他的怀里躲,一边说道,"进屋吧。"

秦谨之也担心她会着凉,扯了一条毯子裹住她,道:"抱紧。"

他关掉外面的灯,将窗帘只拉上了一半,飘着雪的夜晚是白色的。

"别急啊,我们的话还没说完。"邢窈从被窝里爬出来,对他说道。

秦谨之很有耐心,道:"我现在没有心思玩游戏。"

邢窈总会被他一本正经的模样逗笑,躺在柔软的被子里,露出一双满含笑意的眼睛,问他:"你难道就没有什么想问我的?"

"有。"

"那你问吧,我让你先问。"

秦谨之想了又想,无数个念头在心里绕成一团乱麻,只看过一次的那些视频,清晰地在脑海里闪过,最后剩下的却只有邢窈的笑颜,渐渐和眼前的她重合在一起。

"想好了吗?"她问。

"嗯,"他低声问,"你最开心的时刻是什么时候?"

邢窈愣住了。还以为秦谨之会提起赵祁白,提起那些秘密,她甚至提前好几天厘清了头绪,想着等他问起时,不至于什么都回答不出来。

他却问了一个无关紧要的问题。

"小时候,除了父母去世的那段时间,我其实过得都很开心,如果要说最开心的时刻……那应该是……有一年的深秋爸爸带我去摘山楂,我记不清那天发生了什么有趣的事,只记得那天我很开心,特别开心。我们把带回家的山楂都做成了山楂罐头,放在冰箱里保存着,一直到春天才吃完。"

就连现在回想起来,她也只记得那天的笑声,而不是失去父母后的悲伤。

秦谨之看着她,心里变得柔软,问她:"这么喜欢去果园?"

"是啊,我就是喜欢去果园。"

"等我回南城,把老爷子的菜地挖了,给你种果树。你想先吃什么水果?葡萄?橘子?草莓?"

"什么都好,我不挑。"邢窈这会儿没当真,只当他是随口说说,"轮到我问你了。"

"问吧,随便你问。"

邢窈当然不会直接问秦谨之"你的一个朋友在半年前出狱了,你是不是跟他有过节"这种话。

她如果这么问,他肯定不会说。

她得换一个角度。

"陈沉说你读高中时就谈恋爱了,我还以为我才是你的初恋女友。秦谨之,你还记得你的初恋女友吗?"

秦谨之僵了一瞬间,但掩饰得很自然,没有流露出半点儿异样的情绪。

"别听陈沉胡说,我以前没有谈过恋爱。关于这件事的真实性,你可以在任何时间、任何地点,向任何人求证。"

"所以我才是你的初恋女友?"

"是,是你,都是你,只有你。"秦谨之说罢,俯身吻她。

"那……那个女孩到底是怎么回事?"邢窈清楚地看到了他眼里瞬间凝固的寒光,已经有了心理准备,事情大概比她以为的还要复杂,"允许你在房间里抽一根烟。"

秦谨之笑了笑,道:"问这些做什么?不知道的人还以为亲你一下都要通过政审,你查户口呢?"

邢窈认真地回答道:"不是查户口,我是在追你。"

秦谨之父母工作忙,谁也顾不上他,他早早地就被送去了学校。

秦家的家教严,但周围有一群与他年龄相仿的朋友,秦谨之小时候爱玩,到处调皮捣蛋,猫狗都嫌弃他。那会儿秦老爷子还没有退休,没少罚他在太阳底下站军姿,家里人也从不溺爱他,甚至对他格外严厉,就怕养出一个只知道吃喝玩乐的纨绔子弟。

秦谨之读高一那年,母亲因病去世,父亲从住了十几年的老房子里搬走。

秦谨之知道父母没有感情,能做到相敬如宾已经不容易了,但接受不了母亲去世仅一年,父亲的身边就有了别的女人。高三开学后,他就选择了住校,除了必要的事,很少回家。

他眼不见为净。

学校每周放半天假,这半天的空闲时间,秦谨之更愿意去同桌李臻的家里吃晚饭。

李臻的妈妈是在学校里打扫厕所的阿姨,在租金稍微便宜一点儿的地段,租了一间不到三十平方米的旧房子,拥挤、窄小但很温馨。

秦谨之每次吃完饭,临走前都会悄悄地在抽屉里放点儿钱。

白露是秦成兵司机的女儿,和秦谨之从小就认识。但她和李臻从初中到高三一直是同班同学,两个人住得也近。她不会骑自行车,经常坐在李臻的自行车后座上去学校。

　　白露和秦谨之只是认识而已。相比起来,她和李臻对彼此更熟悉。

　　全市一共九所重点高中,每次联考前三名都是他们三个人,只是偶尔互相调换顺序。

　　秦谨之和李臻之间的友情,开始出现裂痕的导火索,一是秦谨之帮李臻交了拖欠了两个月的补课费,二是白露。

　　李臻是单亲家庭里的孩子,因为母亲在学校里打扫厕所经常弄得浑身脏兮兮的,没少被同学们嘲笑,少年敏感的自尊心在好朋友的面前反而最强烈。

　　秦谨之感觉到李臻有意疏远他之后,就没有再去过李家。之后,每个周日下午的半天假,他要么在篮球场里度过,要么和那几个发小儿一起过。

　　事情发生在高考前的一个月。

　　那天傍晚,学校里没什么人,秦谨之打完篮球准备去洗澡,在走廊里遇到了白露。她身上的衣服湿透了,脸也是肿的,一看就是被人欺负了。

　　秦谨之问了半个小时,她一句话都不说。

　　白露披着秦谨之的外套靠到他的怀里哭的时候,他的两只手僵硬得不知道该往哪里放,然而在他身后,李臻静静地站在走廊的另一边,冷漠地看着他们。

　　李臻误会了。

　　秦谨之连解释的机会都没有。

　　陈沉正好来学校里找秦谨之。他来的时候走廊里已经有了血,费力地把扭打在一起的两个男生拉开。

　　秦谨之打架从不吃亏,在陈沉家里睡了一晚,第二天照常去上课,却发现学校的大门被警察封锁了。他不知道发生了什么事,到了教室里才听人说白露死了。

李臻也被警察带走了。

故事就停在了这里。

邢窈听完,问他:"当时白露在场,为什么不解释?"

事情已经过去很久了,秦谨之虽然不至于无动于衷,但也不会太过于纠结当年的误会,只会往前走。

"不知道。可能她解释过,但李臻不相信。又或者,她难以启齿。"

邢窈犹豫过后还是问道:"那……你到底有没有喜欢过白露?"

秦谨之抽完剩下的半根烟,把被子往上拉,盖住邢窈的肩膀,语气平静地道:"我对你说过的话,哪句有假?"

他虽然比李臻早认识白露几年,但与白露并没有太多的交集。

邢窈真的是他的初恋女友。

"我只是愧疚。如果那天我没有转身就走,或者平心静气地跟他解释,也许就不会发生那些事。她才十七岁,我本来可以救她的。"

邢窈抱住他,说道:"这不是你的错。"

"我不杀伯仁,伯仁却因我而死。"

"秦谨之,这不是你的错。当初事情发生的时候,是李臻误会你在先,也是他先动手的。这么多年过去了,他肯定也已经想明白了。他知道你没有错,也知道是他亲手造成了一生无法挽回的悲剧。但他不敢承认,固执又懦弱地把过错全强加在你的身上。他不好过,也不想让你好过,所以出狱后一直跟着你。"

前段时间,邢窈总觉得有人在她看不到的地方盯着她和秦谨之。

秦谨之出差后,她一个人在家,李臻并没有出现过。

"他一定会来找我的,早晚的事。"

他知道对方一定会来,但不知道什么时候来,就像有一把刀悬在自己的头顶上,这种感觉并不好受。

邢窈故作轻松地道:"当你的女朋友这么危险,我现在甩了你,还来得及吗?"

秦谨之掐了烟,翻身压住邢窈深深地吻下去。

他咬她的脖子,听着她轻轻的笑声才觉得真实。

"甩我?做梦吧你。"

秦谨之在度假村里过完了最后一天假期,地面的积雪都已经融化了。

这几天,邢窈几乎没怎么离开过房间,一日三餐都是工作人员送进来的。她的体力和秦谨之的比不了,她几次想找借口出去做点儿什么事,最后都失败了。

秦谨之很会借机逗凶。

他知道邢窈心软了,不会拒绝他,所以才会肆意妄为。

邢窈有些不安心,道:"我想了想,身边有这样的隐患实在太危险了,秦谨之,我们报警吧。"

他闭上眼睛装睡。

她很严肃地叫他:"秦谨之!"

秦谨之抱着她,道:"别生气,我听着呢。他什么都没做,报警没用。"

"那我们说好,你不能一个人去见他。"

"嗯。去洗澡吧。"秦谨之抱着邢窈进了浴室。

他买了明天回南城的机票,会有很长一段时间见不到她。

"怎么办?已经开始想你了。过年的时候,你一般会做些什么事?"

"睡觉。"

"就只是睡觉?"

"因为很无聊,我们家人少,过年时也很冷清,姑姑他们都很忙。你呢?"

"可能要上班,在医院里过年。"

"好可怜。"邢窈给了他一个缠绵的吻。

她在心中对自己说道:那就,去陪他过春节吧。

第二天,秦谨之送邢窈回家。

邢老爷子看着他们一前一后地进屋,脸上满是笑意,问他们:"你们两个怎么一起回来了?"

"遇到的,"邢窈面不改色地道,把大衣脱下来挂在衣架上,又走到茶几旁边倒茶,问邢老爷子,"爷爷又一个人下棋呢?"

"闲着没事打发时间,刚把棋盘拿出来,你们就回来了。谨之,过来坐,你陪我下完这一局。"

"好。"秦谨之起身坐到邢老爷子的对面。

阿姨已经在准备午饭了,邢窈上楼换衣服。

邢国台问:"下午回南城?"

秦谨之点头,回答道:"是的,明天要上班。"

"这么忙?也是,年轻人工作重要,忙点儿好。"邢国台边下棋边品茶,偶尔看向秦谨之,意味深长地笑着说道,"窈窈以后可能会留在高校里当老师,我问她为什么,她说有寒暑假,可以出去旅游。她以前就喜欢出去玩,北欧的那些国家都去过了,每次回来后能跟我讲好几天,在哪里看到的风景很漂亮,什么东西特别好吃。所以啊,她得找一个工作没那么忙的男朋友,才有时间陪着她。"

秦谨之明白邢国台的意思,说道:"我再工作两年,年假就能多一些了。"

"医院的年假能有几天?最多也就十来天,攒一攒调休,能休息两周都不容易。"

"邢老,我是真的喜欢……"

"喜欢这茶!"邢老爷子顺口接过秦谨之没说完的话,笑着给他添了一杯茶,又道,"有眼光,这茶可是我压箱底的宝贝呢,有钱都买不到。窈窈,你去把爷爷的茶包一点儿,给你谨之哥带回家。"

秦谨之:"……"

邢窈给他使眼色,让他再忍一忍。他只好顺着邢老爷子,暂时当一天邢窈的哥哥。

邢国台仿佛没有看到这两个人的眼神交流,问秦谨之:"去年听老秦说你有结婚对象了,你们相处得怎么样?"

秦谨之回答道:"挺好的,我也想早点儿结婚。"

邢国台惊讶地道:"已经准备求婚了?"

这小子不会打算瞒着他,和窈窈偷偷去领证吧?

秦谨之温和地笑了笑,道:"暂时不会。"

吃完午饭后,秦皓书舍不得走,还没玩够,站在秦谨之的身边小声地抱怨假期太短了。

赵燃和邢窈一起出去送他们上车。两个小男生凑在一起,也不知道在说些什么,邢窈也是笑着的。邢国台通过窗户往外看,秦谨之上车前趁两个小男生不注意,亲了邢窈一下。

邢窈把门推开,对邢国台道:"爷爷,外面出太阳了,我陪您去后院透透气。"

"好。"邢国台拄着拐棍慢慢往外走,边走边说道,"你说棉棉今天要过来,怎么还没动静?"

陆听棉回国了,跟邢窈约好,今天过来吃饭。

"她晚点儿来,晚上住在咱们家里。她说给爷爷带礼物了,也不知道会不会是惊吓。"

"很有可能,那丫头啊是个鬼机灵……"

寒冬腊月的天气,到底还是有些冷,邢老爷子腿脚不好,邢窈扶着他在院子里走了十几分钟就回屋了。

秦谨之在登机前给她发了一条消息,正好被邢国台看见了。

她也大大方方的,不遮不掩。

"窈窈,你想清楚了?"邢国台慈爱地笑了笑,道,"爷爷拼了

252

一辈子，虽然没拼出什么名堂，但也没人敢怠慢咱们家的人。你是我唯一的孙女，将来就算我不在了，你的姑姑和姑父也会把你当成亲女儿看待，你的选择有很多。秦谨之未必是最好的，你还小，往后的时光还长，只是谈谈恋爱倒是没什么，但如果现在就想着结婚，那可太早了。"

这些话当然有诈降的成分，邢窈不傻，听得出邢老爷子话里的调侃意味。

"我不选最好的，只选我喜欢的。而且，我现在也没想结婚。"

"哎哟！那小子一开口就是非你不娶，还说连戒指都准备好了，只等你点头了！"

秦谨之口中的结婚对象指的就是邢窈。

"他那是哄爷爷开心呢，怕您一生气就让他滚蛋。因为我告诉过他，您以前是开坦克的，特别厉害。"

老爷子大笑，道："这点倒是像赵祁白，会审时度势。"

太阳落山了，客厅里的光线暗了下来。

邢窈低着头，过了许久才低声说道："爷爷，我现在不觉得他像哥哥了。我刚认识他的时候，觉得他的眼睛长在了天上，有点儿讨厌，但长了一张像哥哥的脸，后来熟悉了，发现他其实很细心，也很尊重女生。他对我事事有回应，句句有关心，或许从前偶尔的一句话或者一个动作会让我想起哥哥，但现在不会了。我想起哥哥，只是因为我们是一家人，亲情永远不会被时间磨灭。"

邢国台慈爱地看着她，道："爷爷都听你的。你开心，爷爷就开心。"

邢窈也笑了，道："爷爷刚才是骗我的吧？他才不会说那些呢。"

"我可记得去年国庆节期间你们俩还互相看不上眼，我们在老秦家里等了半个月，他都不愿意和我们一起吃顿饭。"

"那是因为我欺负过他。而且，他也不知道您的孙女是我。也可能是因为觉得有了我，他不能再和其他的女生相亲才拒绝的。"

"哦,原来你们早就认识了!"
…………
早吗?
他们相识的时间并不算早,只是时机刚好。

除夕这天,南城下了一场雪。
秦谨之一直在手术室里,凌晨下班时,走出电梯后,看见外面白茫茫的,才知道下雪了。
太晚了,他就没打算回秦家。
路边有一个环卫工人在扫雪,秦谨之在路口等红灯,马路对面也站着一个男人,很瘦,穿得单薄,戴了一顶帽子。男人几口抽完一根烟又点燃了一根,和秦谨之远远地对视着。
"对不起,我不是故意的。"环卫工人不小心把雪水溅到了秦谨之的身上,小心翼翼地对他道歉,"我帮您擦擦。"
"没事,我这是脏衣服。"
秦谨之再次抬头看过去的时候,对面的人已经不见了,仿佛只是他的错觉。
他到家后,洗了澡,看了看时间,记得邢窈的家人有守岁的习惯,她这个时候应该也还没睡,就给她打了一通电话。
她接得很快:"新年好,秦医生。"
秦谨之听到她的声音后,心就静了下来,说:"新年好,在干什么?"
"在看春晚的重播,已经看第二遍了,你还在医院里加班吗?"
"刚到家。"
"那你是不是没吃东西?你现在想吃什么?"
"现在?"秦谨之没有吃夜宵的习惯,尤其一场大手术之后,凌晨四五点,更没胃口。
现在吃早餐,也太早了。

"想你。"

他说完之后,耳边传来了她的笑声。

"我不能吃,换一样。"

他又想了一会儿,道:"山楂罐头。"

邢窈有些意外。

上次听她说起小时候跟她父亲一起去摘山楂,回家做山楂罐头,能让她那么喜欢,他就很想知道山楂罐头是什么味道的。

"山楂罐头,"他又低声重复了一遍,"我想吃山楂罐头。"

"这个啊……那你就想着吧,梦里有。"

邢窈刚好路过一家二十四小时营业的便利店,捂住手机,小声让司机在路边停几分钟。

货架上有好多罐头,就是没有山楂罐头,这个东西确实也不常见。

邢窈决定再去其他地方看看。

"秦谨之。"

"嗯。"

"你困吗?"

"不困,白天睡了。"

"那你给我唱首歌吧。"

"我不会唱歌。"

"那……你把电视打开,我们一起看春晚。"

秦谨之打开了很久没被打开过的电视,正重播着一个小品节目。

电话一直没挂,两人偶尔说几句话。通话四十多分钟后,秦谨之的手机电量不足,他准备去卧室里找充电器的时候,门铃响了。

秦谨之整个人僵在了那里,看着门的方向,说不清是紧张还是怎么了,对白露是愧疚,对李臻也是愧疚。

他想起电话还没被挂断,于是对邢窈道:"邢窈,我先挂了。"

"好。"

秦谨之走到门口,打开监控画面,一下子愣住了,脑海里的那些过往和马路对面消瘦的男子,如潮水般消失了。

站在门外的人是邢窈。

她的怀里抱着一瓶罐头,瓶子是透明的,秦谨之都可以看见里面红彤彤的山楂。

门一被打开,她就笑了,对他说道:"秦谨之,新年快乐。"

秦谨之拥她入怀,也低低地说了一声:"邢窈,新年快乐。"

邢窈下飞机后直接从机场搭车过来,在路上找了好几家超市,才买到了一瓶山楂罐头。

南城下着雪,比 A 市冷多了。她一路上抱着罐头,手被冻得通红,被秦谨之焐了一会儿,有点儿发热,又有点儿痛。

秦谨之给她热了一杯牛奶,邢窈慢慢地喝着。秦谨之半蹲在沙发前,拿起被她丢在一边的热毛巾,包住她的另一只手,轻轻地擦拭着。

一个小时前说自己还在家里看春晚重播的人,突然出现在了他的面前。

门铃响起的那一刻,他以为是李臻找来了。

结果,来的人不是李臻,而是他朝思暮想的人儿。

"小骗子。"他说。

"别以为我听不见你在骂我。"

"就是要让你听见。"

"那你松开,我回去了。"

邢窈作势起身,被秦谨之握住手腕拽着坐到他的身上。她笑着把手往他的衣服里伸。

"天都快亮了,我好困。"她说。

"白天没睡?"

"没有,白天睡不着,姑姑在准备年夜饭,我给她帮忙。"

"你就只会煮粥,能帮什么忙?"

她掐了他一下,问:"秦谨之,你看不起我?"

"我哪儿敢?"秦谨之抱着她站起来,问,"睡在哪间房里?"

"客房吧。等会儿,罐头还没吃呢,"邢窈跑着过去开罐头,又去厨房里拿了一个勺子,道,"太凉了,你就只能尝一口,我喂你?"

秦谨之笑着说道:"好啊。"

他弯腰凑近她,咬碎了被她喂到嘴里的红山楂,酸酸甜甜的汁水充斥着整个口腔。

邢窈自己从超市里买来的罐头,当然知道味道没什么特别的。可看着他吃,她就莫名地也想尝一口。

她搅了搅罐子里的果子,想挑一颗小一点儿的,秦谨之突然吻了上来。

窗外的雪还在下,夜色透着些白色,她那被他的手掌握着的后颈出了些汗。

"好酸。"她说。

"挺甜的。"

"你跟着我干吗?"

"我要跟你睡。"

"我生理期,跟你睡不了。"

"我们两个人在床上就不能只是睡觉?"秦谨之抬手推了推鼻梁上的眼镜,用手肘撑着房门,道,"我保证,就算你强迫我,我也会宁死不屈。"

邢窈无奈地道:"真是委屈你了。"

秦谨之理所当然地躺在了她的身边,说道:"还好,这点儿委屈还能受。"

邢窈有一段时间天天待在酒吧里,饭不按时吃,烟酒不忌,导致身体底子不太好,生理期如果受了凉就会比较难受。她睡得不踏实,总是醒。后来秦谨之帮她暖着小腹,用手轻轻地揉,她才睡熟。

陈沉和几个朋友一起过来的时候,已经快中午了。

秦谨之冷着脸开门,问他们:"你们自己没有家吗?"

"过年了,可怜你一把年纪了还没个伴,来陪你打麻将……"

陈沉还没说完话,睡眼惺忪的邢窈便从卧室里出来了,身上还穿着秦谨之的衣服。

陈沉吹了一声口哨,调侃道:"难怪能睡到中午……"

秦谨之直接大力关上门,把他们关在了外面。

陈沉后知后觉地意识到他们来得不是时候,对朋友们说:"完了完了,这估计……他明天又要被甩了。"

那次秦谨之过生日,情况也差不多是今天这样。

"不能吧?谨之会在同一个地方摔两次?"

"咱们是走还是留?"

"来都来了,再等等,如果十分钟后他还不开门,咱们就砸门。"

"谁砸?"

"当然是你。"

"你的力气大,还是你上吧。"

…………

这些人邢窈都见过,周济也来了。

在牌桌上,大家都客气地让着她。她不觉得别扭,对谁都一样。别扭的人是秦谨之。他只休息一天,这一天还来了一大群碍事的人。

他看谁都很不顺眼。

陈沉哪儿知道邢窈会在这里?否则他怎么可能来当电灯泡,还是那四个字:来都来了。

"晚上有什么安排?江边有烟花表演,特别热闹。老周刚买了一条游轮,他们几个带家属,都是自己人,绝对安全!邢大小姐有没有兴趣?"

秦谨之淡淡地道:"别想了,她晚上跟我回家吃饭。"

"啧啧,这么快就要见家长了?!"

邢窈没说什么，只是在大家都笑着调侃的时候，看向了秦谨之。

她的一个眼神，秦谨之就明白了她的意思。

不只是陈沉一个人察觉出气氛不对劲儿，其他人也意识到了，又打了两圈，互相递了个眼色，找了个借口要走。邢窈将他们送到门口，陈沉下楼的时候还怪自己嘴欠——万一被他说中了，秦谨之又要被伤害一次。

客厅里静下来，邢窈关上门，叹了一口气。

谈恋爱原来这么麻烦！

几个小时前，她还穿着秦谨之的衣服和他交颈相拥。客厅里坐满了他的朋友，闹哄哄的。他几次进厨房从后面抱住她，索取亲吻。

也才过去半天而已，气氛就变得剑拔弩张了。

沉默许久后，邢窈才坐到秦谨之的身边，亲了他一下。

"别想用美人计糊弄我。"秦谨之忍了又忍，道，"我几次死皮赖脸地去你家蹭饭，自尊心、面子、里子都干干净净地贴给了你，也没有抱怨过半句。今天过年，家里还有老人，我怎么都要回去一趟。把你一个人丢在这里，我做不到，所以诚心诚意地想把你带回家。邢窈，你能告诉我，你为什么不愿意吗？"

"我没有不愿意。"

"那你是什么意思？"

"秦谨之你凶什么，我是来跟你吵架的吗？"邢窈冷了脸，语气也不像刚才那样柔和了。

她在家人团圆的除夕夜，吃完年夜饭就匆匆忙忙地去机场坐飞机，当然不是来跟秦谨之吵架的。她被激起了脾气，脸上没有半点儿笑意，秦谨之的心态反而变得平和了。

"你原来是会生气的？"他道。

"哪儿有人不会生气？"

"你从来不吃醋，也不闹脾气，更不黏人，懂事得让我觉得……你其实根本就不需要我。"秦谨之低声道。

他的目光落在还摆在桌上的那瓶山楂罐头上，他又有些心软了。他卑微到她只要肯付出一分真心，就会觉得自己不应该计较任何事的地步。

秦谨之问："非要演成他的模样吗？"

邢窈有些不解，面无表情地问他："演谁？"

"演成你希望我变成的人。"秦谨之低声说道。

他没有直接说出赵祁白的名字，是留给自己最后的体面。

"秦谨之，难听的话你已经说过一次了。"她话里的意思是让他适可而止，"所以不要再说了，让你难过，我心里也不见得有多舒坦。你到底在介意什么？我不想跟你吵架，也没有不愿意陪你回家吃饭。本来我打算明天就回A市的，以为你这几天都要加班，就什么都没有准备，毕竟是春节，空着手去你家总是不太合适的。这么简单的问题，你为什么要扯上赵祁白？我是不是可以理解成，你一直觉得我不爱你。"

她给了他太多的错觉，很多时候，他分不清哪些是真哪些是假。

秦谨之问她："那你爱我吗？"

邢窈说不出口。

当天，陆听棉收到了邢窈发给她的微信消息："谈恋爱好麻烦。"

而邢窈得到的回复也只有一句话："所以我受不了，选择了结婚。"

陆听棉和沈烬吵架直接吵到了民政局里。

可邢窈不行。她对婚姻没有任何美好的向往，对秦谨之的感觉也很简单，喜欢他，喜欢和他在一起。

她也知道赵祁白就是横在秦谨之的心里的一根刺，提一次痛一次。她自己问心无愧，他感觉不到，那可能是她的问题。

秦家人过春节时很热闹，小辈们都会回来给秦成兵拜年。

邢窈是和秦谨之一起回去的。在这么特殊的时间，他们是什么关系根本就不需要明说。男人们喝酒,女人们喝果汁。邢窈没有和秦谨之坐在同一桌,事实上从他们走进家门后,互相就没有说过一句话。

他的这些亲戚,邢窈都是第一次见。

饭后,他们凑了两桌麻将。邢窈昨晚算是熬了一整夜,白天也没睡好,就先休息了。刘菁把邢窈带上楼,邢窈看了一圈,才发现这间房间是秦谨之的。

占据了一整面墙的大书柜,几乎每一层都放满了书,按照专业类别被摆得整整齐齐,他不常回来,桌上只有台灯和相框。

照片里,他穿着校服,抱着一个篮球。

模糊的照片也藏不住他身上耀眼的气质。

旁边的女士应该是他的妈妈。

送走最后一家人,秦家才算安静下来,秦谨之去厨房里热了一碗汤端上楼,结果打不开门。

"刘嫂,你记不记得我房间的备用钥匙放在哪儿了?"秦谨之问。

刘嫂摇头,小声说:"老爷子交代了,不能把钥匙给你。谨之,你今天还是睡在客房里吧。"

秦谨之没有太大的反应,转身进了秦皓书的卧室。

秦皓书好梦正香,什么都不知道。秦谨之从秦皓书卧室外面的阳台翻到隔壁房间里。

他自己的房间,他自然熟悉。

他轻手轻脚地从阳台进屋后,没有碰到任何东西,打开台灯,把汤放到桌上,走到床边看了一会儿,被气笑了。

"睡得这么沉!"

她这模样,哪儿像刚和男朋友吵完架的样子。

"没良心的小骗子。"

吃饭的时候,他给她留了位置,她却去了另一桌。

"气死我了。"

他喝了几杯酒,鼻音有些重,闷声闷气地笑完,又往被子里塞了个暖贴,低声跟她道歉:"对不起,不该生你的气,我错了,我道歉。"

邢窈侧躺着,一动不动,秦谨之反而能确定她已经醒了。

他的一只手伸到被窝里,摸到她的手,他握住她的手,指腹在她的手腕处轻轻地缓缓地摩挲,说:"邢窈,你理理我。"

邢窈没忍住笑,往枕头里躲,没好气地推他,道:"喝酒了就离我远点儿。"

"没多喝。"秦谨之顺势起身,把汤拿过来,对她说道,"我给你挑了几块土豆和胡萝卜。不腻,吃两口。"

她吃饭时就没吃什么东西。

秦谨之虽然坐在另一桌,但心思都在她的身上,问:"身体难不难受?"

邢窈摇了摇头,坐起来,喝了半碗汤,道:"我偷看你的日记了,你说你读小学三年级的时候梦到了神仙。"

秦谨之愣了几秒钟,道:"我不写日记,梦到神仙的人可能是秦皓书。他为了应付作业,连尿床的事都写。"

邢窈:"……"

她不是故意看的。

偷窥别人的隐私这种事,她做不出来。

那个日记本放在书籍里显得格格不入,掉在了地上,正好翻到了这一页。

"读初中时还有老师要求学生写日记,你怎么不写?"

"因为我叛逆,不交作业。"秦谨之面不改色地道,"不良少女写作业吗?"

"我小时候很乖的,但你别想着偷看。"邢窈快速结束了这个话题,"我想吃橘子。"

"把剩下的汤喝完,我去给你拿,还要不要别的?"

"不要了。"

秦谨之下楼在果盘里挑了两个大橘子,走到自己卧室门口,刚把房门打开,就被秦老爷子发现了。秦谨之根据秦老爷子的口型和脸色来判断,对方大概是让他十分钟之内滚出来。

他说他没这么快。

秦老爷子差点儿一拐棍打在他的背上。

"刚才是什么声音?"邢窈看不到外面,于是问他。

"没什么。"秦谨之坐在床边给她剥橘子,尝了一瓣觉得甜才喂给她。

邢窈吃了东西,去浴室里重新刷牙,再出来的时候,秦谨之已经躺好了。他掀开被子,轻轻地拍了拍旁边的位置,让她过去。

邢窈很纠结,问他:"这样不合适吧?"

"名正言顺,有什么不合适的?"秦谨之进来了就没打算出去,秦老爷子也不会真的守在门口数十分钟,"过来,给你暖热了。"

被窝里暖暖的,邢窈不自觉地往他的怀里靠。

她的手机响了一声,是陆听棉收了她的转账。陆听棉和沈烬虽然只是领了证,婚礼具体什么时候办还没定,但邢窈已经送了双份礼金。她能给的,就全想给陆听棉。

陆听棉回复她:"等你把人哄好了,我请你们吃饭。"

秦谨之锁骨旁边有一颗很小的痣,颜色也浅。邢窈凑近,哈了一口热气,手指有一下没一下地戳在那一块皮肤上,对他说道:"她让我哄哄你,你吃软还是吃硬?"

"不能一起来?"

"你变态。"

"你让我选,好吧,我选。我选好了,你又嫌弃。"

"不是嫌弃,我就是觉得……"邢窈斟酌了一下措辞,靠在他的耳边小声说,"有辱斯文。"

秦谨之可耻地起了反应。

她贴着暖贴，整个人热腾腾的。秦谨之闭着眼睛往外挪，不小心压住了她的头发，抬手帮她拨开，柔软的长发丝丝缕缕绕在他的指间。

她却在这个时候靠了过来。

"我还是去客房里睡。"秦谨之掀开被子坐起来，又低下头捧着邢窈的脸狠狠地亲了一口。

见她笑着想要说什么，他咬住她的唇，恶狠狠地警告她："别说话！"

他的耳朵都红了。

秦谨之要上班，早上堵车严重，得早点儿走。于是，邢窈还没睡醒就被他从床上抱了起来。

她性子冷淡，但秦老爷子是极为热情的人，今天肯定还有亲戚过来给秦老爷子拜年，见到她后少不了会问她一些问题，比如和谨之是怎么认识的？谈多久了？家里还有什么人？准备什么时候结婚……

她留在秦家，会不自在。

秦谨之去医院之前把邢窈送回他的公寓，让她继续睡。

邢窈要坐晚上的飞机回 A 市，秦谨之下班回来后还能给她做一顿饭。他买好菜，一开门就闻到了一股煳味。

厨房里传来一阵咳嗽声，秦谨之连鞋都没换就往里跑。

"你回来了？"邢窈被他吓了一跳，都来不及掩盖厨房里的狼藉。

她有些语无伦次地道："我……我本来想……结果……算了，做饭好难。"

秦谨之哭笑不得地道："会煮粥就可以了。"

她的左手食指上贴着创可贴。

"是不是切到手了？"

"不小心划了一下。"邢窈急忙把手背到了身后。

"没事"这两个字都到了嘴边，她忽然想起他说她不会撒娇。

情侣在热恋期间大概需要一些小情趣。

"沾到了辣椒，好疼。"她在他面前示弱，并不难。

秦谨之把她拉到客厅里，拿出医药箱。

他的动作很轻，邢窈这会儿才注意到他的衣服没脱，鞋也没换，门口还有一大袋东西。

"你去超市了？"她问。

"嗯。"秦谨之处理掉用过的棉签，道，"厨房我收拾，饭我做。"

"那我干什么？"

"你就在客厅里看看剧，吃点儿水果，等着吃饭。"

"好。"

邢窈虽然一道菜都没有做成功，但折腾了小半天。秦谨之刷锅、洗菜、切菜有条不紊，不到四十分钟就做好了四菜一汤。

等邢窈吃饱了，他又开车送她到机场。

机场的大厅里人来人往，有人分离，有人相聚。

邢窈只背了一个包，不需要办理行李托运手续。时间还很充裕，研究生开学早，她回去待一个星期又要过来。

昨天吵完架，邢窈还在想，一个星期可能不够她厘清头绪，她需要多一点儿时间，可现在又觉得多余，因为秦谨之给了她足够的安全感。

没有人可以被替代，赵祁白是，秦谨之也是。

"把外套穿好，别着凉了。我睡得晚，多晚都能等，你到家后给我打电话。"秦谨之帮邢窈整理头发，发现她走神了，根本没听他说话，于是问她，"又在想什么？"

"想你吻我。"邢窈将双手伸到男人的大衣里，抱住他的腰，只亲到他的下颌。

265

她稍稍踮起脚的同时,秦谨之低下头,扣好最后一颗扣子,手掌顺着她的肩胛骨摸到后颈。

"秦谨之,我现在追到你了吗?"

"我这么好追,早就追到了。"

第十一章

无条件地选择你

赵燃这半年明显活泼了。

邢佳倩刚把他从福利院里接回来的时候,他连话都不敢说,也不敢多吃饭。他很怕赵家人觉得他是个负担,后悔收养他,会把他送回福利院。

现在不一样了,他敢表达自己的想法,偶尔还会闹脾气。

邢窈把在机场里买的玩具递给他的时候,他的喜悦快要从脸上飞出天际。

邢国台远远地看着,满心欣慰。

"跟爷爷说说,你在南城这两天是怎么过的。"

"睡了半天,然后又跟秦谨之的朋友们打了半天麻将,晚上去他家吃饭之前还跟他吵了一架。"

"你才去两天就和他吵架了,因为什么吵起来的?"

邢窈没说话。

邢国台大概也能猜出一点儿,说道:"窈窈,很多事情你如果不说出来,对方就不知道,人心怎么猜得透啊?越是在乎,计较的就越多,不分男女,也不分年龄。咱们就拿燃燃举个例子,你其实也不是真的讨厌他,对不对?可他不懂,以为姐姐就是不喜欢他。所以他在你面前小心翼翼的,又想讨好你,又害怕惹你生气。一直到他过生日那天,你给他买了生日蛋糕,他才知道姐姐接受他了,姐姐不讨厌他。"

她不接受的是有人取代了赵祁白的位置。

事实上,没有人会把赵燃当成第二个赵祁白,赵燃也无法填补赵祁白的空缺，他的到来不是为了代替赵祁白。

"误会都是人造成的。

"谨之也不是不讲道理的人。只要你说，他就会相信。"

昨天在机场里，邢窈是想过跟秦谨之坦白的，最后没能开口，也说不清是什么原因。

"爷爷有好多大道理。"

邢国台慈爱地笑了笑，道："大道理都是空话，我啊，只是希望我的宝贝孙女能开心。"

赵祁白去世后，邢窈每次回家都是在折磨自己，睡不着，就去喝酒，后来酒也没用了，就开始吃药，几次想就那么睡过去，再也别醒过来，可又想着还有爷爷。她如果死了，爷爷该有多难过？她舍不得让爷爷伤心。

邢国台怎么会不知道呢？

他不确定邢窈和秦谨之是在哪一天认识的，也忘了是从什么时候开始，她变得不一样了，会笑，会哭，会生气，有了年轻女孩子该有的模样。

如果说赵祁白抽走了邢窈身上的一根肋骨，变成了她嘴里的智齿，总是让她疼，那么秦谨之就是拔掉智齿的人。也许早在她意识到之前，秦谨之就已经填满了她心里的空缺。

一周后，学校开学，邢窈回了南城。

她还在考虑应该怎么开口的时候，秦谨之就遇到了麻烦。

陈沉认真的时候还是靠得住的。

"查到了，他在南郊的一座墓园里。原来那个看门的老大爷病了，他才顶上的。你等几分钟，我再仔细问问南郊有几座墓园。"

"不用问了。"秦谨之抽走陈沉手里的电话。

陈沉顿了片刻后，忽然一激灵。

白露就葬在南郊！

"你要去找他？"陈沉追着秦谨之进了电梯。

秦谨之直接到地下车库没让陈沉上车。

"之前不知道他在什么地方，就只能等，我无所谓，但邢窈现在回 A 市了。她所在的校区偏僻，李臻跟了我几个月，肯定已经把邢窈每天的生活规律摸透了，我不能让她处在危险里。"秦谨之道。

陈沉着急地道："那你也不能一个人去，多叫几个人。"

"他不会把我怎么样的。"秦谨之说罢，启动车子。

这么多年，秦谨之不是没有去探视过李臻。

李臻恨他，也怕见他。

他怕从秦谨之的口中听到关于那年夏天的一切，怕事实和自己看到的不一样。

那天，他被警察带走后，没有辩解一句，在法庭上也认罪了。那些赔偿金，他的母亲到死也没能还清。

墓园里面有一间矮房子，男人坐在凳子上，戴了一顶帽子，破旧的棉衣上沾了很多烟灰，显得邋遢。

天色暗下来，屋里没有开灯，他仿佛与夜色相融，听到脚步声后也不动，抽完一根烟，又点燃了一根，咳嗽的声音沧桑得像一个六七十岁的老头儿。

秦谨之停在最后一级台阶上，许久之后，才抬起头。

二人对视，他已经看不到李臻曾经的模样。

"主动送上门，是怕我报复你的女朋友？"李臻吐着烟圈，道，"急什么，一辈子还长。"

"孙姨给你留了一封信，你应该看看。"秦谨之把泛黄的信封递过去，顺手把地上廉价的烟盒捡起来，抽出一根烟，借李臻的火点燃。

李臻入狱后的第五年，他的母亲就去世了，后事是秦谨之处理的，也葬在南郊，但与白露不是葬在同一座墓园里。

"孙姨一直不相信你会杀人。她的儿子很懂事，从不埋怨家里穷,也不会因为同学们的嘲笑而觉得她的工作很丢脸,课间还会去给她帮忙,所以她不相信,下雨天在白家门外跪着磕头道歉,求他们原谅……"

"闭嘴!"

"白家的人恨透了她,对她的哀求置之不理。街坊邻居都怕她,遇到了她都要绕道而行。学校的工作不能继续做了,她就只能去街上摆摊儿,但总会有人对她指指点点,说她的儿子是杀人犯。时间长了,就没有人敢买她的东西了……"

"别说了!别说了!我让你别说了!"李臻双目猩红,揪住秦谨之的领口,拎起了放在墙角的弯刀,问秦谨之,"你是不是找死?"

这把弯刀,平时是用来砍杂草的,下一秒钟可能就会砍在秦谨之的身上,但秦谨之的眼里没有丝毫的畏惧之色。

"看看信吧,她留给你的,就只有那几行文字了。"秦谨之道。

信封掉在地上,李臻死死地盯着。

一滴水落在了信封上,水痕慢慢往外圈扩散。

不是下雨了。

那是李臻的眼泪。

陆听棉和沈烬一起来南城,邢窈请了一天假陪他们,先去 N 大转了一大圈。等到晚上,林林才腾出空,能和他们一起吃饭。

陆听棉和沈烬暂时不会办婚礼,在国内也待不了多久,沈烬的朋友多,陆听棉的交友圈更是宽到普通人难以理解的地步,甚至有人开七八个小时的车过来与他们吃饭。

"差不多都到了,马上就六点了,能把你老公叫过来了吧?"陆听棉让邢窈给秦谨之打电话,少了他怎么行?

"他不一定有空。"

"医生就是这点不好,前天忙,昨天忙,今天还是忙。不过,秦医生够帅,够专一,够体贴,够痴情,陪你的时间少一点儿也能原谅。怎么了，电话打不通？"

邢窈没有提前告诉秦谨之，她的两个朋友今天会过来，但也知道他今天没有手术，于是又拨了一遍，忙音响到最后一秒钟，系统自动挂断。

"没人接，可能是在忙。"邢窈道。

她一般不会往秦谨之科室的办公室里打电话。

"你先进去，我再……"邢窈话还没说完，手机就响了。

她以为是秦谨之给她回电话了，结果这个电话是陈沉打来的。

自从被秦谨之知道邢窈是从自己的嘴里套出李臻和白露的事情之后，可能是吃了点儿亏，陈沉就算比秦谨之大一岁，次次见了邢窈都叫她一声"嫂子"，防她防得紧，能不联系就不联系。

"找我有事？"她问。

"姑奶奶！你现在在什么地方？离南郊观音山附近的那座墓园有多远？"电话刚被接通，陈沉就道，"我不管你在干什么，赶紧往那边赶，拦住秦谨之。"

邢窈眉头蹙起，问他："说清楚点儿，他怎么了？"

说话时，她已经小跑着回包间拿车钥匙了。陆听棉糊里糊涂，更不知道发生了什么事，看她着急，也跟着跑。

"李臻就在那座墓园里。秦谨之十分钟前走了，车开得快，我追不上！谁都不知道那个疯子会干出多么极端的事，十几岁时就敢杀人，就算在牢里待半辈子，万一……秦谨之也是个疯子！"

她再给秦谨之打电话时，秦谨之的手机就已经关机了。

越是着急，堵车就越严重。从邢窈所在的餐厅到南郊观音山附近的墓园有一个多小时的车程，陆听棉和沈烬开车跟在后面，光是从堵车最严重的路段开出来，就花了四十分钟。

半路上，邢窈的车坏了。

陆听棉认识邢窈这么多年，看到她这样焦躁不安、理智全无的次数也不超过三次。

邢窈上了沈烬的车，陆听棉陪她坐在后座上。见她的手在抖，陆听棉伸手握住，她的手冰凉。

陆听棉心想：千万别出什么事，她的父母和赵祁白一个一个地离她远去，她经不起第四次分离了。

"到了，如果前面的大铁门外面停的车是他的，那就应该是这里。"

邢窈认识秦谨之的车。不等沈烬把车停稳，她就推开车门。陆听棉看她差点儿摔倒，心惊了一下，着急地道："窈窈！"

铁门没上锁，只是关着，被邢窈推开时，发出了吱呀一声刺耳又绵长的声音。

进去就是几百级台阶，路灯只剩下两盏，路都无法被照亮。秦谨之的车在外面，他就肯定是进来了。

沈烬对血腥味很敏感，说道："那边有一间房子。"

邢窈不管不顾地往那边跑。

"窈窈，你慢点儿！"陆听棉脱了高跟鞋都追不上她。

不到十平方米的院子，满地狼藉，破碗的碎片、断掉的椅子腿和瘪了的搪瓷茶缸……

邢窈先看到的是躺在地上的李臻。他抱着头缩成一团，哭声沙哑，混着粗重的喘息声，像是被关在牢笼里的野兽被折磨得痛苦地嘶吼着，求救，又或者是求死。

秦谨之也躺在地上。见邢窈差点儿一脚踩到旁边那把沾了血的弯刀，秦谨之反应快，拿起弯刀扔远了。

"秦谨之。"她的声音都在抖，她不敢碰他。

秦谨之勉强坐起来，忍着痛把邢窈抱到怀里安抚，道："别怕，血不是我的。"

在李臻企图自杀之前，他们打过一架。秦谨之的身上都是外伤，他从发了疯的李臻手里抢夺弯刀的时候，被推到了墙角，撞上了一块凸起的石头，现在背上火辣辣的，可能是被伤到了骨头。

"没事就好，我们去医院。"邢窈扶着秦谨之站起来，道。

秦谨之回头看向沈烬，对沈烬说道："沈先生对吧？麻烦你扶他的时候尽量避开他的左臂。"

秦谨之简单地帮李臻包扎过，止住了血。

沈烬点了一下头。

李臻不反抗，也不配合，半死不活的样子比死人还难背。沈烬扛着他将他扔上车，害怕他再次发疯会伤到陆听棉，便让陆听棉去坐秦谨之的车。

陆听棉这次很听话。

因为她知道，如果李臻要做什么，她在沈烬的车上，反而会拖累沈烬。

从墓园到医院，邢窈一句话都没说，只是脸色很苍白。

秦谨之在医院里做检查，陈沉半路掉头赶来医院。医生说秦谨之被伤到了骨头，不严重，但也要休养一个月。

陈沉松了一口气，道："万幸万幸，没有出人命。这一个月，你就好好躺着吧。"

"邢窈呢？"秦谨之往门外看，没看见她，于是问陈沉。

"窈窈去洗手间了。"虽然陆听棉到现在都没搞清楚到底是怎么回事，但是无理由地偏向邢窈，"秦医生，你这次真的吓到她了。"

"自己处理吧，我们先走。"沈烬搂住陆听棉，餐厅里还有几十个人等着与他们一起吃饭。

"谢了。"秦谨之现在只能躺着。

陈沉累得半死，也没力气帮他送客。

"客气，以后叫我'沈烬'就好。"沈烬挑眉，意味深长地道，"邢大小姐的脾气，你也该领教一次了。"

陈沉瘫坐在椅子上大口喘气，在心里暗暗吐槽：邢窈能有什么脾气？她永远是一个样子，波澜不惊。

邢窈在洗手间里用冷水洗了脸，回到病房里时，沈烬和陆听棉已经下楼了。秦谨之躺在病床上，只是擦掉了脸上的血迹。衣服上沾了血和泥，他自己不方便换，又不想让护士帮忙。

"很疼吗？"她问。

"还好。"秦谨之看她的脸色有些苍白，身体的痛已经不重要了，只想着先解释，"手机被摔坏了，我不是故意不接你的电话的。窈窈，你走近一点儿……"

陈沉听着，冷哼一声。

她有什么脾气？

两分钟后，陈沉被关在门外。病房里的声音让他几乎要怀疑，秦谨之受到了家暴。

"秦谨之，你找死是不是？我们之前怎么说的？年前你才答应过我，不会单独去见李臻。你是年纪大了记忆力衰退，转眼就忘了对我的保证，还是当时根本就是在糊弄我？

"你被伤成这样就是活该，脊椎骨没断真是老天爷瞎了眼。别以为我会伤心、心疼，你这么不听话，就算死了我都不会为你掉一滴眼泪。没死，你残了、瘫了、废了就更别想耽误我。

"手拿开，我让你别碰我，你的脑袋被打坏了，连中文都听不懂了吗？"

陈沉："……"

匆忙赶到医院的秦家人也愣住了，面面相觑，表情由担心转变成了尴尬。

过了好一会儿，秦老爷子才笑道："好家伙，我的孙媳妇这么厉害？不愧是老邢的孙女！"

"爸，谨之他……"刘菁听着也哭笑不得。

秦成兵都懒得进去看。

"男人受点儿伤不是什么大事，没伤到腰和手就行。"秦成兵道。

邢窈骂完之后，病房里没了声音。

陈沉还没有回过神。

秦皓书悄悄地凑过去,把耳朵贴在门上听。

他小声说:"邢老师好像哭了。"

陈沉笑了笑,道:"那你哥哥肯定开心死了。"

被重视,被关心,被爱,秦谨之当然开心。

如果不是秦谨之拦着,邢窈可能已经把这间病房里能砸的东西都砸了个稀巴烂。

她平时寡言少语,对谁都一样,懒得应付也不屑应付。就算有人做了什么事让她不高兴,她最多也只是一巴掌打回去。

她不顾场合地发这么大的脾气,还是第一次。

她从洗手间里出来的时候眼睛就是红的,发泄完被秦谨之抱着,靠在他的怀里,令他胸口的湿热感很清晰。他舍不得她哭,可看她为他哭成这样,又有些喜悦。

"窈窈,他不会真的伤我。"

"一个花季少女无辜地惨死在他的手上,你跟我说这种话,到底哪儿来的底气?"

"他的母亲病逝后是我安葬的。我笃定他不会伤害我,当然不是觉得我对他来说有多特殊,而是笃定他对他母亲的感情。"

"既然你早就想好了,当初为什么要答应我?"

"你色诱我,我抵抗不了。你即使让我去死,我也会毫不犹豫地答应。"他说得理所当然。

邢窈正在气头上——这种话只会让她更生气。

"那你去死。"她道。

"先让我亲一口。"

"你这人还要不要脸?"

秦谨之抽了一张纸巾,轻轻地给她擦眼泪,亲了亲她的额头,道:"窈窈,这件事是我不对,我应该提前跟你说一声。"

"你明知道不对,又总是事后才道歉。"

"那也比你强。你就算知道自己错了,也不会道歉。"

邢窈花了两分钟去理解这句话,抬头对上他的目光,在他的眼里看到了丝毫不掩饰的笑意,就确定自己猜对了。他是说她玩弄他的感情,玩完就扔,甩得干脆,说走就走,仗着他的喜欢肆意妄为,就算后悔了,回头找他,也没有为之前对他的伤害解释过一句,更没有道过歉。

关于赵祁白,他不主动问,她就更不会提起。

这就像是藏了很久的箱子,表面落满了灰尘,想要打开箱子,就肯定会弄得屋子里都是灰尘,就算打开了,里面也许是空的,可不打开,就永远不知道里面藏着什么。

"秦谨之,你是在拐弯抹角地骂我吗?"邢窈被气笑了,反而消气了,"看我哭,看我发脾气,你很高兴?"

他还是斟酌了一下,问她:"想听实话还是情话?"

"我又不是十七八岁的无知少女。你一个奔三的男人,在医院的病房里说腻死人的甜言蜜语,不知道的人还以为你明天就要入土为安了。你不要脸,但我还是要的。"

"嗞。"秦谨之忽然皱着眉倒吸了一口气,脸色也不好看。

"装的吧?"邢窈看他一副很难受的模样,半信半疑地道,"你刚才抱我不是挺有劲儿吗?"

"被气出了内伤,比身体上的外伤严重。"他有气无力地道,"我的家人都在门外,你若是现在过来抱抱我、亲亲我,还能挽回形象。"

就在邢窈大发脾气的时候,秦皓书偷偷地把门推开了一条缝,但又不敢太明目张胆,脑袋差点儿被门夹住。邢窈背对着门的方向,注意力也不在身后,但秦谨之看得清楚。

邢窈这会儿冷静下来了,脸色不太自然,说道:"还要什么形象?我甩了你一了百了更简单。"

"美得你。"秦谨之道。

她不肯示弱,就只能是他脸皮厚一点儿了。他握住她的手腕把她拉到怀里，轻轻地拍着她的后背安抚她："我的本意不是想让你担心、害怕。麻烦总要解决，我能用更好的方式去解决，就尽量不要两败俱伤。"

邢窈冷笑，手指故意在他的背上戳了一下，问他："你上赶着送人头，就叫'更好的方式'？"

她的动作很轻，秦谨之的反应很夸张，他落在她耳边的闷哼声听着像是痛极了，让她心软。她急忙说道："你忍一忍，我去叫医生。"

"不用。"秦谨之乘机吻住她。

他没有深入，只是亲着她的唇浅浅地吻着，分开一会儿就又黏在一起。等到她给点儿回应，他紧紧皱起的眉头便舒展了。

"去找他之前，我知道会遭点儿罪，但没想到偏偏被伤到了腰，现在想想又不觉得亏，看你多心疼我？"

"痛死你算了。"

但一个星期后，秦谨之开始后悔了。

伤到腰，他很亏。

秦老爷子最烦搞特殊。秦谨之的伤也没有多重，所以秦谨之就住在普通病房里。病房里有两张病床，第二天住进来了一个小朋友。小朋友的父母、爷爷奶奶和外公外婆轮流来陪他，他一会儿吵着要玩游戏，一会儿要看动画片。邢窈在医院和学校两边跑，睡不好也吃不好。秦谨之心疼她，就办了出院手续，回家休养。

邢窈就只在他出院的这一天请了假，第二天一大早还是要去学校。

"我明天和后天都有很多事，就不过来了，周末也不一定有空。"她说。

"我会想你的。"

"你哪天不想我？"

"天天都想，以前有工作，想你的时间不多，现在我闲下来了，什么都不用做也什么都做不了，就用所有的时间想你。"

邢窈哦了一声，道："想着吧，我又没有不让你想。"

"好。"他道，"你去忙你的，但今天晚上要过来陪我，在主卧里睡，这点儿要求不过分吧？"

邢窈睡觉时其实不怎么安分。她自己也知道，就算再小心，睡熟了也就什么都忘了，怕压到秦谨之的伤处，于是说道："不要，我喜欢睡软床，要在客房里睡。"

"我陪你在客房里睡。"秦谨之没有再给她拒绝的机会。

从医院回来后他就洗了澡。他不方便，她帮忙洗的。衣服肯定会湿，但她很快就去换了一件干净的衣服，像是还要出门。

"午睡一会儿？"他问。

"你好黏人。"

"你不黏我，所以只能我黏着你。"

"秦医生好像很委屈，那我就勉为其难陪你睡一会儿吧。"

邢窈掀开被子躺上床后还主动吻了秦谨之。

秦谨之被勾得心痒难耐，但又舍不得推开她，纯粹是自找苦吃。

"邢窈。"秦谨之闭了闭眼，声音有些哑地道，"我迟早会恢复的，用不了几天。"

"知道啊，你要是废了我才不要你呢。"

"知道还勾引我？"

"我睡我的，你可以离我远一点儿。"

…………

邢窈翻了个身，道："睡不着，好无聊，你也没有要睡的意思，我们找点儿事情做吧。"

秦谨之还睡得着就见鬼了。

"我想做的做不了，能做什么？"他问。

"你想想啊，如果想到了有意思的事，我可以考虑一下帮帮你。"

秦谨之就更不困了。

他暂时能想到的，也就只有病房里那个小朋友和家长玩过的游戏，于是对她说道："二选一，我问你选，不能犹豫，超过两秒钟就乖乖地让我亲，现在开始。"

邢窈点头，他就开始问了。

"山楂还是橘子？"

"山楂。"

"冬天还是夏天？"

"夏天。"

"白色还是黑色？"

"嗯……白色。"

"秦谨之还是赵祁白？"

邢窈一愣，睁开眼睛看着他，他也丝毫不掩饰自己的私心。

原来，他在这里等着她。

邢窈凑过去亲了他一下，道："重新开始吧，同样的问题再问一遍。"

秦谨之现在最多的就是时间。

"山楂还是橘子？"

"秦医生。"

秦谨之愣了两秒钟。

邢窈装傻，道："我选好了啊，你继续。"

她脸上的表情少了一些冷淡，笑一笑让她的气质更显得温婉。秦谨之心里的某一处柔软得不像话，脸上倒是坦然，没有什么情绪波动。

"白色还是黑色？"

"谨之哥哥。"

"秦谨之还是赵祁白？"

他问到这里，邢窈的反应又慢了一些，但她不像第一次那样惊讶，想过很多次，可真要说起的时候，又觉得多余。

"秦谨之，我只说一次，你听好了。今天之后你如果再跟我翻旧账，就别怪我跟你翻脸。

"赵祁白不在了，我很清楚，比任何人都清楚。

"那几年，我只有吃了安眠药才能睡着，不是想忘了他，而是害怕自己忘了他。

"我承认，第一次见到你的时候，是有那么一瞬间觉得你像他，但也就几秒钟的错觉而已。我欺负你是因为你说话的语气太欠揍了，看我的眼神也让我觉得很不爽。你是不是一直觉得我是因为你长得像他才……如果真的完全把你当成他，我哪儿敢对你下手，可能连亲你一下都不敢。

"虽然我没有想过寻死，可也不想活太久，三十五岁，最多四十岁，但是你让我有了想要活到一百岁的奢望。你要陪着我，也得活久一点儿，所以不准再明知道有危险还往上冲。

"我说了这么多，你可不可以配合一下，再问一遍？"

秦谨之当然听懂了——赵祁白是过去，他是未来。

她只是说不出"爱"这个字，但每一句话都是在告诉他：她爱他。

他问："秦谨之还是赵祁白？"

"秦谨之。"邢窈这次一秒钟都没有犹豫，笑着吻他，道，"我任何时候都会无条件地选择你，你可以向我确定一万次。"

"为什么是一万次？"

"再多我就烦了，我的脾气不好。"

"我爱你，我爱你……"他的声音模糊在唇齿间。

邢窈有点儿晕，满脸红潮。

"够了。"她有些害羞地道。

秦谨之想告诉她，其实那天在秦家，并不是他第一次见她，但又觉得时光还长，不急在这一时。

"我脾气好,可以说很多次。"他还在说。

他湿热的呼吸浮动在她的颈脖间,她想装睡都难。

他问她想听到多少岁。

午后柔和的阳光铺满卧室,就连窗帘旁边的角落里都是亮的。

她笑着说:"先定一个小目标,一百岁吧。"

(正文完)

番外一

是星星在唱歌

001

虽然沈家和陆家离得不远,但其实两家人不会经常一起吃饭。

今天两家人聚在一起,是因为陆听蓝过生日。

她没吃几口饭,就想等着赶紧收拾完碗筷吹蜡烛、吃蛋糕。

沈家只有沈烬一个孩子。慕瓷一直想要一个女儿,但生沈烬的时候吃了很多苦,身体不太好。因为沈如归不同意要二胎,所以她特别喜欢陆家的两个女儿。

"蓝蓝多吃一点儿,不然长大了就只能给干妈当儿媳妇了。"

"沈烬哥哥的老婆吗?"

慕瓷笑着逗她:"对啊,行不行?"

沈烬在厨房里摆弄蜡烛,陆听蓝眼巴巴地看着,有些害羞,捂着嘴小声跟慕瓷说:"我不知道,要问爸爸。"

陆听棉比妹妹大六岁。她小时候,慕瓷也经常这样哄她吃饭。

玩笑话,大人们不会当真。

陆川和沈如归下楼了,苏夏关灯,沈烬捧着蛋糕出来,唱生日歌时陆听棉唱得最大声。她喜欢自己的妹妹,妹妹又漂亮又听话,像个洋娃娃,但有的时候又觉得妹妹很烦。

姐妹俩每天一起去上学,妹妹在小学部,陆听棉在初中部。

陆听蓝回家后什么都说。

"今天,又有男同学因为姐姐打起来了,被老师罚打扫卫生,结果又打了一架,好搞笑。"

陆听棉翻了个白眼,觉得一点儿也不好笑。

慕瓷就喜欢听这些，感叹陆听棉长大了。

苏夏听着也笑。

陆川眉头皱起。

同样笑不出来的，还有在旁边擦奶油的沈烬。

陆川沉声问："陆听棉，怎么回事？"

陆听棉从小就不怕陆川，傲气地扬起下巴，道："我这么漂亮，有男生喜欢我很奇怪吗？爸爸你放心，我不喜欢他们，他们真的很幼稚。"

安静了许久的沈烬突然开口："那你喜欢什么样的男生？"

陆听棉用后脑勺儿对着他，道："哼，反正不是你这样的。"

"谁稀罕？"沈烬回以冷笑。

面前盘子里的蛋糕，他一口也没吃。

陆听蓝想再吃一块。

甜品吃多了对牙齿不好，苏夏说过了，她只能吃一块。但她年纪小，容易嘴馋，趁大家不注意，偷偷凑到沈烬的身边。

陆听棉清楚地看到了沈烬把蛋糕上唯一的樱桃给了妹妹。

她起身就走。

后院种了很多花花草草，夏天蚊虫多，陆听棉在凉椅上坐了没多久就被叮了好几个包。有一个在眼睛旁边，她用手抓了两下，眼睛周围的皮肤就红了。

沈烬看她揉眼睛，以为她是躲在后院里哭。

过了一会儿，他端出来一个盘子，蛋糕上面放满了新鲜的樱桃，对她说道："都是你的，吃吧。"

陆听棉嫌弃地道："谁稀罕？我讨厌吃奶油和樱桃！"

"是吗？尝尝再说。"沈烬捏着她的脸，喂给她一颗樱桃。

陆听棉没有咬到他，咬到了自己，疼得眼泪汪汪，抓起手边的电蚊拍，使劲儿地拍在他的脸上。

屋里，陆听蓝听到叫声后，问她怎么了。

"好大的苍蝇！"她回答道。

"姐姐，快试试新买的电蚊拍。"

"嗯，好用！"

002

陆听蓝和沈烬有十一岁的年龄差，但陆听棉只比他小五岁。

陆听棉和沈烬经常吵架。

他们今天吵完了，明天依旧能坐在一起玩闹。

陆听蓝很黏沈烬，一到周末就想去沈家玩。苏夏没空带她去，她就只能缠着陆听棉带她去。

沈烬不在家的时候，她也喜欢跟着慕瓷，两家人太熟悉了，无论在哪儿都像是在自己家里。她追着陆听棉闹，要玩捉迷藏。陆听棉嫌她烦，就躲到了沈烬房间的衣柜里，让她找不到。

沈烬还没进屋就听见了陆听蓝的哭声。

这个小姑娘哭起来特别可怜，很招人疼，和陆听棉一点儿也不像。

"沈烬哥哥，姐姐不见了！"

"她变成蝴蝶飞走了。"

陆听蓝一听，哭得更伤心了。

"好了别哭了，逗你玩的，我去找她。"沈烬几步走上楼，关上房门，然后毫不犹豫地打开了衣柜门。

果不其然，陆听棉就在里面，而且睡着了。

这不是第一次。

沈烬第一次打开衣柜门发现里面有个人的时候，当然不是像现在这么淡定的，更不会把她抱出来放在床上，让她继续睡，睡得舒服一点儿。

陆听棉睡着之后可比醒着的时候乖多了。她比蓝蓝更像苏夏，模样也更漂亮，就算放在娱乐圈里，也是独一无二的美人。

下一秒钟，沈烬被她踹了一脚。

他刚把她放到床上，她就醒了。

陆听棉觉得不解气，又补了一脚，怒道："你干吗抱我？"

他想：她真是不知好歹！

沈烬皮笑肉不笑地道："嗯，下次就把你锁在衣柜里，活活闷死。"

陆听棉不想搭理他，准备下楼。

"站住！"沈烬把被她弄乱的衣服全拿出来，说道，"把衣服叠好再走。"

陆听棉头也没回地道："你想得美。"

沈烬也不跟她废话，直接把她抱起来扔到床上。

房门已经被反锁上了，要在外面用钥匙才能打开，陆听棉挣扎、反抗但都以失败告终。

衣服确实是她睡着的时候弄乱的。她能屈能伸，叠就叠。

在家里，她很少做家务，以前小时候放学回家后会扫扫地、洗洗碗，那是为了挣一朵小红花。

她的房间都是阿姨帮她收拾的，她哪儿叠过衣服？

她就算会叠，也不会给沈烬叠，随便糊弄一下，把衣服都堆在一起后，就准备走人。

沈烬看都不用看就知道她是在应付他，靠着椅子转过来，一只手撑着额头，似乎很烦恼，问她："陆听棉，你是不是特别喜欢和我待在一起？"

陆听棉特别想把桌上的那杯水泼到他的脸上。

"你可真是我见过的第一不要脸的人，这么恶心的话也说得出口。"她翻了个白眼，道。

沈烬似乎更苦恼了，道："那你怎么故意不好好叠呢？你如果都叠整齐了，我还能把你一直锁在房间里？"

陆听棉深吸一口气，面带微笑地道："好，我重新叠！"

叠衣服有什么难的?

她就不信了,她这么大的人了,连衣服都叠不好。

她先把衣服分好类,上衣与上衣放在一起,裤子与裤子放在一起,也不急着逃离这个房间了,坐在床上,一件一件地慢慢地叠,刚开始很不顺手,叠得也很难看,后来就熟练多了,还真像那么一回事。

她叠了多久,沈烬就看了多久。

窗外,夕阳西下的景色绝美,他都没有发现。

003

高二那年的暑假,陆听棉拉着邢窈一起参加了个夏令营。

夏令营有个活动,刚好可以和临城的一支医疗队的人同行。医生去村里义诊,夏令营里的学生去写生。

那支医疗队里的人都是军医大的。军医大是国内顶尖的医科大学,也是出了名的帅哥多,队里还有很多大学生。

陆听棉一听就来劲儿了。早上都不用邢窈打电话叫她,她就准时起床了,坐大巴车进山。

结果路上耽误了,她们到村里的时间有些晚。

先到的医疗队的人在村口搭建明天义诊用的帐篷,不经意间,陆听棉在一群帅哥里看到了一张熟悉的侧脸。

她惊讶地问邢窈:"祁白哥怎么来了?"

"没有啊,你看错了吧?"邢窈朝她晃了晃手机,道,"我正在跟他打电话,他刚出手术室。"

陆听棉等那个男生转过脸来,才发现他确实不是赵祁白。

虽然天色暗,但远远地就能看出来他是个大帅哥,陆听棉想着等会儿找个机会,去问问他叫什么名字。

"是看错了,你先跟他们一起去找住的地方吧,我在村口转转。"

"你别乱跑。"

"这么多人，放心。"陆听棉朝着人群走过去。

邢窈不喜欢凑热闹，拖着行李箱往村里走。她还在跟赵祁白通话，走得慢，很快就落在了队伍的最后面。

如果这个时候她回头了，就能看到二十三岁的秦谨之。

她好一会儿没说话，电话那一端的赵祁白叫了她一声："窈窈？"

邢窈的声音很低，她说："墙上的影子很扭曲，有点儿可怕。"

赵祁白笑了笑，道："你就想着影子是我，是我跟着你。"

夏令营里有很多女孩子，但没有谁像陆听棉这么大胆。她花了半个小时就跟医疗队里的很多人混熟了，搭好帐篷后，有人过来帮她提行李箱。

陆听棉还记得刚才被她误认成赵祁白的那个男生，于是问帮她提行李箱的人："穿黑色冲锋衣的帅哥叫什么名字？他有女朋友吗？"

"他叫秦谨之，是我们医疗队实习生组的组长。追他的人很多，至于有没有女朋友，我也不太清楚。"

"哦，这样啊，我是帮我的朋友问的，就是跟我一起下车的那个朋友。"她也没再问什么，转移话题道，"村里晚上的星星真多，好美啊。"

"我也是第一次见到这么多星星。"

"哇！萤火虫！"

"你喜欢？一会儿去给你抓几只。"

"真的吗？太好了，我带回去给我朋友看。"

她的身后传来一道阴沉的声音："要不要也给我看看？"

"排队排队，我先……"陆听棉忽然反应过来，一回头就看见了沈烬那张欠揍的脸，结结巴巴地道，"你……你……你……你什么时候来的？！"

沈烬跟了她一路，她不仅没发现，反而跟身边的男生越聊越开

· 289 ·

心，差点儿就要约着明天早上一起去山顶看日出了。

"在你说自己单身的时候。"

"我……我难道不是单身吗？"陆听棉明显底气不足。

等等，她在心虚什么？

沈烬懒得跟她啰唆，把她扯过来，捂住她的嘴，然后看了一眼还在愣神的男生，说道："她骗你的。她就是长得显小，但其实已经二十岁了。"

陆听棉咬他，道："你胡说！我高中都还没毕业呢！"

沈烬这次将她的嘴捂紧了，对着那个尴尬的男生又说了一句："她上个月刚跟我领结婚证。"

男生："……"

一直走到没人的地方了，沈烬才把陆听棉放下来，不等她开口抱怨，就把她骂了一顿。

"陆听棉，你这几年是只长个子没长脑子吗？你知道这儿是什么地方？你这种白痴高中生……"

"你才是白痴！"她不服气地道。

"别打断我说话！"沈烬继续捂住她的嘴，这样比较省事，"在这种地方谁认识你？恶人才不会管你是谁的女儿，给你套上麻袋，将你扔上车。瞪什么瞪？"

陆听棉这会儿才意识到沈烬是真的生气了。

他很少这么严肃。

她想：我先认个错吧，至少态度要端正。

她低着头，轻轻地捏着沈烬的衣摆，道："对不起，我知道错了。"

沈烬就吃这一套，只要她不跟他吵，他的脾气也就变软了。

"下次还敢不敢主动跟陌生男人说话了？"他问。

"不敢了不敢了，我保证，以后绝对不会在陌生的地方放松警惕心。"陆听棉讨好般笑了笑，问他，"你怎么突然来了？"

沈烬咳嗽两声后，道："祁白哥说你和邢窈跑到山里来了，不放

290

心,让我有空的话就过来看看。"

"哦。"

"邢窈呢?"

"她先去住的地方了。我们晚上住在帐篷里,你呢?这里没有酒店。"

"我睡在车里。"

"哦。"

"陆听棉,你没有别的问题要问?"

她想了想,问他:"你会待几天?"

她想了半天,就问出了这么一句话。

沈烬没好气地说:"你们待几天,我就待几天。"

陆听棉跟在他的身后,手电筒的光线足够照亮他们脚下的路。她看着沈烬走到了路边,于是问他:"你去哪儿啊?"

沈烬慢悠悠地回答道:"去捉萤火虫。"

"给谁?"

"给一个笨蛋。"

陆听棉脸上的笑意藏在黑暗里。她看着他的背影,小声说:"你才是笨蛋。"

沈烬很快就捉到了一只萤火虫。他走过来,陆听棉用双手小心翼翼地将它接住。

她看到了手心的光亮。

她看够了,就把那只萤火虫放走了。

她抬头时,发现自己和沈烬离得特别近。

她问了她刚才就想问的话:"你真的只是因为祁白哥担心窈窈才来的吗?"

沈烬勾起唇角,回答道:"我也不放心你。"

元旦节这天，邢窈去南城找赵祁白了。陆听棉闲着没事给她打视频电话，两个人东一句西一句地聊着。

赵祁白去买糖葫芦了，邢窈翻转摄像头，想给陆听棉看看餐厅外面的夜景。

陆听棉却意外地被一道背影吸引住了，这还看什么夜景？

"我敢打赌，他绝对是一个帅哥，你信不信？"

邢窈坐在靠窗的位置，旁边的客人来得比她晚。陆听棉说的那个帅哥背对着她，她从这里看过去，看不到他的脸。

"不一定。"

"背影都帅成这样了，正脸肯定不会丑。窈窈，你上去帮我要他的微信号……"

陆听棉话还没说完，沈烬突然出现在她的身后，问她："要谁的微信号？"

"又没要你的，你管得着吗？"陆听棉翻了个大白眼，嫌沈烬碍事，准备换个地方，然而还没起身手机就被抢走了。

视频被挂断之前，邢窈只看见了乱叫乱踢的陆听棉被沈烬扛在肩上，然后就什么都看不清了。她只能从慕瓷的说话声里听出，陆听棉大概被扔到雪堆里了。

邢窈想：我得去要这个微信号，否则棉棉岂不是白白吃了个亏？

秦谨之结完账就起身了，坐在他对面的朋友远远地往邢窈的脸上看了一眼，笑着对他说道："不再等等？说不定人家一会儿就来找你要微信号了。"

"要等你等。"

"我倒是想啊，大美女看上的人又不是我。人家看了你十多分钟，你就这样走了？不和人家认识一下？"

秦谨之没聋，听得很清楚，要他微信号的人不是她，而是她的朋友。

他们其实见过。

去年暑假他下乡义诊时,她也去了那个村子。

朋友耸了耸肩,对他说道:"那就走吧,我送你去机场。"

离开餐厅后,朋友还在调侃:"过了今晚,你们的缘分说不定就断了,真的不去和她交个朋友?"

秦谨之要出国了,这一走就是好几年。

后来,陆听棉想起了这件事,还当着沈烬的面问过邢窈,有没有要到那位帅哥的微信号。

当时,沈烬像是什么都没有听到一样,然而当天晚上陆听棉就吃了一个比被扔到雪地里更大的亏。在那之后,她就不敢再故意用这种方式惹他生气了。

一直到高考结束,邢窈接受不了赵祁白死去的事实,整日待在房间里。她的坚强只够支撑到考完试,因为她知道,如果她放弃了高考,赵祁白就会很失望。陆听棉每天陪着她,原来人有那么多眼泪,白天流、晚上流,总也流不完。

两个多月的假期,改变的不只是邢窈,还有陆听棉和沈烬。

更准确地说,是陆听蓝改变了陆听棉的想法。

陆听蓝身体不好,从小就落下了病根,其中还有沈家人的原因。但陆川和苏夏从来不会因为陆听蓝年纪小,就更偏向陆听蓝,如果姐妹俩喜欢同一件衣服,那就买两件,她们喜欢同一个玩具,那就买两个。陆听棉不需要因为自己是姐姐,就在各个方面迁就妹妹。

衣服和玩具可以买两件一模一样的,但人是独一无二的,不能分,就只能让。

陆听棉和邢窈考上了同一所大学,开学没多久,隔壁航空学校飞行系的一个男生追陆听棉。她觉得对方挺有趣的,长得也不错,是她喜欢的类型,就答应了。

第二天,她和男生去约会的时候,沈烬突然出现了。

她第一次见他这么生气,脸上没有半点儿笑意,冷冰冰的。

沈烬说:"陆听棉,你最好自己过来,等我动手了,你和你这个所谓的'男朋友'脸上都不会太好看。"

男生问她:"他是谁啊?"

陆听棉别开眼不看沈烬,回答道:"我爸朋友的儿子。"

"把手放开!"沈烬面无表情地盯着陆听棉的手,对那个男生说道,"你这么上赶着当小三,你的父母知道吗?"

男生被激起了脾气,生气地道:"哥们儿,你什么意思啊?"

沈烬根本没有把他放在眼里,只跟陆听棉说话:"陆听棉,你如果当着我的面跟他分手,我就不找他的麻烦了,如果不分,我就会让他大学时期的每一天过得无比精彩。我惹不起你,难道还惹不起他吗?你想好了再做决定。"

男生撸起袖子就准备与沈烬打架。

陆听棉拦住他,说道:"分手,你先走吧。"

男生难以置信地道:"什么?"

"我回头再跟你解释,但只是解释今天的事,不会改变我们分手的事实。"

陆听棉甚至没有多留恋一秒钟,甩开男生的手,头也不回地往前走,上了沈烬的车。

她本来就是极其明艳夺目的美人,今天出门前又精心打扮过,更加让人移不开眼。

沈烬把车开到了江边。

他降下车窗,点燃一根烟,对她说道:"解释吧,我可不像那个蠢货那么好糊弄。"

她很不耐烦地道:"我没有谈恋爱的权利吗?"

沈烬笑了笑,道:"当然有,陆叔叔都不反对你谈恋爱,我又有什么权利管你?"

"所以?"

"所以,我在你的心里到底算什么?"

陆听棉不想撒谎,于是说道:"我虽然喜欢你,但不会跟你在一起。"

"理由?"

"我不想说。"

"你不想说,那就听我说。"沈烬抽完烟,不紧不慢地解开安全带,道,"我知道因为什么。蓝蓝受伤后,所有的人更偏向她,你发现她越来越依赖我之后,就准备把我让给她。我只当蓝蓝是妹妹,以前是,现在是,未来也是。你可以坚持你的想法,但是陆听棉,你如果不跟我在一起,也别想跟其他人在一起。我能搅黄一次,就能搅黄无数次。只要你不嫌烦,我会搅到再也没人敢追你为止。"

陆听棉扭头看向窗外,说道:"别没事找骂,我懒得骂你。"

下一秒钟,沈烬倾身靠过去,捏着她的脸,强迫她看着他,说道:"我再问一遍,你还要不要我?"

陆听棉哽咽地说:"蓝蓝知道了会恨我的。"

沈烬得到了自己想要的答案。

"那就暂时不告诉她。医学发展的速度很快,她一定能被治好。"

"可是,她总有一天会知道。"

"那是我该考虑的事。管好你自己,如果再被我发现你在学校里跟别的男生约会,你就死定了。"

沈烬在陆听棉的眼泪滴落之前吻了她。

这是他们第一次接吻。

005

陆听棉和沈烬瞒着所有人谈起了恋爱。

她和邢窈住在同一间宿舍里,每天都在一起,少女的情愫就写在脸上,想藏都藏不住。

沈烬不常来南城,但每次都来得毫无预兆,可能昨天还在大草原上,今天就来她的学校了。打通电话后,他说的第一句话就是:"陆听棉,下楼。"

陆听棉说过他很多次,让他来找她之前打一声招呼,但他还是那样。

说得好听点儿,他这是给她惊喜;他这种行为说得难听点儿,就是来突击查岗的。

哪儿有人突击查岗还会提前打招呼?

今天他又来了。

陆听棉躲在洗手间里接电话。

"你别在我宿舍门口呀,去车里等我。"她有些着急地说道。

"陆听棉,你如果再磨磨蹭蹭,我就去宿舍里逮你。"沈烬说他只在楼下等十分钟。

十分钟只够她换衣服。

邢窈刚好也准备出门,于是对陆听棉道:"一起下楼吧。"

陆听棉心里一慌,道:"那个……我是去上课的!"

"我怎么不记得你晚上有课?"

"没有吗?那我记错了。好吧,窈窈,我跟你实话实说,是沈烬来找我了。我们……我们在一起了,你一定要帮我保密!"陆听棉在邢窈的面前撒不了谎。

邢窈丝毫不觉得惊讶,道:"早就看出来了。"

"很明显吗?"陆听棉不好意思地咳嗽了两声,道,"我已经很克制了。如果他给我打电话的时候我在宿舍里,我都是去洗手间里接的。"

邢窈笑了笑,道:"别人给你打电话,你会去洗手间里接吗?"

她接不接都是问题。

"你看,做了亏心事就一定会露出马脚。"陆听棉也不掩饰了,和邢窈一起下楼,边走边说道,"晚上一起吃饭吧?"

"我可没空。"

"你最近都在忙什么呢?"

"爷爷那老毛病又犯了,腿疼得厉害。我联系了一个老中医,准备明天回家一趟，陪他去看看。"

沈烬的车停在离宿舍不远的一棵桂花树旁边，从小一起长大的朋友，对彼此的性格和脾气太过了解，邢窈往车的方向看了一眼，算是与他打过招呼了。

一只手从车窗里伸出来，露出手腕上的银色手表。陆听棉知道他已经等得不耐烦了，但还是慢悠悠地走过去，拿走了他手里的烟。

"最后再说一次，少在我面前抽烟。"旁边有个垃圾桶，她顺手把烟灭了，扔到里面。

"能管住我的人只有我老婆，你的年龄还不够，再等两年。"

陆听棉潇洒地坐到车里，道："真是想得够美的，谁要嫁给你啊？"

沈烬也不生气，眼角、眉梢处都是笑意，等她坐稳后，凑过去亲她。

他的嘴里一点儿烟味都没有。

陆听棉这才反应过来，他其实只是把烟点燃了，根本没有抽，被她骂了一顿，然后乘机占她的便宜。

车里有行车记录仪，但他还是什么都敢做。

她在这种时候走神让沈烬很不满，于是被沈烬咬了一口。

"放心，没人会查我车里的东西，专心点儿。"

"你等着吧，我爸要是知道了一定会揍死你的。"

"女儿总是要结婚的，陆叔叔对我知根知底，比起外面那些不着调的男人，说不定宁愿跟你结婚的人是我。"

"你以为你比那些不着调的男人好多少？"她小声说道。

沈烬不紧不慢地说："我至少不会在第一次约会的时候就把你往酒店里骗。"

陆听棉知道他是在说隔壁航空学校飞行系的那个男生。

她挑男人的眼光确实不怎么样。那个男生被甩了就原形毕露，一副丑陋的嘴脸，把她恶心得好几天吃不下饭。

"你也好意思说别人！"她不甘心被他在嘴上占便宜，总要说他两句。

在这件事上，沈烬行得正站得直。

"咱俩小时候就没少睡在一起，我还给你换过尿不湿。哪个男人能跟我比？陆听棉，你摸着自己的良心好好想想，在你点头答应做我女朋友之前，哪一次在外面住酒店时，我是跟你住在同一间房里的？在你点头答应做我女朋友之后，我也没把你往酒店里骗过吧？"

陆听棉想了想，他的身上好像确实挑不出什么毛病。

小时候的事就不说了，她觉得怪丢脸的。

在她记事之后，沈烬确实没有再跟她睡在一起过。他这个人讨厌归讨厌，但教养好，他们两个人出国旅行，都是开两间房。确定恋爱关系之后，他每次来学校里找她，晚上也都会把她送回来。

不想不知道，想了之后她发现她的脑子里全是他的优点。

光是尊重女生这一点，他就能打败百分之八十的男人了。

他的这张脸也相当帅气。

陆听棉亲了他一下，道："你的表现确实还行。"

沈烬追过去，加深了这个吻。

"只是还行？"他问。

"别得寸进尺。赶紧把车开走，我快被饿死了。"

006

假期回家后，陆听棉跟着陆川去剧组里待了一段时间。她不是对娱乐圈有兴趣，而是喜欢电影。

陆川是她唯一的偶像。

陆川认识很多家娱乐公司的老板，总是有人跟他说，陆听棉这么漂亮，不进娱乐圈大杀四方真是有点儿可惜，更何况，她的父亲还是导演界的神话，捧红她不是难事。

还有人开玩笑，问她是不是在替陆夫人看着陆导。

很多年前,陆川在颁奖晚会上向夫人示过爱。他和他的夫人到现在都是令人羡慕的一对,但两个人从未一起在公开场合露过面。

他们是真相爱还是假夫妻,外人其实也不太清楚。

对此,陆听棉不屑于解释。她不只长得像苏夏,就连性格也像。陆川经常拿她没有办法,话说重了,她觉得委屈,眼泪汪汪地跟他撒娇,他的心就软了;他话说轻了,她当耳旁风,左耳朵进右耳朵出。

"陆听棉,把机票退了,今年春节期间你必须待在家里,哪里都不准去。"

"为什么?我出去玩几天而已,又不是不回来了。"

陆川无奈地叹了一口气,道:"你半年没回家,妈妈想你了,你感觉不到?"

"那好吧,我不去了。"陆听棉把行李箱又收起来了,嬉皮笑脸地跑到陆川的身边,说道,"爸,我也很想你们的,还有妹妹。明天妈妈休息,我陪她去逛街。年夜饭我也可以帮忙做,今年就让你尝尝我的手艺。"

她一关上房门,就给沈烬发了消息,说自己去不了新西兰了。

过了几分钟,沈烬给她打来了视频电话。

"等一会儿,我把窗帘拉上。"陆听棉跳下床,道。

蓝蓝在后院。

沈烬打趣道:"不知道的人,还以为你在搞地下工作。"

陆听棉回到床上,躺着跟他说话:"你自己去吧,我要在家里陪我爸妈。"

"你不去,我一个人去有什么意思?我也不去了,在家里过年。除夕那天,要么你过来找我,要么我去你家。"

"一天不见能死吗?"

他竟然真的认真地想了很久,才道:"虽然死不了,但挺烦躁的。"

陆听棉的心里甜丝丝的,他们明明下午刚见过面,她却还是这么想他。

"我都已经在我爸面前夸下海口了,今年让他吃我做的年夜饭,你过来帮我呗。"

"牛是你吹的,干活儿的人却是我。"

"不会让你白干的,好处多多。"

沈烬凑近屏幕,道:"先叫一声'老公'来听听。"

陆听棉刚要骂他,敲门声就响了。她一惊,连忙把手机藏到了衣服口袋里。

"姐姐,我给你送牛奶。"陆听蓝在外面说道。

"哦……你进来吧。"

陆听蓝推开房门,走到床边,对姐姐说道:"你的脸好红啊,你不会是生病了吧?我去找爸爸。"

她不是因为生病而脸红,而是因为心虚而脸红。

陆听棉不太自然地摸了摸脸,说道:"没有生病,我刚才运动了一会儿。"

蓝蓝在姐姐的房间里待了一会儿,又道:"姐姐,我想跟你睡。"

"行啊。"陆听棉掀开被子,道,"你去拿枕头过来,我先洗澡。"

"嗯!"蓝蓝满心欢喜地往外跑。

陆听棉进了浴室才把手机从衣服的口袋里拿出来,怕蓝蓝听到什么,将声音压得很低,匆匆说了几句话就把视频挂了。

陆听棉去南城读书后,最不习惯的人其实是蓝蓝。

蓝蓝的性格更温和一些,但她也到了有烦恼的年纪。陆听棉还在家里的时候,她无论遇到什么事,都会告诉陆听棉。她一直觉得,有姐姐是一件很幸福的事情,既可以与姐姐分享快乐,也可以与姐姐分担烦恼。陆听棉开学前,一家人送陆听棉去机场的时候,蓝蓝哭得眼睛都肿了,在机场的大厅里抱着陆听棉不肯松手。当时邢窈的家人也在,邢佳倩还笑着打趣:"现在就这么舍不得,以后棉棉嫁人了,蓝蓝还不知道会哭成什么样呢。"

"姐姐,你睡着了吗?"

"没呢。"

蓝蓝小声问:"你有没有发现,沈烬哥哥和以前不一样了?"

陆听棉有点儿紧张地问:"哪里不一样了?"

"他好像没有以前那么喜欢我了,总是不理我。"蓝蓝讲话的声音闷闷的,心情很低落。

陆听棉安慰她:"怎么会呢?他可能是太忙了吧,有的时候就忘了给你回消息。"

"真的吗?他会一直喜欢我吗?"

"我们都会一直爱你的。"

蓝蓝心满意足地睡着了,陆听棉却失眠了。

第二天,沈烬过来的时候,陆听棉看都没看他一眼。

两家人不是第一次一起过年,沈烬来得并不突兀。他在客厅里待了一会儿就进了厨房,让阿姨去忙其他的事,自己则负责做晚饭。

隔着一扇门,陆听棉能清楚地听到蓝蓝的笑声。

慕瓷给她包了一个大红包。

当然,红包少不了陆听棉的。

蓝蓝在客厅里帮陆听棉吹牛的时候,陆听棉被沈烬压在厨房的门后吻了个够。

她还是很容易脸红。

沈烬低头亲了亲她的脖子,笑着说:"晚来十分钟就给我甩脸色?看来以后结了婚,我得随身带一个闹钟,回家的时间一秒钟都不能晚。"

陆听棉红着脸瞪他,道:"你收敛一点儿!我警告你,如果被发现了,分手,没的商量!"

不等沈烬说话,蓝蓝就跑了过来。陆听棉立刻把他推开,与他隔得远远的。

"姐姐,你真的可以吗?"

做菜这件事，蓝蓝更擅长。她七八岁的时候，就能踩着椅子做比萨了。

陆听棉点了点头，道："牛都已经吹出去了，我必须可以。"

蓝蓝担心地看向沈烬。

沈烬说："放心吧，有我。"

有他在，蓝蓝确实很安心。

这桌丰盛的年夜饭，其实只有一盘糖渍小番茄是陆听棉做的，沈烬吃得最多。大家都在的时候，他不会做任何出格的事，只是饭后坐在沙发上看春晚时握住了陆听棉的手。

两个人握在一起的手藏在抱枕底下，没有人发现。

新年倒数计时，在外面响起燃放烟花爆竹的声音时，两人相视一笑。

"新年快乐。"他说。

"新年快乐。"她说。

007

纸包不住火。

蓝蓝还是发现陆听棉和沈烬在谈恋爱的事了。这一年，陆听棉读大四。

"窈窈，我和沈烬可能要分手了。"

"这句话你说过八百次。"

陆听棉每次和沈烬吵架后都信誓旦旦地说要甩了沈烬。

"这次是真的，没开玩笑。"陆听棉道。

然后，沈烬的电话就打了过来，他们像是有心灵感应。

陆听棉什么话都听不进去，铁了心要分手。爱情和亲情放在一起，她知道自己应该选哪一个。

但沈烬不可能同意。

这次争吵没有结果，陆听棉知道沈烬会来学校里找她，因为不想见他，就直接回家了。

蓝蓝在医院里。

陆听棉最先见到的人是陆川。他并没有怪她的意思，也并不意外，似乎早就知道了。

"爸。"

"妹妹睡着了，妈妈在医生的办公室里，跟我聊聊？"

"嗯。"

"走吧，爸爸带你去吃甜品。"

"我不饿。"

陆川笑着揉了揉她的头发，说道："说过多少次了，甜品不能当饭吃。"

陆听棉担心地看着病房的方向，心中满是愧疚。

"别担心，没有你想象的那么严重。"陆川的一只手搭在她的肩上，他带着她往电梯那边走。

在车里的时候，陆听棉主动说："爸，我决定了，和沈烬分手，然后出国。"

"出国没问题，分手可以再考虑考虑。"

"我已经考虑好了，但需要时间。爸，我其实很难受，也哭过了，所以不是冲动之下做的决定。我爱他，也爱蓝蓝。但如果只能选一个，我选蓝蓝。"

陆川沉默了许久。

在这件事上，他也很为难。

两个女儿都是他的珍宝，无论怎么选，都会伤害到另一个。

"爸，我没有怪你和妈妈，以后也不会怪你们。我知道你们并没有偏爱妹妹。我得到的东西已经够多了，人生不可能是完美的。如果我的人生缺口注定是沈烬，那我也接受了，分开也不是坏事。"

她这样想着，心里就没那么空了。

真是奇怪，分个手而已，她的身体怎么会像是少了一部分，心里空空的,怎么也填不满?

她把沈烬所有的联系方式拉黑了。他大概也知道她态度坚决,不会改变,也就没有再找她。他心里清楚,蓝蓝的健康永远是最重要的。

陆听棉以为,他们就这么结束了。

在学校放寒假之前,沈烬突然出现,一声招呼都不打,直接去宿舍里把陆听棉"绑"走了。当然,这里面有邢窈的帮忙。

被扔进副驾驶的时候,陆听棉连鞋都没穿,羽绒服里面穿的还是睡衣。

她已经骂累了,没力气了。

沈烬的心里也憋着一股气,他将车开到酒店的停车场里,把她扔到酒店的床上先收拾了一顿。

刚开始她很不配合,对他又踢又骂,后来就放弃抵抗了,想着反正是最后一次,穿上衣服就赶紧离开。

"你想都别想,"沈烬用了狠劲儿,"不分,永远不分。"

陆听棉哭着说道:"你还是不是男人啊?当初说好的,被发现了就分手,要断就断干净,明天之后你如果再敢这样,我就报警!不信的话你就试试!"

"我说过了,不分。"

"那你要我怎么办?"

他说:"我会解决,相信我。"

她还是哭着说道:"蓝蓝如果有意外,我会恨你一辈子。"

"我敢吻你,就负得起责任。陆听棉,你给我听好了,任何事情都有我,你站在我的身边,不准逃,不准躲。"

"你能怎么负责?"

"医生已经联系好了,两个月后就可以给蓝蓝做手术,成功率是百分之七十。"

这段时间,沈烬就是去忙这件事了。

"才百分之七十?"她哭得更伤心了。

沈烬这会儿也消气了,看她哭成这样,眼里有几分无奈的笑意,慢慢解释道:"陆听棉,你有点儿常识行吗?百分之七十的成功率已经很高了。"

"万一……"

"万一失败了,我们就分开,这辈子,我不会娶任何人。如果手术成功了,蓝蓝能慢慢好起来,我们就永远在一起。"

陆听棉觉得,蓝蓝接受手术的这六个小时,是自己人生中最煎熬的时刻。

这六个小时里,她什么都没有想,只祈祷妹妹能平安。不知道是不是真的有心灵感应这回事,她总觉得蓝蓝是听到了她的祈祷,所以才从鬼门关里闯了回来。

医生说,手术很成功。

天晴了,太阳照进来,暖融融的。

他们走进病房之前,沈烬握住了她的手。她紧紧地回握他的手,抬起头看他。

病房里,蓝蓝忍不住开口催促他们:"姐姐、姐夫,你们还要在外面待多久?我都快被饿死了。"

陆听棉愣住了。

沈烬笑着挑了一下眉。

他昨天就来过了,和蓝蓝聊了很久。

窗外阳光灿烂,他笑得格外好看,对陆听棉道:"看来,这辈子你是甩不掉我了。"

"那可说不准。"陆听棉笑着推开病房的门,对蓝蓝道:"蓝蓝,我给你带了好吃的,特别香,你闻闻。"

番外二

亲爱的赵祁白

夏天的暴雨，总是来得猝不及防。

前一秒钟还是大晴天，下一秒钟倾盆大雨就从空中泼了下来。

很多同学没带伞，被大雨拦在了教室里，抱怨声此起彼伏。许鹤望着窗外，手伸进桌洞摸了摸书包。

这雨不知道什么时候才会停。

陈菲苦着脸道："我的饭没了，烦人！"

一把雨伞从后面被递了过来，伞的手柄处系着一根彩色的头绳，头绳上还挂了一只小兔子。

许鹤心想：我上小学的时候会喜欢这种头绳。

"你们将就一下。"赵祁白把伞给了她们，说道。

陈菲哇了一声，接过伞，兴奋地说要去吃牛肉面。

许鹤回头，见赵祁白的手里拿着一件黄色的小雨衣。

小雨衣应该是他妹妹的。他身高一米八四，根本穿不上这件小雨衣。

那根彩色的头绳应该也是他妹妹的。

"伞给我们了，你怎么办？"许鹤问他。

赵祁白抬了一下胳膊，道："我还有一把。"

他走得急，许鹤的那声"谢谢"被雨声盖住。走廊里人多，吴山明勾着他的肩膀跟上他。

许鹤隐约还能听到他们说话的声音。

"天哪，那是什么伞，还有兔耳朵！小白兔白又白，赵哥好可爱！"

"滚！"

赵祁白去小学接邢窈,吴山明非要跟着去。

他早就听说赵祁白突然多了一个妹妹,不,不是突然多出来的,本来就是赵祁白的妹妹,只不过是最近才被接回赵家与赵家人一起生活,就想着一起去看看。

小学生放学,场面堪比超市打折。

他眼睁睁地看着身高一米八几的赵祁白,当众打开那把有两个兔耳朵的小雨伞,举到头顶。

没过多久,穿着校服的女孩朝这边跑了过来。

不得不说,有些人天生就是主角,即使所有的小朋友穿得一模一样,吴山明在人群里也能一眼就发现赵祁白的妹妹。

吴山明弯着腰跟她打招呼:"妹妹,认识一下,我叫吴山明,你哥哥的同学。"

她有点儿认生,并不愿意搭理他,看了看赵祁白,才有礼貌地跟他打招呼:"你好。"

赵祁白接过她的书包,又把伞递给她。

邢窈仰着头,问他:"你的伞呢?"

"小雨,我们不用伞。"

"可是衣服湿了。"

"没关系,一会儿就能干。"

今天是周五,赵祁白不用上晚自习,不用回学校。邢窈走在前面偷偷地踩水坑,每走一段路就会回头看一眼,确定赵祁白还跟在后面才继续往前走。

夏天的阵雨,来得突然,也停得快。

球场的地面积水多,吴山明坐在球场旁边等人过来清理。他发现,邢窈好像不叫赵祁白"哥哥"。

她想要什么的时候,只需要拽一拽赵祁白的衣服,赵祁白就明白了。

兔耳朵雨伞被挂在干净的地方晾着,还在滴水,邢窈咬着一根冰棍看吴山明像个脑袋不太好的人一样空手模拟投篮。赵祁白帮她扎头发，很显然手法有些生疏，坐着弄不好，蹲着也不顺手。原本只是皮筋松了，随着头发越来越乱，最后他只能勉强给她扎了个马尾辫。

"窈窈，今天在学校里交到朋友了吗？"

她摇头。

赵祁白每次去接她，她都是一个人从学校里面往校门口走，别的小孩都是你追我赶地走过来的。

赵祁白没有问为什么，顺着她的视线看过去，问她："想玩那个跷跷板？"

刚下过雨，球场里没什么人。

"要两个人才能玩。"

"等会儿有个女孩子会过来和你一起玩。她比你小一岁。"

"好。"

赵祁白在去洗手间的路上给沈烬打电话："沈烬，你把陆听棉带到图书馆这边的球场来玩两个小时。"

沈烬说："她不听我的。而且，她因为在书法纸上画乌龟，还在被罚站，动一下加时二十分钟，已经加到晚上十二点了，今天没有出去玩的档期。"

赵祁白想了想，又道："那你把她的妹妹带出来也行。"

沈烬："……"

她的妹妹现在才一岁，很爱哭，不好哄。相比起来，他宁愿被陆听棉烦。

陆听棉性格活泼，跟谁都能聊，很快就和邢窈熟悉了。

"我也叫你'窈窈'吧。你可以叫我'棉棉'，我爸妈都这样叫我。你为什么不笑呢？你怎么一直不说话啊？真奇怪。"

邢窈看着她把额头上的泥渍抹到了脸上，扑哧一声笑了出来。

陆听棉凑过去看邢窈，突然从跷跷板上跳下去，导致对面的小男孩摔掉了一颗牙。

小男孩在换牙，被摔掉的那颗牙本来就已经摇摇欲坠，哭得那么惨其实是被吓着了。等赵祁白把小男孩的家长安抚好，从医生办公室里出来的时候，沈烬和陆听棉两个人正并排站在走廊里挨骂。

陆听棉担心小男孩的家长要找陆川，就直接抱着沈如归的腿喊："爸！你原谅哥哥，他不是故意的！他已经知道错了！"

沈烬两眼一闭，认命。

"那是她的爸爸？"邢窈远远地看着，认真地说了一句，"很帅。"

赵祁白哭笑不得地道："不是，她爸是很有名的导演。她怕被别人拍了发到网上，不敢往家里打电话。"

沈如归往这边看了一眼。

邢窈往赵祁白的身后躲，小声问："我们也要过去挨骂吗？"

"不用。"

赵祁白无视沈烬眼里的"恨意"，心安理得地带着邢窈离开了。

邢窈多了一个朋友，明显开心了很多。

她开心，赵祁白就开心。

高考结束后，班里同学聚餐，许鹤喝了两杯啤酒，头有点儿晕，但出来走了走就好多了。

赵祁白负责送她回家。

半路上，他接到了家里人打来的电话。

许鹤听得出来，电话那边的人是他的妹妹。

他很少提起这个妹妹，但吴山明见过几次，说她长得特别可爱，是个美人坯子，而且很酷。

"我再过四十分钟就回去了，你先睡觉。"

妹妹在等他回家。

"这么晚了，不能吃冰激凌吧？"

她再撒撒娇，他肯定还是会买。

"好了知道了，给你买香草味的。"挂了电话，赵祁白偏过头跟许鹤解释道:"不好意思,是我妹妹。"

许鹤笑了笑,道:"没关系啊。你留在A市,有她的原因吗?"

她记得,他以前是想去南城读大学的。

赵祁白点头,道:"嗯,窈窈不希望我去别的城市,在A市能经常回家看她。"

许鹤是独生女,有的时候很羡慕这样的兄妹情。

"你们的感情真好。"许鹤道。

赵祁白急着回家,把许鹤送到小区门口,看着她进去之后就转身上了一辆出租车。他并不知道,许鹤站在原地看着他离开的方向,发了很久的呆。

赵家的院子里有秋千,邢窈的胆子很大,她每次玩都荡得特别高,但等赵祁白的时候很专心,坐在秋千上没有动。

赵祁白没有从正门进来,而是故意绕到后门处,悄悄地走到邢窈的身后,给她推秋千。

她被吓了一跳,但很快就知道是他。

"我等了你好久。"她特别想他。

赵祁白把冰激凌从身后拿出来,对她说道:"只能吃一半,不然明天会肚子疼。"

邢窈的眼睛都亮了,她连连点头,道:"嗯!"

两个人坐在院子里,她吃一口,再喂赵祁白吃一口。

"大学会很好玩吗?"

"应该会吧,会认识很多新朋友。"

"如果你不能回家,我可以去看你吗?"

"我就在这里,不去别的地方。像今天这样,你一给我打电话,我就回来了。"

邢窈以为他们可以一直这样,他们之间,最远也就只是一通电话的距离。

但赵祁白读大三的这一年，被导师带着去南城的一所高校里学习了。课题组任务多，时间紧，他忙得连睡觉的时间都没有。

她很想他。

她知道，只要她让他回家看她，他就一定会回来。她也知道，这样会让他很辛苦。

其实，她可以去见他！

她的脑海里有了这个念头，她就立刻买了去南城的机票，可是还没有出发就被他发现了。

赵祁白不可能放心地让她一个人从A市到南城。

"窈窈，你一个人来南城不安全，听话，在家里等我，我忙完这个课题就回去。"他说。

她闷闷不乐地道："你上次说，我已经长大了。"

赵祁白耐心地安抚她："是，我们家窈窈已经不是小女孩了，但是还没有到能让我放心的年纪。你想想，我妹妹这么漂亮，万一被坏人骗走了，我找不到你，是不是得伤心死？"

"那我什么时候才能让你放心？"

"再过几年，等你成年了，我就放心了。"

"还要好久。"

"是啊，还要好久呢。"

放假前，导师找赵祁白谈话，希望赵祁白能留在N大读研，继续研究他的课题。

赵祁白同意了。

赵祁白以为，他与邢窈相隔两地，就能打消他随时都想回家见邢窈的想法，但效果甚微。有好几次，他都已经到机场了，才意识到自己的理智再一次被她打败，犹豫的结果只会是自我妥协，索性撕了机票。

他以为，他们不见面更好，但适得其反。

越是见不到她，他就越想念她。

吴山明来南城旅游,约赵祁白一起吃饭,顺便把在临市学习的许鹤叫来了。许鹤大学毕业后当了老师,生活也还算惬意。吴山明都谈过三个女朋友了,这两个人还是单身。

"大好时光,怎么都不谈恋爱啊?"

许鹤笑笑,道:"没有遇到合适的人,随便谈也没什么意思。"

"谈着谈着就有意思了,许鹤,我告诉你,日久生情比一见钟情靠谱儿。"吴山明给她倒酒,"我有个哥们儿单身,介绍给你?"

许鹤很嫌弃地道:"你的哥们儿?还是算了吧。"

"什么意思!我的哥们儿怎么了?赵祁白这种大帅哥,不也是我的好哥们儿吗?"

"是是是,那你也关心关心他吧。我的感情生活就不需要你操心了。"

吴山明的注意力很快就转移到了赵祁白的身上,他对赵祁白道:"你也是,怎么回事啊?年纪轻轻的,思想一点儿也不积极。"

赵祁白拿起酒杯跟他碰了一下,说道:"大哥,操心你自己吧。"

吴山明的目光在他俩之间来回转,他笑着说:"要不然,你俩凑成一对算了,老师和医生绝配。"

"没完了是不是?"赵祁白笑着踹了他一脚。

吴山明挠挠头,道:"开个玩笑。"

坐在旁边的许鹤只是笑,没说什么。

有些事情,不开口反而是给彼此留了余地,能和赵祁白还像朋友一样坐在一起喝酒聊天儿,她就已经很知足了。

结账的时候,吴山明不小心打翻了赵祁白的钱包,除了银行卡和证件,还从里面掉出来一张照片。

吴山明只匆匆瞟了一眼,便道:"大美女啊!你小子刚才还装呢,原来早就有对象了,别藏着掖着,介绍给我和许鹤认识认识。"

"这是我妹妹。"赵祁白合上钱包,起身去结账。

吴山明还记得邢窈,几年不见,都长成大姑娘了。

他以为赵祁白有一个暗恋多年的女生,原来是妹妹。

"真没劲儿。"过了一会儿,他又疑惑地问许鹤:"有人会把妹妹的照片放在钱包里,随身带着吗?"

许鹤说:"有啊。"

"真的有啊?"吴山明惊讶地道。

许鹤神色如常地道:"当然有,亲情是这个世界上最坚不可摧的感情。"

吴山明讪讪地笑道:"是我少见多怪了。"

赵祁白接了一通电话,脸色就变了,匆匆往学校赶,并对他们说道:"我有急事,就不送你们了。"

吴山明很纳闷儿地道:"他怎么回事?"

许鹤刚才听到了几句,于是说道:"好像是他妹妹来找他了。"

吴山明叹了一口气,道:"亲情果然是全世界最坚不可摧的感情,他的宝贝妹妹来了,咱俩就得靠边站了。"

邢窈确实瞒着赵祁白来了南城,但人不见了。家里人联系不到她,赵祁白也没有见到她。

她的手机没电关机了,司机走错了路,绕了好大一圈才到赵祁白的学校,如果再晚一分钟,赵祁白就要报警了。

他第一次这么凶地骂她。周围来来往往很多人,她不觉得委屈,只是希望他能快点儿过来抱抱她。

她太想他了。

赵祁白看她低着头的可怜样儿,也狠不下心让她现在就回家。

"窈窈,别哭了,我不应该对你发脾气,但你也太不听话了。谁让你偷偷跑到南城来的?"他问。

她小声辩解:"我不是偷偷来的。"

赵祁白还没有消气,但说话的语气已经放缓了:"你告诉谁了?爷爷不知道,姑姑也不知道,我更不知道。"

"我告诉棉棉了。"邢窈出发的前一晚,翻来覆去睡不着,就把她要来南城的事告诉了陆听棉。

赵祁白："……"

陆听棉和她是一伙的，不可能告密。

"你下次一定要提前告诉我，今天快把我吓死了。我以为你不见了！"赵祁白往前走了两步，把她拉到怀里，道，"如果找不回你，我该怎么办？"

"我很想你。"

"哥哥知道。"

"她们是你的同学吗？她们在说，我是你的小女朋友。"

"你听错了，她们是在夸你漂亮。"

邢窈小声问："你也觉得我很漂亮吗？"

赵祁白被她逗笑了。她长高了很多，五官也更加精致了，用"漂亮"这两个字来形容她，是最简单的夸奖。

"你干吗一直这样看着我？我变丑了吗？"邢窈觉得自己刚哭完的样子不太好看。

赵祁白只是揉了揉她的头发，目光很温柔，眼神里却藏着她看不懂的情绪。

这是她第一次来他的学校，对什么都很好奇，甚至也想去他的宿舍里看一看。

赵祁白知道自己的几个室友平时是什么德行，不可能把邢窈往宿舍里带，陪她吃了两顿饭，第二天就把她送上了回 A 市的飞机。

这样的事有了第一次，就会有第二次。

邢窈只要一有空就会来看他。慢慢地，连他实验室里的那些同门师兄、师姐都认识她了。终于等到他毕业，邢窈以为他会回 A 市工作，然而他只是回家待了一段时间而已。他把工作早就已经确定好了，是在南城的一家医院里。

她还听说，他交了女朋友。

她不相信，一定要见到那个女生。

许鹤收到赵祁白发给她的求助短信时，没有拒绝。她猜到了跟赵祁白一起来的人会是谁。

同学聚会，成一对，散一对，大多是酒后的事。

赵祁白在征求了许鹤的同意之后，牵起了她的手。她扮演着"赵祁白的女朋友"这一角色，主动和邢窈打招呼。

她忘不了邢窈看她的眼神，也忘不了赵祁白在转身之后笑意渐渐消失的模样。

他喝了很多酒。

在无人注意的黑暗角落里，发生了一个意外。

那是邢窈第一次尝到酒精的味道，浅尝而已，却醉了一天又一天。

那是吻吗？

她不确定。

赵祁白试图忘记这次意外，它却总是在他的梦里重演。

之后，他们分开的时间更长了，连电话都很少给对方打。

一直到他们一起过的最后一个新年，她去北海道看雪了，赵祁白知道后连夜追了过去。

他们都没有忘记那个意外，却也绝对不会再提起。

赵祁白面前的一杯茶早就已经凉透了，邢国台还在训话。他听着听着就走神了，目光不由自主地往楼上看。

从北海道回来三天了，除了吃饭，邢窈都在自己的房间里待着，连楼都不下。

家里就只有这些人，每年春节时都不算热闹。

外面时不时地传来一声燃放鞭炮的声音，惊得笼子里的鸟有些狂躁，扑腾着翅膀。见邢国台终于起身，赵祁白松了一口气，上楼后经过邢窈的卧室时，在门外站了几分钟，最后还是没有敲门。

他已经好多天没有睡过一个好觉了，可能是吃午饭时多喝了几杯酒，脑袋昏昏沉沉的，不知道什么时候睡着的，醒来时，房间里一片漆黑。

他回想起梦中散碎的画面。

十几个人在包间里，周围喧嚣、吵闹，他被人撞了一下，不小心倒在了邢窈的身上。两个人靠得很近，他应该是喝醉了，却清晰地记得她唇角的葡萄汁的甜味，以及她那红透了的脸。

画面一转，又到了北海道的雪地里，他骂走了准备跟她告白的同学，还差点儿动手。她生气，不愿意理他。

"我不用你管，你去管你的女朋友。"

他哪儿有什么女朋友？

许鹤帮他骗了她，她就一直记着。

她要去泡温泉，出来之前换好了衣服，第一次穿木屐很不习惯，又因为跟他闹了别扭，还在生气，就没有看路，险些摔下去。

他收拢的手掌里是一片柔软的触感。

赵祁白想：我不能再待在她的身边了，一刻都不能。

"爸、妈，我临时接到通知，要回医院值班。我开车走，不用送了。你们休息，有时间我再回来。窈窈和外公都睡了，我没有跟他们说，等到了南城再打电话回来。"

"这么急？"邢佳倩疑惑地道。

车开出院子时，邢窈追了出来。赵祁白在后视镜里看到她时，心一慌，一脚踩了刹车。

她连鞋都没来得及换，只穿着睡衣，弯着腰急促地喘气。赵祁白脱下外套给她披上，板着脸道："晚上的气温只有零下几摄氏度，感冒了怎么办？"

赵祁白太擅长隐忍。所有的情绪被掩饰得很好，天黑了，路灯也不太亮，他笑得难看、虚假也没什么关系。

"别生气，你睡着了，我不想吵醒你才没有跟你说，外公明天早上肯定会告诉你的。窈窈，哭什么啊？哥哥又不是以后都不回来了。"

外面好冷,快回去睡觉。

"如果再不回去,我就把你装在包里带走。别人要是问,这是谁啊?我就说,这是我妹妹。别人肯定会笑话你这么大了还黏人,羞不羞?害不害臊?"

"窈窈,松手。"

她不肯松手,固执地追问:"你哪天回来?"

"不好说,医院忙得很,一闲下来就能请假回来看你。"赵祁白尽量维持着自然的表情,没露出半点儿马脚,握着她的手送到嘴边哈气,再搓热,"这样吧,等你高考完,哥哥带你去挪威看极光。"

"真的?"

"真的,说到做到。"

赵祁白也没去过,只是听朋友说,冬季在挪威比较容易看到极光。

邢窈相信了,只要是答应她的事,他一定会办到。

她再等等,很快就会到那一天。

尽管是真的想带邢窈去看极光,可是赵祁白没能等到邢窈参加高考。

死亡到来的这一刻,赵祁白想起了父母、外公、邢窈——邢窈还在家里等他,准备和他一起去看极光。

不知道工作繁忙的邢佳倩,会不会记得在邢窈毕业那天去学校。别人都有父母接,窈窈不能没有。

邢窈应该又长高了一些,不知道那双高跟鞋合不合脚。

邢窈成年了,可以谈恋爱了,不知道大学里的那些男生懂不懂怎么对她好。

他应该叮嘱他们:窈窈不喜欢烟味,不能吃太辣的食物,讨厌不认识的人盯着她;她不是凶,只是不喜欢笑而已;如果能养一条狗的话,她会很高兴……还有很多很多的事他要叮嘱他们。

可是……窈窈,对不起。

我要把你丢下了。